# DE

# BESCHERMER

—·—

## SHANNA BELL

SISTERS PRESS

Auteur: Shanna Bell

Oorspronkelijke titel: *the Enforcer*

Copyright © 2020 voor de Nederlandse taal: Sisters Press


Redactie : Jen Minkman, Dutch Venture Publishing

Omslag  : Les


www.sisterspress.com

# 1

## MARY

Het telefoontje kwam midden in de nacht.

Mary's hoofd raakte bijna de muur terwijl ze naar haar telefoon op het nachtkastje reikte. Toen herinnerde ze zich dat haar slaapkamer geen ruimte meer had voor een nachtkastje, omdat hij zo klein was. Ze woonde nu inmiddels drie maanden in haar nieuwe huis en ze was nog steeds niet gewend aan hoe krap het er was. Ze had haar leven lang in grote herenhuizen gewoond, en het appartement met twee bezemkasten die voor een slaapkamer door moesten gaan was nogal een aanpassing.

Ze reikte naar de vensterbank boven zich om haar telefoon op te nemen. Britney belde. Het was nooit een goed teken als haar vriendin zo laat belde.

'Britney. Is alles oké?'

'Het... Het spijt me zo. Ik kon er niet van afblijven.' Het was het enige gebrabbel wat Mary kon ontcijferen voordat Britney begon te snikken.

Oh, nee.

'Ik heb het echt geprobeerd... Ik heb zo mijn best gedaan...'

Mary gooide haar benen over de rand van het bed en deed het licht aan. 'Waar ben je?'

'Ik kan gewoon niet meer,' ratelde Britney door. 'Het is te veel. Ik ben gewoon moe. Zo moe. Zoë verdient een betere zus dan ik. Ze verdient iemand als jij. Kan ze... kan ze nog een nachtje bij jou blijven?'

'Natuurlijk mag ze nog een nacht blijven.' Ze greep haar spijkerbroek van het dressoir en trok hem aan, terwijl ze de telefoon met haar andere hand tegen haar oor hield. 'Waar ben je?'

*Zeg alsjeblieft dat je thuis bent. En niet in een of ander smerig steegje ligt.*

Er volgde nog een snik. 'Ik ben thuis.'

Mary wist dat het afkickprogramma pittig zou zijn voor Britney. Ze had echter niet verwacht dat ze zo snel weer naar de naald zou grijpen.

'Oké, blijf waar je bent, ik kom eraan. Ik moet alleen even iemand vinden om op Zoë te passen.' Haar peetdochter meende dat ze een parttime superheld was, maar in werkelijkheid was ze pas een zesjarige wiens superkracht vooral bestond uit cupcakes eten.

Ze beëindigde het gesprek, kleedde zich aan en ging naar Zoë's kamer. Het meisje leek haast te verdwijnen tussen de stapels verhuisdozen die haar bed omringden. Mary wenste wederom dat haar zus Gina haar spullen, die vooral uit kleding en schoenen leek te bestaan, eindelijk eens zou ophalen. Gina zou nog niet dood gevonden willen worden in Mary's appartement, maar ze had er geen enkel probleem mee om het te gebruiken als opslagruimte.

Mary liep terug naar haar slaapkamer en pakte haar telefoon. Ze dacht na over wie ze op dit tijdstip het beste kon bellen. Haar nicht Jazzy of Tommie zouden meestal haar eerste keus zijn, maar zij waren op een conferentie en keerden morgen pas terug. Jazzy had haar echter wel een nummer gegeven voor noodgevallen. Aangezien ze geen andere mogelijkheid zag, belde ze dat nummer.

'Diaz Security. Met wie spreek ik?'

Mary bevroor en viel terug op het bed. Die diepe, humeurige stem die heerlijke tintelingen over haar ruggengraat stuurde zou ze uit duizenden herkennen. Waarom beantwoordde Hector het nummer dat Jazz haar had gegeven?

'Ehm... je spreekt met Mary. Ik ben op zoek naar Jazzy.'

'Dit is een noodnummer dat wordt doorverbonden naar Diaz Security.'

'Oh.' Ze wist niet zeker hoe ze verder moest gaan. Ze herinnerde zich dat Hector de beveiliging voor Jazzy's man verzorgde.

'Wat is het noodgeval?' Zijn stem droop van het sarcasme.

Die man kon haar niet uitstaan en ze had geen flauw idee waarom. 'Ik heb een oppas nodig.'

Stilte. En toen: 'Pardon?'

Dat kwam er verkeerd uit, dus probeerde ze het opnieuw. 'Ik werd net gebeld door een vriendin. Het gaat niet goed met haar, dus ik moet naar haar toe. Haar zusje verblijft bij mij thuis en ik kan haar niet meenemen, dus ik heb iemand nodig die op haar kan passen.'

'Bel iemand anders.'

Ze bad in stilte om geduld. 'Denk je niet dat als dat een optie was geweest, ik dat al zou hebben gedaan?' Zijn houding begon haar pissig te maken. Hector Diaz; de enige persoon die zo snel het bloed onder haar nagels vandaan kon halen.

'Shit. Goed dan, als het echt moet. Tot over een kwartier.'

'Een kwartier?' vroeg ze, maar hij had al opgehangen. Ze wist niet waar Hector woonde, maar ze betwijfelde dat het bij haar in de buurt was.

En toch ging een kwartier later, net toen ze haar sneakers aantrok, de deurbel.

Ze opende de deur en ontdekte dat Hector niet alleen was gekomen. Naast hem stond nog een kolos van een man. Een spierenbundel met schouderlang haar die leek op een blonde, vriendelijker ogende versie van Hector.

'Hoi, ik ben Achilles,' stelde de vreemdeling zich voor.

Hector en Achilles? Daar zat vast een interessant verhaal achter. 'Leuk om je te ontmoeten, Achilles. Ik ben Mary. Zoë heeft eigenlijk maar één oppas nodig.'

'Achilles is hier voor het kind, ik ga met jou mee. Jazzy zou me ervan langs geven als ik je op dit tijdstip alleen zou laten gaan.'

Mary perste haar lippen op elkaar. Natuurlijk vond hij het weer nodig om haar erop te wijzen dat hij hier niet uit vrije wil was.

Hector fronste. 'Laat je ons nog binnen?'

'Oh, ja, natuurlijk.' Ze stapte achteruit en ze volgden haar naar haar woonkamer. De kleine ruimte leek verder te krimpen toen de twee uit de kluiten gewassen mannen de kamer vulden.

Ze bekeken de stapels dozen die de helft van de gang en een muur naast de tv bedekten. Gina's spullen hadden niet in slechts de logeerkamer gepast.

'Mijn zus heeft nog geen eigen plek.' Ze voelde plotseling de behoefte om in de verdediging te schieten.

'Zie hoe de machtigen zijn gevallen,' had Gina gespot toen ze Mary's appartement voor het eerst had bezocht.

In tegenstelling tot haar zus was Mary een 'het glas is halfvol' soort persoon. Ze leidde niet meer het luxe leventje waar haar overleden grootvader — bankier van de onderwereld — altijd voor had gezorgd, maar haar huidige leven bood weer nieuwe mogelijkheden. Het had niet meer de beperkingen die het eerder had en dat was ongelooflijk bevrijdend. Ze kon nu haar eigen pad volgen in plaats van het leven dat haar grootvader voor haar zou hebben uitgestippeld. Ze kon het prima in haar eentje redden. Miljoenen vrouwen deden dat elke dag, onder veel slechtere omstandigheden.

Mary pakte haar tas en sleutels van de koffietafel.

'Bedankt dat je gekomen bent, Achilles. Zoë slaapt, dus je hebt verder geen last van haar. Doe alsjeblieft alsof je thuis bent.'

Hector gromde iets dat ze niet verstond en liep naar buiten.

Toen ze naar haar auto wilde lopen, schudde hij zijn hoofd. 'Ik dacht het niet.'

Ze moest het hem nageven, hij zou nauwelijks passen in haar kleine Toyota.

Tot haar verrassing liep Hector het busje met het Diaz Security logo erop voorbij en stapte hij op een Harley. Aangezien ze geen discussie aan wilde gaan over de veiligheid van motoren, zette ze gewoon de helm op die hij haar gaf. Ze gaf hem het adres en hij vertrok.

De rit naar Britneys appartement was tot haar verbazing een magische, spannende rit. Het was de eerste keer dat ze achterop een motor zat en ze genoot van elk minuut. De wind gierde door haar haren en was een welkome verkoeling tijdens de benauwde zomernacht. Helaas was de rit veel te snel voorbij en stonden ze voor een gebouw dat leek op een vervallen betonnen blok. Britneys appartement zag er van de buitenkant nog slechter uit dan dat van Mary, en dat wilde wat zeggen.

Toen Hector aanstalten maakte om af te stappen, hield ze hem tegen.

'Britney wordt zenuwachtig van grote, brede mannen. Kun je alsjeblieft hier wachten terwijl ik kijk hoe het met haar gaat?' Ze wachtte niet op een antwoord, maar stapte af en gaf hem de helm.

'Je hebt een kwartier.'

Wat was dat toch met hem en een kwartier? Ze snelde de trap op en overwoog haar opties. Als het was zoals de vorige keer zou Britney er slecht aan toe zijn. Ze zou misschien zelfs in haar eigen braaksel liggen, of nauwelijks op haar benen kunnen staan omdat ze uitgemergeld was door de drugs.

Mary had haar vriendin ontmoet bij een steungroep in de vrouwenopvang. Het was de plek waar zij de moed had gevonden om te praten over de demonen uit haar verleden. De confrontatie aangaan met haar trauma's en angsten had haar een enorme kracht gegeven. Het alternatief was blijven ontkennen wat haar was overkomen. Iets dat zou leiden tot een slangenkuil die zou eindigen in alcoholisme, drugs, een depressie, of een combinatie daarvan. Ze had geluk dat therapie haar had geholpen en ze niet het verkeerde pad op was gegaan. Helaas gold dat niet voor Britney.

Ze opende de deur met de reservesleutel, niet zeker wetend wat ze binnen aan zou treffen. Meestal lag Britney op de bank naar een muur te staren. Het enige geluid dat uit de woonkamer kwam was wat gehijg.

Mary duwde de deur voorzichtig open en kwam oog in oog te staan met een man die net van Britney afstapte.

'Ik kom morgen terug voor de rest, slet,' snauwde hij terwijl hij zijn rits omhoog trok.

Mary had hem nog niet eerder gezien. Britney nodigde meestal geen mannen uit in haar huis. Vooral niet de griezelig uitziende soort met bloeddoorlopen ogen en slechte tanden.

Ze keek over zijn schouder. Britney lag languit over de bank en was naakt vanaf haar taille naar beneden. Haar ogen waren gesloten en Mary was niet zeker of ze wel bij bewustzijn was.

'Wie ben jij?' wilde ze weten.

'Ik ben Ivan. De vriend van deze slet.'

Mary betwijfelde sterk dat hij Britneys wat dan ook was, behalve dan misschien haar dealer.

'Ga weg.'

Ze stapte over afhaalbakjes van de Chinees die over de vloer waren verspreid en knielde naast haar vriendin. Ze pakte een deken van de vloer en gooide die over Britneys onderlichaam om haar naaktheid te bedekken. Britney zag eruit als een levend lijk. Haar ogen waren verzonken in haar bleke gezicht en ze had nauwelijks een hartslag.

Plotseling wikkelde zich een arm om Mary's borst.

Ze schreeuwde toen Ivan haar op het gerafelde tapijt duwde. Ze zwaaide met haar vuisten, maar het mocht niet baten. Hij liet zich boven op haar vallen en greep haar polsen vast.

'Ga van me af!' Ze begon te schreeuwen, wat hem alleen maar aan het lachen maakte.

'Je bent een lekker pittig ding.'

Oh, God. Zijn adem rook naar een riool.

*Oké, geen paniek. Je weet wat je moet doen.*

Toen zijn hand naar haar borsten ging en haar topje openscheurde, sloeg ze toe.

Ze beet hard in zijn smerige wang en liet niet los totdat ze bloed proefde.

*Gadver.*

'Vuile bitch!'

Ze stak haar vingers in zijn ogen en deed toen een beweging die ze had geleerd tijdens Krav Maga. Een tel later was ze vrij. Die cursus zelfverdediging waar Jazzy haar naartoe had gesleept bleek eindelijk de moeite waard.

Ze sprong achter de koffietafel, creëerde zo meer afstand tussen hen in en nam toen een defensieve houding aan.

De adrenaline stroomde door haar aderen en deed haar bloed zingen. Het gaf haar een ongelooflijk gevoel van kracht en trots dat ze voor zichzelf kon zorgen. Helaas wist ze niet zeker wat ze nu moest doen. Tijdens Krav Maga was haar geleerd hoe ze een aanval kon afweren en vervolgens hard weg kon rennen. Dat laatste deel had de instructeur nooit uitgesproken, maar daar had ze zelf invulling aan gegeven. Helaas was weglopen geen optie. Ze kon Britney niet achterlaten met deze griezel.

Ivan kroop overeind, zijn ogen spuwden vuur. 'Ik ga je opensnijden, trut.'

Haar adem stokte toen hij een mes trok. Haar vluchtinstinct nam het bijna over.

*Houd stand!*

*Moet dat?*

*Ja, dat moet!*

Opgezweept door het advies van haar innerlijke stem was ze net haar innerlijke Amazone aan het optrommelen, toen de deur werd ingebeukt. Hector brak letterlijk de deur van zijn scharnieren toen hij naar binnen stormde.

Een blik op haar gescheurde kleren en zijn ogen werden glashard. Hij sprak geen woord terwijl hij op Ivan af liep. In een oogwenk had hij hem ontwapend. Toen greep Hector hem bij de keel en sloeg hij Ivans gezicht tegen de muur. Herhaaldelijk.

Mary huiverde toen ze botten hoorde breken. Ze zag pure razernij in Hectors ogen. Misschien moest ze hem tegenhouden. Aan de andere kant... in de gevangenis mocht hij echtelijk bezoek ontvangen. Dan kon weleens de enige manier zijn waarop ze een date met Hector kon krijgen.

'Weet je wel met wie je te maken hebt?' spuwde Ivan. 'Ik ben—'

Hector zwaaide hem richting de gootsteen. Ivans hoofd knalde tegen de spiegel van de gootsteen en stuiterde terug. Hector schopte tegen zijn knie, gaf toen een high kick tegen zijn hoofd totdat Ivan neerstortte. Hij was knock-out.

Mary haastte zich naar Britney. Dat ze na al dat kabaal niet wakker was geworden was een veeg teken.

'Overdosis,' zei Hector, terwijl hij zijn telefoon tevoorschijn haalde. Zijn ogen gingen naar de naald op de tafel.

'Oh nee, nee, nee, nee.' Hoe moest ze dit aan Zoë vertellen?

'Mary?'

Ze knipperde met haar ogen naar Hector. Aan zijn bezorgde blik te oordelen, was het niet de eerste keer dat hij haar aansprak.

'Ja?'

'Waarom pak je niet wat kleren voor je vriendin? En wat andere spullen die ze nodig zal hebben.'

Juist. Ze stond op en stopte wat ondergoed en kleren in een plastic tas die ze onder Britneys bed had gevonden.

De daaropvolgende uren gingen als een waas aan haar voorbij. Britney werd in een ambulance geladen en ze volgden haar naar het ziekenhuis. Toen waren er allerlei verpleegsters en artsen om hen heen. Niemand kon haar iets concreets over Britney vertellen, behalve dan dat ze in kritieke toestand verkeerde. Gelukkig was ze niet alleen. Hector bleef heel de nacht aan haar zijde. Hij zei niet veel — de man was niet bepaald een prater — maar ze putte kracht uit zijn aanwezigheid.

Toen kwam rond een uur of drie uur 's nachts het nieuws: Britney had het niet gehaald. Zoals Hector had voorspeld, was ze overleden aan een overdosis.

Mary voelde zich als verdoofd toen ze op een bankje in de gang neerzeeg. Britney was pas vijfentwintig, slechts vier jaar ouder dan Mary, en nu was ze er niet meer. Haar leven was nauwelijks begonnen voordat het eindigde.

Om haar heen ging de bedrijvigheid op de Spoedeisende Hulp gewoon door. Iemand gaf haar een stapel papieren. Er moesten formulieren worden ingevuld. Zoveel formulieren. Weer was Hector haar rots in de branding. Ze hoorde hem zelfs bellen om de begrafenis te regelen.

Tegen de tijd dat ze terugkeerden naar haar appartement, was Mary uitgeput. Het enige dat ze wilde was in bed kruipen en morgen pas denken aan, nou ja, morgen.

Ze werden begroet door Zoë en Achilles die tv keken op de bank. Het kleine meisje lag als een teddybeer tegen de grote man aan.

Zoë sprong op toen ze haar zag. 'Mary! We kijken naar Wonder Woman.' Toen kwam ze abrupt tot stilstand en gluurde langs Mary heen. 'Jij bent de Wolfman,' fluisterde ze, terwijl ze naar Hector staarde.

'Ik heb haar een paar verhalen verteld over echte helden,' zei Achilles, terwijl hij opstond. 'De kindvriendelijke versie, uiteraard.'

'Het is laat, cupcake. Kom op, terug naar bed.'

Zoë pruilde. 'Maar de film is nog niet afgelopen.'

Achilles aaide Zoë over haar bol. 'Luister naar Mary, machtige Amazone.'

Dat leverde hem een lach op. Niet dat de woorden enig effect hadden. Zoë stuiterde praktisch op haar voeten.

Mary kreunde toen ze de kruimels en bruine laag om Zoë's mond zag. 'Je hebt haar chocoladekoekjes gegeven.'

Achilles had het fatsoen om schuldig te kijken. 'Sorry. Ze werd midden in de nacht wakker en schrok toen ze me zag, dus bood ik haar een koekje aan. Dat brak meteen het ijs.'

Natuurlijk deed het dat. Zoë was immers een koekjesmonster. 'Nogmaals bedankt voor het oppassen.'

Ze wendde zich tot Hector, die nog steeds in de deuropening stond. 'Ik wil jou ook bedanken, voor...'

'Ja, prima. Laten we gaan, Achilles.' Hector liep de deur uit zonder haar zelfs maar de gelegenheid te geven haar zin af te maken.

Achilles gaf haar een verontschuldigende glimlach. 'Let maar niet op hem. Iedere vorm van dankbaarheid maakt hem ongemakkelijk. Als je weer een oppas nodig hebt, bel me. Ik ben vorige maand verkozen tot de coolste oom.' Hij klonk trots.

Toen was ook hij weg en bleef ze alleen achter met een kleine meid die nu praktisch alleen op de wereld was.

Mary plofte naast Zoë op de bank en trok haar dicht tegen zich aan. Zoë was het gewend dat Britney vaak "ziek" was. Haar zus was er al sinds jaren mentaal niet meer helemaal bij geweest. Het afgelopen jaar was Britneys depressie zo erg geworden dat ze zelden het huis meer verliet. Op de dagen dat Britney haar bed niet uitkwam, bracht Mary Zoë naar school.

Haar hersens maakten overuren terwijl ze nadacht over de gevolgen van Britneys dood. Met Britney uit beeld had Zoë nog maar één familielid over; haar oom. Ze herinnerde zich de littekens op Britneys lichaam maar al te goed; kleine, witte puntjes van een sigaret die haar armen en borst bedekten. Wat als dat monster de voogdij over Zoë kreeg?

*Over mijn lijk!*

**2**

HECTOR

Hectors persoonlijke hel op aarde had een naam: Mary Rossi. De lekkerste vrouw die hij ooit had gezien, maar die hij niet kon krijgen. De rit van haar huis naar Britneys appartement was haast een marteling geweest. Het moment dat hij haar zachte borsten tegen zijn rug had gevoeld, was hij staalhard geworden. Hij zat inmiddels alleen op de motor, maar kon zweren dat hij haar nog steeds kon ruiken.

Hij gaf vol gas in de hoop dat de zwoele zomernacht haar geur uit zijn hoofd zou zetten. Kon hij de gebeurtenissen van deze avond ook maar zo makkelijk vergeten. Elke keer als hij aan die klootzak dacht die het had gewaagd om haar aan te raken, werd hij moordzuchtig. Hij had hem er te makkelijk mee weg laten komen. Hij had meer dan slechts zijn neus en been moeten breken. Hij had verdomme elk bot in zijn lijf moeten breken en hem vervolgens uit het raam moeten gooien. Die klootzak was nog niet goed genoeg om haar tenen te likken, laat staan dat hij haar zou mogen aanraken.

Hector schudde zijn hoofd toen hij wederom verteerd dreigde te raken door woede. Het voelde net als vroeger. In de tijd dat hij deelnam aan kooigevechten om geld te verdienen. De goede, oude tijd toen hij zijn innerlijke beest losliet en zijn tegenstander verpulverde met zijn vuisten. Die periode in zijn leven waarbij de nachten eindigden met een stel vrouwen die maar al te graag het bed wilden delen met de straatvechter Hector 'het Beest' Diaz.

Zijn nauwelijks bedwingbare woede overviel hem. Hij dacht dat hij de tijd van woedeaanvallen voorgoed achter zich had gelaten. Het leger had hem daar een uitweg in geboden. De marinersopleiding was immers 's werelds beste anger management training. Toen hij Mary's gescheurde shirt echter had gezien, was hij geflipt.

Hij had haar voor het eerst op Gio's bruiloft gezien, nu alweer maanden geleden. Ze was als een prachtig visioen in een roze jurk en praatte met de gasten terwijl ze genoot van een glas champagne. Hij werd onmiddellijk overspoeld door een vloedgolf van pure lust. Het had hem al zijn wilskracht gekost om niet op haar af te stappen en te doen wat zijn lichaam van hem verlangde. Het enige waar hij aan kon denken was om haar in zijn armen te nemen, of een kamer in te slepen, of tegen een muur aan te drukken. Het maakte niet uit, als hij maar alleen met haar kon zijn en haar kon laten genieten. Helaas lagen stijlvolle, elegante vrouwen zoals Mary Rossi buiten het bereik van mannen zoals hij. Hij was teveel ruwe bolster, zonder een blanke pit. Te duister van binnen, te gewelddadig, te beschadigd. Het rijtje met 'teveels' was eindeloos.

Dus wat stond een man te doen als hij geilde op een vrouw die hij niet kon krijgen? Optie B: haar proberen te vervangen door een exemplaar dat enigszins in de buurt kwam.

Hij nam de afslag naar South Beach en parkeerde voor de personeelsuitgang van Club Flux. Het was niet bepaald zijn favoriete uitgaansgelegenheid, aangezien een van de eigenaars een man was die hij verafschuwde. Flux was echter een van de populairste clubs in San Francisco en trok een zeer divers publiek. Een perfecte jachtterrein voor waar hij naar op zoek was dus. En aangezien Diaz Security de beveiliging van de club verzorgde, kwam hij er af en toe en was hij bekend met het terrein.

Hij nam plaats aan de bar en seinde naar de barman.

Brent pakte gelijk een glas. 'Je vaste drankje, Hector?'

Hector knikte en kreeg een ijskoud biertje. Precies wat hij nodig had om wat af te koelen. De dansvloer zag zwart van de mensen en alle VIP tafels waren bezet. Hij bezwoer zichzelf dat hij dit keer geen blondje ging neuken met lange blonde lokken en blauwe ogen.

'Hoi. Zin om een drankje voor me te bestellen?'

De vrouw die naast hem kwam zitten had kort, felrood haar. Haar strakke, laag uitgesneden jurk benadrukte haar borsten en weelderige rondingen. Ze leek totaal niet op Mary.

*Precies wat ik zoek.*

Haar blik gleed over zijn gezicht en tatoeages en ze likte haar onderlip. De meeste vrouwen die de littekens op zijn wang zagen keerden ofwel hun ogen af, of ze wilden hem neuken. Het leek wel alsof er geen middenweg was.

Hij klopte op de bar om Brents aandacht te krijgen. 'Geef de dame een drankje van mij.'

Hij had zijn zin nauwelijks afgemaakt of ze drukte zich al tegen hem aan. Ze was geil en gretig, maar bovenal was ze gemakkelijk. Hij wist dat hij haar zo mee naar de steeg achter de club kon krijgen. Hij besloot echter om haar mee naar huis te nemen, want daar lagen zijn spullen.

Het moment dat ze de club verlieten, legde ze een hand op zijn achterwerk. Ze draaiden de hoek om en liepen richting de parkeerplaats.

Een beeld van Mary's lippen verscheen voor zijn ogen. Hij hield van haar lippen. Ze waren lekker vol, haar onderlip iets groter dan de bovenlip. Zijn pik zou er verdomme goed tussen passen.

*Vergeet het maar, Diaz. Denk aan wat anders.*

Hij keek naar de roodharige. 'Ga op je knieën.'

Ze deed wat hij vroeg en haalde onmiddellijk zijn pik uit zijn broek. Haar tong gaf hem een lik van zijn ballen tot aan zijn eikel. Toen begon ze hem kleine kusjes te geven en met hem te spelen.

Hij was niet in de stemming voor voorspel. Zijn vingers begroeven zich in haar haren. 'Zuig me diep.'

'Yes! Doe me pijn, *daddy*.'

Ah shit, ze was een van dát soort vrouwen. Een blik op zijn littekens en ze dacht dat hij ervan genoot om vrouwen te slaan. Hij deed niet aan het 'daddy' gedoe, en hij werd al helemaal niet geil van het idee om vrouwen pijn te doen. Tenminste, niet het soort pijn dat deze van hem scheen te verwachten.

Plotseling weerklonk er een schel alarm. Hij hoorde een man rechts van hem schreeuwen.

'Hé! Wat is daar verdomme aan de hand?'

Hector draaide zich om naar waar het geluid vandaan kwam. Het was zíjn alarm. Hij liet de roodharige los, trok zijn broek recht en haastte zich naar zijn Harley om tot de ontdekking te komen dat zijn banden waren doorgesneden. Shit. De een of andere klootzak had met zijn tengels aan zijn baby gezeten.

Brent stond te roken naast zijn motor. 'Sorry man, tegen de tijd dat ik hem zag was de schade al aangericht.'

'Heb je gezien wie het was?' Hij had sinds een paar weken het gevoel alsof iemand hem in de gaten hield. Hij had het toegeschreven aan zijn PTSS en er verder niet meer over nagedacht. Maar nu vroeg hij zich af of het wellicht meer dan slechts zijn verbeelding was.

'Nee, helaas. Hij droeg een capuchon. Het was vast een van die verdomde hangjongeren.'

Het was te laat om een sleepwagen te regelen op dit tijdstip van de avond, dus belde hij Achilles. Hij was zijn one-night stand al vergeten, tot ze ineens aan zijn zijde verscheen.

'Neem je me mee naar huis, lekker ding?'

'Dat gaat 'm niet worden vanavond. Ik moet wat dingen regelen.' Hij stapte achteruit toen haar hand weer naar zijn rits ging. 'Brent, waarom neem je...'

'Heidi,' zei ze strak.

'Juist... Heidi niet mee terug naar binnen. Haar drankjes komen voor mijn rekening.'

Ze pruilde, maar sloeg toen een arm om Brents middel en liep terug naar binnen.

Niet lang daarna kwam Achilles hem ophalen. Hector stapte wat morrend in de auto van zijn vriend. Hij hield er niet van om in een auto te rijden, ongeacht hoe ruim het van binnen was. Compacte ruimtes waren niet zijn ding.

'Ik kan niet geloven dat de een of andere lul mijn banden heeft doorgesneden, terwijl ik iets verderop stond.'

'Ach, het kan ons allemaal overkomen.'

'O ja? Wanneer is dit jóú voor het laatst overkomen?' Goed, hij was misschien een beetje gevoelig betreft zijn motor. Het was een klassieker die hij had gekocht nadat hij zijn eerste kooigevecht had gewonnen. Hij had letterlijk gebloed voor zijn Harley.

'Vorige week nog,' zei Achilles. 'Precies op deze parkeerplek, net als bij jou.'

'Dit is een harde buurt, kennelijk.'

'Kennelijk. Al begin ik me nu bijna af te vragen of er niet meer aan de hand is.' Toen stapte hij over op een onderwerp waar Hector het nog minder over wilde hebben. 'Dus, ehm, over vanavond gesproken. Jíj bent Mary dus gaan helpen?'

'Ja, dus?'

'Gewoon, dat ik het wat vreemd vind. Je had iemand anders kunnen sturen. Zoals een van de jongens die de avonddienst draaien.'

Soms was Achilles een enorme bemoeial. Dat was nu precies de reden waarom hij ervoor had gekozen om alleen naar Mary te rijden en Achilles had gevraagd om hem daar te ontmoeten. Als je niet samen reed, kon je ook niet ondervraagd worden.

Toen hij zweeg, glimlachte Achilles. 'Ik ben blij dat je eindelijk de eerste stap hebt gezet.'

'Ik heb geen stap gezet.'

'Het werd tijd,' ging Achilles vrolijk verder. 'Jullie zijn nu al maanden om elkaar heen aan het draaien als twee zwijmelende tieners.'

'Er is geen sprake van gedraai. En ik doe verdomme niet aan zwijmelen.'

'Tuurlijk, tuurlijk.'

'Laat het gaan, man. Zij is niet bestemd voor mij. Ik ben bovendien niet geïnteresseerd in haar.' Toen Achilles hem een blik gaf, haalde Hector zijn schouders op. 'Oké dan, ik wil haar. Maar alleen voor één nacht.' Zijn obsessie voor Mary Rossi zou na een nacht vast wel verdwijnen. 'Zij is niet het type vrouw die aan one-night stands doet. Om nog maar te zwijgen over het feit dat Jazzy me bij de ballen zou grijpen als ik haar nicht zou kwetsen. Mary is het type dat hartjes en bloemen wil. Ze wil het soort man die ze mee kan nemen naar haar moeder. Dat is niet wie ik ben.'

'Haar moeder is een alcoholist die in Frankrijk woont met haar derde man.'

Dat was nieuws voor Hector. Hij probeerde alle info betreft Mary weg te filteren. 'Dat doet er niet toe. En hoe weet jij dat eigenlijk? Hou je haar soms in de gaten?'

'Hou je gegrom maar voor je. Ik ben een oud dossier over haar tegen gekomen. Er is er een van elk Rossi-meisje.'

Hij was die dossiers bijna vergeten. Gio had erom gevraagd voordat hij met Jazzy trouwde. Hector was er niet bij geweest toen Gio een bruid moest kiezen uit een van de Rossi kleindochters. Zijn keuze was gevallen op de meest eigenzinnige van de meiden: Jocelyn. Helaas voor hem was dat gevoel niet wederzijds geweest, want zijn aanstaande bruid was letterlijk het land uitgevlucht om van hem weg te komen. Hector was degene geweest die haar terug naar huis had gesleept, terwijl ze raasde en tierde. Zijn vriend was meedogenloos wanneer hij zijn zinnen op iets of iemand had gezet. Zoals altijd had Gio uiteindelijk zijn zin gekregen en was hij inmiddels gelukkig getrouwd.

Hector moest toegeven dat hij wat dat betreft niet veel van Gio verschilde. Zijn ontmoeting met de Detta's had hem laten inzien dat bloedbanden je nog geen familie maakte. Bloed betekende geen ene moer wanneer het ging om loyaliteit of liefde. De grootmoeder van de Detta's had hem dat geleerd. Ze had zelfs geprobeerd om hem wat normen en waarden bij te brengen. Een van die normen was om hen die zwakker zijn dan jij te beschermen. Ze geen pijn te doen. Als hij achter Mary aan zou gaan, zou hij haar uiteindelijk kwetsen. Want als hij haar ooit in zijn bed kreeg, zou hij haar niet meer laten gaan. Ze verdiende beter dan dat.

Geen enkele vrouw verdiende het om met zijn demonen te moeten leven.

**3**

MARY

De ochtend nadat Britney was overleden, maakte Mary Zoë's favoriete pannenkoeken. Het was weekend en Zoë hoefde dus niet naar school. Zoë zat vrolijk te kletsen aan de keukentafel terwijl ze stroop over haar pannenkoeken goot. Ze droeg een rode cape over haar pyjama. Kennelijk had ze besloten om dit weekend weer een superheld te zijn.

Ze had Zoë nog steeds niet verteld dat haar zus was overleden, omdat ze er simpelweg de juiste woorden niet voor kon vinden. Zoë had haar vader nooit gekend en op jonge leeftijd haar moeder verloren. En nu haar zus. Mary wist dat ze het onvermijdelijke niet langer kon uitstellen; ze móést haar vertellen over Britney. Ze wist alleen niet goed hoe. Vandaar dat ze om hulp had gevraagd.

'Kunnen we vandaag naar de film?' vroeg Zoë.

'Tuurlijk, maar, eh, we moeten eerst even praten.'

'Waarover?'

'Eet eerst je ontbijt maar op.'

*Je weet toch wat er van uitstel komt?*

*Je weet toch wat er van uitstel komt?*

*Uitstellen ja. Niet afstellen.*

*Wat ongelooflijk volwassen van je.*

De pannenkoeken waren in een mum van tijd op en Zoë keek haar verwachtingsvol aan.

Mary opende haar mond, sloot hem weer en blies haar adem uit. Ze plukte Zoë van de stoel en liep naar de pluche bank. Zoë nestelde zich in haar schoot. Ze was een echte knuffelaar.

'Ik moet je iets vertellen, cupcake.'

'Wil je niet naar de film?'

'Jawel, maar, ik ehm...'

De deurbel ging. Het was het mooiste geluid ter wereld. Mary schoof Zoë van haar schoot en snelde naar de voordeur.

'Hey meid, wat ontzettend rot voor je,' zei Jazzy, en ze gaf haar een knuffel.

Tommie was de volgende die haar omhelsde. 'Gecondoleerd.'

Mary keek om naar Zoë die nog op de bank zat. Ze had net een film opgezet.

'Ik heb het Zoë nog niet verteld,' fluisterde ze. 'Kom alsjeblieft binnen.' Ze hoopte dat hun aanwezigheid haar net die extra kracht zou geven om Zoë het slechte nieuws te vertellen.

'Oom Tommie!' Zodra Zoë Tommie zag stormde ze op hem af.

Hij plukte haar van de vloer en gooide haar in de lucht. 'Wie is mijn favoriete superheld?'

'Ik!'

Tommie liet haar zachtjes op de bank vallen en plofte toen naast haar neer. 'Waar kijk je naar?'

'Thor.' Toen fluisterde ze, alsof ze een geheim deelde: 'Thor was hier gisteravond.'

'Oh, wow. En je hebt me niet eens gebeld?'

'Ze bedoelt Achilles,' legde Mary uit, terwijl ze plaatsnam aan Zoë's andere zijde.

'Dan had je me al helemaal moeten bellen,' mopperde Tommie.

Jazzy nam plaats op de fauteuil naast de tv. 'Wat, geen knuffel voor tante Jazzy?'

Zoë vloog bijna in Jazzy's armen. 'Wil je met ons mee naar de film? We kunnen erna een ijsje eten. Of chocoladekoekjes. Of allebei.' Ze klonk erg enthousiast bij de gedachte.

'Dat lijkt me een goed plan,' zei Jazzy. Ze gaf Mary een blik.

Mary zette de tv uit en haalde diep adem. 'Zoë, kun je alsjeblieft even hier komen? Ik moet je iets vertellen.'

Het was alsof de kleine meid haar spanning aanvoelde, want ze fronste en plofte neer tussen Mary en Tommie. Mary begon te vertellen. Ze hield Zoë's hand vast en was blij dat Tommie hetzelfde had gedaan. De kleine meid was eerst griezelig stil. Toen begonnen de tranen over haar wangen te biggelen.

'Is Britney naar de engelen gegaan, zoals mama?'

'Ja, liefje. Ze is naar de hemel gegaan om bij de engelen te zijn.'

Er volgden meer tranen totdat Zoë begon te hikken. 'Moet ik ook naar de engelen toe?'

'Pas als je een hele oude dame bent,' verzekerde Tommie haar. 'Als je grijs haar hebt en loopt met een wandelstok.'

Zoë's ogen keerden terug naar haar. 'En jij? Jij mag niet naar de engelen!' Ze sloeg haar armen om Mary's nek.

Mary streelde Zoë's rug. 'Nee, liefje. Ik blijf hier bij jou.'

Het leven bood geen garanties, maar Zoë had er op dit moment wel een nodig. Mary troostte Zoë, die tegen haar borst lag en aan het snikken was. Ze dacht aan Britney en de depressie waar ze zo lang onder had geleden. Mary had haar vaker wel dan niet op de bank aangetroffen waar ze doods voor zich uitstaarde alsof ze omhuld was door een nevel van pijn. Britney had verteld dat dit leven haar te veel werd. Een leven waarin de man die haar jeugd tot een hel had gemaakt nog steeds vrij rondliep. Een wereld waarin ze elke keer als ze wakker werd nog steeds de brandwonden van een sigaret op haar huid voelde. Mary hoopte dat Britney eindelijk de innerlijke vrede had gevonden waar ze zo naarstig naar had verlangd.

Ze bleven een tijd op de bank hangen, totdat er werd aangebeld. Mary keek verrast op. Ze maakte zich zachtjes los van Zoë en liep naar de deur.

Er stond een onbekende vrouw op de stoep. Ze droeg een stijf, grijs pak en hield een aktetas vast.

'Mevrouw Rossi? Mary Rossi?'

'Ja, dat ben ik.'

'Ik ben Clara Wilson van Bureau Jeugdzorg. Ik heb begrepen dat Zoë bij u logeert.'

Er vormde zich een koude knoop in haar maag. 'Waar gaat dit over?' Ze wist natuurlijk wel waar het over ging. Dat wist ze maar al te goed. Ze had alleen gedacht dat ze meer tijd zou hebben. Tijd om een manier te bedenken om Zoë bij zich te kunnen houden.

Aan mevrouw Wilsons gezicht te oordelen was haar tijd op.

'Bent u familie?' vroeg ze.

'Ik ben haar peettante.'

De vrouw trok een notitieblok uit haar tas. 'Maar jullie zijn dus geen bloedverwanten?'

De knoop in haar maag verstrakte. 'Nee. Maar Zoë heeft geen bloedverwanten. In ieder geval geen waar ze contact mee heeft. Ik ben het dichtst dat in de buurt komt. Ik zorg al jaren voor haar.'

De vrouw wierp haar een begripvolle blik toe. 'Ik begrijp het, maar ik kan Zoë niet bij u achter laten. Volgens ons beleid—'

'Jullie beleid?' Mary haalde diep adem toen ze zich realiseerde dat ze haar stem had verheven. Ze deed de deur iets meer dicht zodat Zoë hen niet zou horen. 'Ik ben dan wel niet haar moeder, maar ik hou van haar alsof ze mijn eigen kind is.'

'Dat zie ik, maar u bent geen directe familie. Ik kan haar niet bij u laten wonen.'

Ze kon niet geloven dat dit gebeurde. 'Je kunt haar niet zomaar meenemen.'

Er volgde nog een begripvolle blik. Een blik waar Mary schoon genoeg van begon te krijgen.

'Ik kan u verzekeren dat ik haar naar een veilige plek breng. Als u niet meewerkt, kom ik terug met de politie. U wilt Zoë die ervaring ongetwijfeld besparen.'

*Ik kan haar wegsturen en er vervolgens met Zoë vandoor gaan.*

*Of je zou dit op de legale manier kunnen aanvechten waardoor je niet achter de tralies belandt. Oranje is niet jouw kleur.*

Optie twee dus.

'Dat zou ik haar zeker willen besparen,' zei Mary zachtjes.

De vrouw knikte goedkeurend. 'Kunt u haar nu alstublieft vragen om te komen?'

Mary wist dat de vrouw alleen maar haar werk deed. Er lag geen spoortje kwade wil in haar stem. Wat bijna jammer was, want dat had het makkelijker gemaakt om een hekel aan haar te hebben.

'Ik ga mee. Ik wil zien waar u haar heenbrengt.'

Mevrouw Wilson knikte en bleef wachten. Mary was niet van plan om haar binnen te vragen. Met lood in haar schoenen liep ze de woonkamer in.

Zoë keek op toen Mary naast haar ging zitten.

'Cupcake, er is een dame die je naar een nieuwe plek gaat brengen. We moeten nu gaan, maar dit is maar tijdelijk, oké?'

Tommie fronste, maar toen begon het hem te dagen. Jazzy vloekte. Als Mary's hart niet aan scherven lag, zou ze de scheldpot tevoorschijn hebben gehaald.

Zoë pakte haar hand vast. 'Ga jij mee?'

'Ja, liefje. Ik ga mee.'

Zoë's glimlach, vol van vertrouwen, zou haar voor altijd blijven achtervolgen. De kleine meid had er geen idee van dat Mary haar noodgedwongen achter zou laten bij de mevrouw van Jeugdzorg.

'Ga je maar omkleden.'

'Mag ik Spidey meenemen?'

'Natuurlijk.' Ze sliep nooit zonder haar Spiderman-knuffel.

Zodra Zoë in haar kamer verdween, verscheen er een barst in Mary's geforceerde glimlach.

Jazzy verscheen gelijk aan haar zijde. 'We gaan dit oplossen, Mary.' Er lag een vastberaden schittering in haar ogen.

'Zeker weten,' beaamde Tommie.

'Je staat er niet alleen voor. Die kleine meid hoort bij jou. Het spijt me van je vriendin, maar Zoë was vaker bij jou dan bij haar zus.'

Jazzy had een punt. Niet dat het wat uitmaakte. 'Maar ik ben geen familie.'

'En wat dan nog? Zoë heeft geen familie, of wel? Dat betekent dus—'

'Alleen heeft ze die wél,' zei Mary schor.

Haar nicht keek verbaasd op. 'Waarom stonden ze dan toe dat ze bij Britney woonde? Ik weet dat men geen slecht woord over de doden hoort te spreken, maar Britney was een junkie. En of ze nu aan het afkicken was of niet, ze was niet bepaald in staat om voor een klein kind te zorgen.'

Mary ademde beverig in. 'Je weet waar Britney en ik elkaar hebben ontmoet; in de vrouwenopvang. Zoë heeft een oom die graag naar de fles grijpt.' Meer hoefde ze niet te zeggen.

Jazzy's ogen schoten vuur. 'Die kerel krijgt haar over mijn lijk.'

Ze hield van haar nicht, die als een zus voor haar was. Nee, Jazzy was beter dan een zus, want zoals gewoonlijk — wanneer Mary Gina nodig had — was ze nergens te vinden.

Zoë stapte uit haar kamer, gekleed in een spijkerbroek en een roze trui. Ze hield Spidey in haar armen. Haar hart liep over van liefde voor die kleine meid. In tegenstelling tot Britney én haar eigen zus zou Mary Zoë niet aan haar lot overlaten.

Ze nam Zoë's hand en liep naar buiten, naar mevrouw Wilson.

***

De afgelopen paar uur waren een nachtmerrie geweest. Zoë had gehuild, toen geschreeuwd en uiteindelijk Mary gesmeekt om haar niet achter te laten. Ze had niet één keer naar Britney gevraagd. Vooral dat laatste had Mary buikpijn bezorgd. Het kwam door de frons op mevrouw Wilsons gezicht toen ze Zoë naar haar zus vroeg, en Zoë bleef jammeren om Mary. Het kwam door de manier waarop Wilson in haar notitieboekje krabbelde, alsof ze nog een kruis achter Mary's naam zette.

Mary voelde zich gebroken toen ze terugkeerde naar haar appartement.

Jazzy en Tommie wachtten haar op in de woonkamer.

'Hoe ging het?' vroeg Jazzy zachtjes.

Mary plofte op de bank en had zin om een potje te janken. Zoë had moeite om te begrijpen wat er was gebeurd. Het ene moment waren ze aan het ontbijten en het volgende moment bevond ze zich in een kil, grijs gebouw en moest ze achterblijven bij vreemden. Ze begreep het gewoonweg niet, want ze keerde na een uitje altijd weer met Mary terug naar huis. Misschien was het verkeerd van haar geweest om Zoë zo afhankelijk van haar te laten worden, maar ze hield van dat kind. Ze zou haar niet zonder een gevecht opgeven.

'Ik heb hulp nodig, Jaz. Je had Zoë's gezicht moeten zien. De pijn, de teleurstelling. Ze begrijpt het niet. Een zesjarige geeft niet om bloedverwanten of hoe de wet in elkaar steekt. We zouden...' Ze hikte van het huilen. 'Vanavond is cupcake-avond.'

Jazzy gaf haar een tissue. 'Ik heb net een afspraak met een advocaat gemaakt. Laten we gaan.'

'Wacht. Wat? Wanneer heb je de tijd gehad om een advocaat te spreken?'

'Je schijnt te vergeten dat mijn zwager er een is. Personen en familierecht is niet Jacksons rechtsgebied, maar hij kan ons vast wel doorverwijzen naar een collega.'

'We gaan dit oplossen, Mary,' verzekerde Tommie haar. 'Die kleine meid is mij nog steeds koekjes schuldig omdat ze heeft verloren met Mario Kart.'

Mary lachte vreugdeloos. Die twee hielden altijd een of andere toernooi met als hoofdprijs koekjes.

'We gaan de beste advocaat in de stad voor je regelen,' beloofde Jazzy.

'Ik denk niet dat ik me het beste van wat dan ook kan veroorloven,' gaf Mary toe. 'Ik ben al blij met een advocaat die "goed genoeg" is.'

'Kun je alsjeblieft, voor deze ene keer, je trots inslikken?' vroeg Jazzy getergd. 'Toen grootvader stierf en het huis werd verkocht wilde je niks van me aannemen. Ik heb dat toen gerespecteerd. Ik doe zelfs alsof ik het prima vind dat je in deze van junkies vergeven buurt woont. Maar we hebben het nu over een klein kind dat jou nodig heeft. Laat me je alsjeblieft helpen. Daar zijn we toch familie voor?'

Mary kon niks tegen die logica inbrengen.

Ze gingen naar Detta Tower om Jazzy's zwager te ontmoeten. Net als de overige Dettabroers had Jackson pikzwart haar en doordringende, saffierblauwe ogen. Mary wist dat hij de meest analytische broer was; een eigenschap die ze nu goed kon gebruiken.

Jacksons kantoor keek uit over de skyline van San Francisco die was gevuld met wolkenkrabbers.

Hij stak direct van wal, zoals hij geneigd was om te doen.

'Dames, Tommie.' Toen keek hij haar aan. 'Ik heb zojuist met een vriend gebeld. Hij is een van de beste familierechtadvocaten van de stad. Aangezien hij de komende dagen buiten de stad is, ben ik zo vrij geweest om hem voor jou aan te nemen. Ik heb reeds bericht ontvangen dat hij een verzoek heeft ingediend bij de rechtbank zodat jij de voogdij over Zoë kan krijgen. Hij verwacht dat er binnen een week een spoedzitting zal plaatsvinden.'

Mary kreunde. 'Pas over een week?'

'Binnen een week. Dat zijn meestal zo'n vijf werkdagen.' Jacksons blik was ondoorgrondelijk. 'Hoe oud ben je, Mary?'

'Eenentwintig. Ik weet dat het jong is, maar ik zorg al voor Zoë sinds dat zij drie is. Britney en ik hebben elkaar toen ontmoet in de vrouwenopvang waar ik als vrijwilliger werk.'

Het viel haar op dat Jackson geen aantekeningen maakte. Toen herinnerde ze zich dat hij een fotografisch geheugen had.

'Hoe zit het met Zoë's vader?'

'Er staat geen naam op de geboorteakte. Britney vertelde me eens dat haar moeder geen idee had wie het was.'

Hij zuchtte. 'Ik zal eerlijk tegen je zijn. Je bent pas eenentwintig, alleenstaand, woont in een appartement dat niet bepaald in een goede buurt ligt, en je verdient maar net genoeg om het hoofd boven water te houden. Dit gaat moeilijk worden.'

'Geld is geen probleem. Dat wéét je, Jax,' zei Jazzy, nog voordat Mary een reactie kon formuleren.

Jackson grinnikte. 'Ja, ik weet heel goed dat je mijn broer om je vinger hebt gewonden.'

Jazzy fladderde overdreven met haar wimpers. 'Precies zoals élke vrouw zou moeten doen.'

Hij schudde zijn hoofd en richtte zich weer tot Mary. 'Zelfs met de financiële steun van de Detta's ben je nog steeds een alleenstaande, eenentwintigjarige vrouw. Rechters zijn vrij conservatief wanneer het gaat om het plaatsen van kinderen in een gezin. Het zou anders zijn als je getrouwd was en kon aantonen dat je Zoë een stabiel leven kan bieden. Iets wat een stel dat een kind wil adopteren bijvoorbeeld wel kan. Heb je toevallig een partner, Mary?'

Was het maar waar.

Helaas was tot nu toe elke potentiële prins die ze had gekust veranderd in een kikker. Zoals Josh. Die relatie was zes maanden geleden doodgebloed, vlak na het overlijden van haar grootvader. Het bleek toen dat Josh had verwacht dat zij een fortuin zou erven. Toen die droom in duigen was gevallen, was hij uit haar leven verdwenen.

*Op het denkbeeldige jacht dat hij met jouw geld kocht.*

Soms haatte ze haar innerlijke stem.

Haar schouders zakten omlaag. 'Nee, ik heb geen vriend.'

Jacksons blik sprak boekdelen over hoe hij haar kansen inschatte. 'Mijn secretaresse zal je de contactgegevens van je advocaat mailen.'

Wie hield ze nu eigenlijk voor de gek? Geen enkele rechter zou een zesjarige toevertrouwen aan een alleenstaande, eenentwintigjarige kunstlerares die bovendien geen familie was.

Het was alsof de uiteinden van haar wereld steeds donkerder werden totdat ze nog nauwelijks enig licht kon zien.

# 4

# MARY

Mary stormde Jacksons kantoor uit. Ja, ze vloog er uit alsof ze achterna werd gezeten door hellehonden. Ze had dringend frisse lucht nodig.

Haar afscheid van Zoë die Spidey vasthield en Mary smeekte om haar met zich mee te nemen was op haar netvlies gebrand.

*'Maar waarom kan ik niet met jou meegaan? Ik wil hier niet blijven.'*

*'Alsjeblieft. Ik zal braaf zijn. Ik zal nooit meer teveel cupcakes eten.'*

*'Mary? Mary! Ga alsjeblieft niet weg. Alsjeblieft!'*

Onderweg naar de lift liep ze bijna tegen Hector op. Geweldig. Dat kon er ook nog wel bij. Daar stond hij dan — de man die de hoofdrol speelde in haar fantasieën, in al zijn prachtige glorie — en ze zag er niet uit.

Een blik op haar betraande gezicht — haar neus was inmiddels ongetwijfeld rood geworden — en hij fronste. 'Wat is er verdomme met jou gebeurd?'

Hij was altijd zo welbespraakt. Vandaag was ze niet in de stemming om hem uit te foeteren over zijn gevloek; ze had zin om zelf flink te schelden. Helaas kreeg ze geen geluid voorbij de brok in haar keel.

Ze schoot langs hem heen en nam de trap naar beneden met twee treden tegelijkertijd. Haar telefoon ging; het was Jazzy. Ze negeerde het.

Twee verdiepingen later haalde haar nicht haar in. 'Wat ben je in 's hemelsnaam aan het doen?'

'Ik ga naar beneden.'

'Ja, dat zie ik, maar waarom neem je de trap?' Jazzy klonk eerder nieuwsgierig dan geërgerd.

'Ik vind het fijn om de trap te nemen. Het is een goede vorm van cardio.' Het was ook een uitstekende manier om de terugkeer naar haar eenzame appartement uit te stellen.

'We zijn op de zesentwintigste verdieping. Dat is heel wat cardio.'

Mary haalde een schouder op. 'Ik heb tijd nodig om na te denken. Ik neem de lift pas als ik een oplossing heb gevonden voor mijn probleem.'

*Je gaat vast in de kelder eindigen.*

*Helemaal niet.*

*En? Heb je al een oplossing gevonden?*

…

Ze daalde nog een verdieping af, met Jazzy nog steeds dicht op haar hielen. Haar nicht was een van de koppigste personen die ze kende. Ze was zo vasthoudend als wat, en eerlijk gezegd was dat precies de instelling die Mary momenteel zelf ook nodig had. Ze moest alleen nog zien uit te vogelen hoe ze dat ging aanpakken.

'Wil je alsjeblieft even stoppen met rennen?' Jazzy gromde bijna. 'In tegenstelling tot wat jij schijnt te denken is de oplossing voor je probleem niet zo ingewikkeld. Sterker nog, het lijkt me vrij duidelijk hoe je Zoë terug kunt krijgen.'

Mary kwam abrupt tot stilstand en draaide zich om. 'Hoe dan?'

Jazzy begon te typen op haar telefoon. 'Het enige wat je nodig hebt is een echtgenoot. Dat, en een huis in een goede buurt, met wat leuke scholen. Luister, dit is wat we gaan doen…'

Terwijl Jazzy haar plan uitlegde, kon Mary zichzelf wel schoppen omdat ze hier zelf niet aan had gedacht. Het was inderdaad zo klaar als een klontje.

Hoop groeide in haar hart; het begon als een kleine vlam en transformeerde uiteindelijk tot een felle zon.

***

De volgende ochtend — na een nacht vol nachtmerries over Britney en Zoë — werd Mary op het kantoor van Giovanni Detta ontboden. Yep, ontboden. Zijn secretaresse had haar dringend 'uitgenodigd' om te verschijnen, al had het meer als een sommatie geklonken dan een uitnodiging. Dat kon vast geen goed teken zijn. Toen herinnerde ze zich wat ze de vorige dag met Jazzy had besproken en kon ze ontspannen.

De Detta Tower lag op loopafstand van Union Square. Ze had een Uber genomen, aangezien het vrijwel onmogelijk was om een parkeerplaats te vinden midden in het centrum. De torenhoge gebouwen aan haar rechterkant wierpen eenzame schaduwen over de stoep die krioelde van mensen in strakke pakken die bekers koffie droegen.

Gio's secretaresse liet haar binnen in een ruim kantoor dat uitzicht had op het zakelijk district van San Francisco.

Tot haar verbazing werd ze verwelkomd door Gio, die op de hoek van zijn bureau zat. Jazzy was nergens te bekennen. Gio was al intimiderend genoeg in Jazzy's bijzijn, dus Mary zat er niet bepaald op te wachten om hem alleen te spreken.

Toen zag ze een beweging vanuit haar ooghoek. Hector leunde rechts tegen het raam dat hem uitzicht gaf op de skyline van San Francisco. Hij was gekleed in zijn gebruikelijke zwarte broek en kistjes. Zijn legergroene T-shirt strekte zich uit over zijn brede borst. Normaal gesproken voelde ze zich niet op haar gemak bij grote, gespierde mannen, maar met Hector was het anders. Bij hem voelde ze zich veilig, alsof niks en niemand haar kon raken zolang hij in de buurt was.

'Kom binnen, Mary, neem plaats.'

'Waar is Jazzy?' Ze nam plaats op de bank voor Gio's bureau. Ze onderdrukte een huivering toen Hectors geërgerde blik zich op haar vestigde. Zoals gewoonlijk stopte hij zijn gevoelens voor haar niet onder stoelen of banken.

*Hij vindt het vervelend dat ik in zijn buurt ben.*

*Ach, hij doet dit keer in ieder geval niet alsof je onzichtbaar bent.*

*Jippie.*

'Ze vertelde me gisteravond wat jullie van plan zijn.' Gio schudde zijn hoofd, terwijl zijn lip omhoog krulde. 'Ze heeft soms de gekste ideeën. Waarschijnlijk moet ik mezelf gelukkig prijzen dat ze niet het land uit wil vluchten met jou en Zoë. Volgens mij houdt ze die optie achter de hand als 'Plan B'. Hoe dan ook, ik wilde je spreken voordat je doorgaat met dit krankzinnige idee.'

Een blos kroop over haar wangen. 'Het is helemaal niet zo gek. Het is eigenlijk juist heel praktisch.' Hoe meer ze erover nadacht, hoe meer het de perfecte oplossing leek voor haar probleem.

'Dus jij vindt trouwen met een compleet vreemde om de voogdij over Zoë te krijgen niet gek?'

Hectors hoofd schoot omhoog. 'Wat?'

Ze negeerde hem en zond Gio een blik. 'Ik snap niet waarom Hector hier bij moet zijn. Kun je hem alsjeblieft vragen om te vertrekken?'

'Nee. Hij heeft bovendien ongelooflijk scherpe oren. Hij zou je overal vanuit het gebouw kunnen horen.'

Mary rolde met haar ogen. Ze was bekend met de verhalen over het supergehoor van Hector "de Wolf" Diaz. Ze deden hem voorkomen als de een of andere supersoldaat.

'Ik begrijp niet waarom jij je druk maakt om mijn privéleven.'

Gio's blik werd ernstig. 'Jazzy beschouwt jou als haar zusje. Jullie brengen samen veel tijd door. Dit betekent dat je partner op een gegeven moment met Jazzy in aanraking zal komen. Ik probeer me niet in jouw leven te mengen, Mary, ik wil slechts mijn vrouw veilig houden. Vooral na wat er is gebeurd met Bianchi.'

Mary zuchtte en leunde achterover op de bank. Het stond ook in haar geheugen gegrift dat Jazzy was ontvoerd en bijna was neergeschoten. Ze kon zijn bezorgdheid dan ook goed begrijpen.

'Prima. Ik beloof dat ik uit de buurt zal blijven van gevaarlijke mannen. Kan ik nu gaan?'

'Weet je zeker dat je hier mee door wilt gaan? Het is een enorme verantwoordelijkheid om de zorg van een zesjarige op je te nemen.'

Ze ging met een ruk overeind zitten. 'Zo zeker als wat. Ik weet dat je het goed bedoelt, maar ik zal niet van gedachten veranderen. Ik hou van mijn petekind en ik laat haar niet in de steek.'

Gio's vingers tikten op de rand van zijn bureau. Ze hoopte echt dat hij zich hier buiten zou houden. Hij beschikte over de middelen om haar te saboteren. Ze had hem liever als vriend dan vijand.

'Ik dacht al dat dit je reactie zou zijn,' zei hij uiteindelijk. 'Ik heb daarom mijn contactpersoon bij Jeugdzorg gebeld. De rechter die Zoë's zaak behandelt is er kennelijk een van de oude stempel. Hij is er een grote voorstander van dat een kind in een traditioneel gezin opgroeit. Oftewel, met twee ouders dus. Misschien is Jazzy's plan toch niet zo gek. Ik wilde er alleen zeker van zijn dat je weet waar je aan begint.'

Ze knikte en wilde net opstaan toen hij gebaarde om te blijven zitten.

'Ik ben nog niet klaar. Trouwen met een wildvreemde kan gevaarlijk zijn. Je bent een mooie vrouw. Je kent vast wel iemand in je omgeving die je zou kunnen helpen. Een ex-vriend misschien?'

Ouch. Het laatste wat ze vandaag had verwacht was dat Gio haar zou uithoren over haar gebrek aan een liefdesleven.

'Nee, helaas heb ik geen vriend meer. Ik heb het zes maanden geleden uitgemaakt met Josh. Hij is het soort man die vindt dat kinderen gezien maar niet gehoord mogen worden.' Wat een van de redenen was geweest voor hun breuk.

Gio stond op. 'Weet je wat? Wat vind je ervan om uit een van Hectors mannen te kiezen? Dat zijn allemaal ex-militairen en hun achtergrond is uitgebreid onderzocht. Je weet dan in ieder geval dat je niet met een of andere seriemoordenaar trouwt. En ik hoef het niet dagenlang zonder mijn vrouw te stellen, omdat zij mannen voor jou uitkiest via de een of andere dating app. Tommie en zij klonken gisteravond erg enthousiast terwijl ze bespraken hoe hun "perfecte" man moest zijn.'

Het protest stierf op haar lippen toen ze besefte dat dit helemaal geen gek idee was.

'Om het even wie van zijn mannen?' vroeg ze, voor de zekerheid. Vanuit haar ooghoek keek ze naar Hector, maar hij leek wel bevroren, als een standbeeld.

'Wie je maar wil. Hector vindt het vast niet erg om je een kopie van hun cv's te geven. Dat moet binnen een uur wel te regelen zijn. We hebben tenslotte een deadline.' Hij keek naar zijn vriend, die nog steeds in de standbeeldmodus stond. 'Aangezien er geen protest is vanuit die hoek, zal ik vast het een en ander regelen. Laten we elkaar om acht uur weer spreken, zodat je me je eerste keuzes door kunt geven. Ik neem het vanaf daar wel van je over. Ik zal de bruiloft regelen, en alles wat daarbij komt kijken. Jazzy kan je vertellen dat mijn secretaresse ervaring heeft met last minute bruiloften. Ik ga ervoor zorgen dat je tijdens Zoë's hoorzitting een ring om je vinger en een man aan je arm hebt.'

Een sprankje hoop gloeide in haar op. 'Oh, dat is een geweldig idee.'

Dit zou best weleens kunnen werken. Dit zou zó kunnen werken.

**5**

HECTOR

Het was het stomste idee dat hij ooit had gehoord. Was ze helemaal van de pot gerukt? Met een compleet vreemde trouwen zodat ze Zoë kon krijgen? Het kon hem geen reet schelen dat haar bedoelingen nobel waren. En wat was er verdomme mis met Gio — zijn zogenaamd beste vriend — om Mary te koppelen aan een van Hectors mannen? De cv's van zijn mannen overhandigen, zodat Mary er een uit kon kiezen? Hij liet nog liever zijn tanden trekken. Alleen: als hij weigerde, zou Gio beweren dat Hector Mary voor zichzelf wilde. Wat niet het geval was. Absoluut niet.

Hij vloekte terwijl hij tegen de bokszak sloeg. De sportruimte in zijn kantoor was zijn toevluchtsoord. Hier rook het naar zweet en leer, in plaats van naar Mary.

Hij had haar heerlijke geur uit zijn gedachten gezet in een poging om haar te proberen te vergeten. Binnenkort zou hij geen andere keus hebben dan om haar volledig uit zijn geest te bannen. Ze zou immers aan een ander toebehoren. Hij had het op haar gezicht gezien; ze ging het werkelijk doen. Hij was woest, al weigerde hij te erkennen waarom dat was, maar ook trots omdat ze die kleine meid niet in de steek liet.

Zoals hij al had verwacht, duurde het niet lang voordat Gio zijn gezicht liet zien. Gio liep binnen met een dossier in zijn hand. Hij droeg zijn gebruikelijke maatpak en handgemaakte Italiaanse schoenen. Toch leek hij niet misplaatst in een omgeving vol gewichten en sportapparatuur. Het maakte niet uit waar Giovanni Detta zich bevond, hij straalde altijd zelfvertrouwen uit.

Hector bleef de bokszak afrossen terwijl Gio om de boksring heen liep en naast hem kwam staan.

Hector gaf hem een dodelijke blik. 'Ik ben hier niet voor in de stemming, *hermano*.'

'En waarom denk je dat dat is?'

'Waarom ga jij mee in dit krankzinnige plan?' Gio deed nooit iets zonder een reden.

Zijn vriend wachtte totdat hij zich had uitgeleefd op de bokszak en hem zijn volledige aandacht gaf. Hector trok zijn bokshandschoenen uit en Gio gaf hem een handdoek.

'Mary woont in een vervallen appartement in een slechte buurt. Ze wil bewijzen dat ze onafhankelijk en zelfredzaam is, en omdat ze te trots is om hulp te accepteren. Jazzy maakt zich zorgen om haar. Vandaar dat ik Mary deze week op mijn agenda had gezet. Deze laatste ontwikkeling bespoedigt dat agendapunt.'

'Wat bedoel je daar verdomme mee?' Het beviel hem niet dat Mary in iemands agenda stond, zelfs niet in die van zijn beste vriend.

Gio keek peinzend. 'Ik was van plan om een testament te fabriceren, zodat ze genoeg geld had om te verhuizen uit dat gehucht. Aangezien ze van plan is om te trouwen en dus niet meer alleen zal wonen, lost dit probleem zich eigenlijk vanzelf op. Met een minder grote aanslag op mijn portemonnee dan ik had verwacht.' Hij ging zitten op een bank met dumbells. 'Ze verdient het. In tegenstelling tot haar egoïstische zus, die Mary weer eens heeft laten zitten om achter een Britse miljonair aan te jagen.'

Gina Rossi. Na haar aandeel in Jazzy's ontvoering mocht ze van geluk spreken dat ze nog leefde. Het verbaasde Hector niet in het minst dat Gio haar nog steeds in de gaten hield.

'Dus...' Gio gaf hem een kritische blik. 'Waarom bood je niet aan om met haar te trouwen?'

'Moet je dat echt vragen?'

'Ja, want ik zie de manier waarop je naar haar kijkt als je denkt dat ze het niet in de gaten heeft.'

Onzin. Zo vaak keek hij niet naar haar.

Waarschijnlijk.

Misschien zo af en toe weleens.

Waarschijnlijk.

Hector gaf hem een vernietigende blik. 'Je wéét wat voor iemand Mary is. Je had haar destijds zelf uit kunnen kiezen, maar dat heb je niet gedaan omdat ze te onschuldig is. Ik heb teveel gezien en teveel meegemaakt. Er zijn delen van mijn ziel die zo donker zijn dat er geen hoop meer voor is. Wat voor leven zou ik haar en een kind nu kunnen bieden?' Hij was geen huwelijksmateriaal. Mary was als het licht tegenover zijn duisternis, de zon tegenover de kilte in hem. Zij was al het goede dat hij niet was.

Gio vernauwde zijn ogen. 'Ten eerste heb ik Mary niet gekozen omdat er geen weg terug meer was voor mij toen ik Jazzy eenmaal had gezien. En ten tweede, ik dacht dat je haar veiligheid, bescherming en een gezin zou kunnen bieden; dingen waar Mary naar verlangt. Maar ik zie dat je je hier koppig tegen gaat blijven verzetten.'

Dat klopte als een bus.

Gio stond op. 'Ik heb je secretaresse gevraagd om Mary een kopie van de cv's te mailen van de mannen die interesse hebben getoond. Ik neem aan dat je daar geen problemen mee hebt?'

'Tuurlijk niet,' beet hij Gio toe.

'Mooi, tot vanavond dan.'

Gio gunde hem niet eens de illusie dat hij er vanavond niet bij zou zijn wanneer Mary haar keuze bekend maakte.

Fuck mijn leven.

Hij had nog uren om uit te kijken naar het moment dat ze Gio de foto zou laten zien van de een of andere hufter met een knappe smoel. Een man die hij nota bene zelf had uitgekozen met Achilles, zijn rechterhand. Op de een of andere manier leek het niet eerlijk. Het voelde alsof het universum hem de middelvinger gaf.

'Oh, nog één ding,' zei Gio. 'Ik heb begrepen dat Jeugdzorg vandaag Zoë's oom heeft gebeld. Hij is tenslotte haar laatst levende familie. Dat is dezelfde oom die Britney als kind heeft mishandeld. De man is een drankorgel en houdt van een biertje op elk uur van de dag. Hij houdt er ook van om zijn sigaretten uit te doven op kinderen. Maar ik weet zeker dat jíj daar helemaal niets aan kunt doen.'

Gio liet zijn dossier op de hoek van de bank vallen en liep weg.

Hector wist dat Gio hem aan het manipuleren was. Hij kende zijn vriend beter dan wie dan ook. Hij wist ook dat Giovanni Detta het niet zou toestaan dat een kind in de handen van die klootzak viel.

Dat betekende dat Hector hier geen zaak van hoefde te maken. Het was niet zijn vrouw. Niet zijn kind. Dit was niet zijn probleem. Gio zou wel afrekenen met dat misbaksel van een oom. Híj hoefde zich er niet mee te bemoeien. Hij zou alleen even in het dossier gluren. Het kon geen kwaad om een kijkje te nemen.

***

Tegen de tijd dat Hector het dossier neerlegde, was de zon allang onder gegaan. Die hufter van een oom was nooit aangeklaagd wegens mishandeling, maar alles aan hem stonk. Er was slechts een keer een melding van een buurman bij Jeugdzorg geweest maar dat had tot niets geleid. Britney had nooit aangifte gedaan. Hij wist niet of dit voortkwam uit angst of omdat ze geen oude wonden wilde openrijten. Zodra Britney meerderjarig was geworden was ze verhuisd en had ze haar zusje meegenomen.

Als hij al enige twijfel had gehad dat Mary haar missie om zo snel mogelijk te trouwen door zou zetten, dan was die compleet verdwenen.

Hij nam een douche en kleedde zich om in zijn gebruikelijke outfit: spijkerbroek, een zwart T-shirt en motorlaarzen. Hij stond op het punt te vertrekken toen Achilles binnen wandelde. Een paar van de mannen druppelden achter hem aan.

Achilles liet zijn sporttas naast Hectors bank vallen. 'Dus... Mary is op zoek naar een man?'

'Is er ook iets dat jij verdomme niet weet?'

'Ja, je pincode.'

Hector maakte een obsceen gebaar, maar Achilles lachte er slechts om.

'Wil je dat ik een makelaar voor je bel?'

'Waarom zou ik een makelaar nodig hebben?'

Achilles slaakte een getergde zucht. 'Om een huis te kopen, natuurlijk. Je woont in een hok.' Hij keek naar de stalen trap aan het eind van de gang die naar boven leidde en trok een gezicht.

'Mijn loft is niet bepaald een hok.'

'Het is een grote, lege, zielloze ruimte. De inrichting "spartaans" noemen is een understatement. Het enige dat je daar binnen hebt is een bed en een koelkast. Al snap ik niet waarom. Je bent miljarden waard.'

'Geen miljarden. Dat is Gio.' Hij had Gio startkapitaal gegeven toen hij Detta Enterprises oprichtte, en in ruil daarvoor had hij aandelen ontvangen. Tegen de tijd dat hij ontslag nam uit het leger, waren zijn aandelen miljoenen waard. In Gio investeren was een goede beslissing gebleken. Niet dat Hector veel om het geld gaf. Hij leidde een vrij eenvoudig bestaan.

'Hoe dan ook, je hebt meer dan genoeg om voor je eigen gezin te zorgen. Als er iets is wat ik van mijn zussen heb geleerd, dan is het dat vrouwen een huis willen om zich in te nestelen. Hun huis is hun kasteel. Dus, wil je dat ik een makelaar voor je bel?'

Hij vloekte naar Achilles terwijl hij naar buiten liep. Met Achilles' lach nog in het achterhoofd ging hij naar Detta Tower. Hij nam de lift naar de bovenste verdieping waar hij Gio's assistente zag zitten.

'Hoi, Gale.'

'Goedenavond, Hector. Mary kan elk moment arriveren.'

Hij fronste toen Gale's lippen krulden. 'Ik ben alleen maar gekomen om een dossier terug te geven aan Gio.'

'Oh.' Ze stak haar hand uit. 'Je kunt het ook aan mij geven, als je wilt.'

'Nee, het is vertrouwelijk.' Hij negeerde haar glimlach en liep Gio's kantoor in.

Gio gaf hem een alwetende grijns van achter zijn bureau. Hector gaf hem zijn middelvinger.

Mary verscheen om precies acht uur. Ze straalde in een mouwloze spijkerjurk en rode sandalen. Haar armen waren versierd met zilveren armbanden en ze had een paar vlechtjes in haar lange, gekrulde haren. Ze had haar teennagels felroze geverfd. Dat vond hij juist zo leuk aan haar; ze was vrolijk, kleurrijk en warm, net als de zon.

Ze nam plaats op de bank tegenover Gio. Er lag een vastberaden schittering in haar ogen. 'Ik heb mijn keuze gemaakt.'

Het was vast Walker. Die kerel zag er eerder uit als een filmster dan een beveiliger. Iets waar de rest van de jongens hem altijd mee plaagden. De ex-militair was op vele missies geweest, had genoeg verwondingen opgelopen, maar om de een of andere reden was zijn knappe smoel altijd gespaard gebleven. Vrouwen gedroegen zich altijd als verliefde bakvissen bij hem. Misschien kon hij hem naar Zambia sturen. Er raakten wel vaker vliegtuigen vermist in Afrika.

Gio knikte. 'Vertel, Mary.'

Ze ademde diep in en keek toen naar hem. 'Ik kies Hector.'

Hij knipperde. Dat had hij vast verkeerd gehoord, wat ironisch was, aangezien hij bekend stond om zijn uitstekende gehoor.

'Aha.' Gio, die zelfvoldane klootzak, klonk niet verbaasd. 'Mooi, dat is dan geregeld.'

Hector fronste. 'Er is verdomme helemaal niks geregeld. Ben je gek geworden? Kies iemand anders. Ieder ander. Ik ben niet de juiste man voor jou.'

Ze keek hem aandachtig aan. 'En waarom vind je dat?'

Wat was dat nu voor een vraag? In plaats van te schreeuwen probeerde hij redelijk te zijn. Mary was gevoelig en hij wilde haar niet kwetsen. 'Nou, om te beginnen heb ik PTSS.'

'Ja, en? Ik ben 's ochtend ontzettend vrolijk, op het onuitstaanbare af is mij verteld.'

Hij vernauwde zijn ogen, er niet zeker van of ze de draak met hem stak. 'Ik ben niet bepaald moeders mooiste,' zei hij.

Ze tuitte afkeurend haar lippen. 'Daar ben ik het niet mee eens, maar als je het zo wilt spelen... Mijn moeder vindt mij wel de mooiste. Als Belle en het Beest het met elkaar kunnen vinden, waarom wij dan niet?'

'Ik wil geen vrouw.'

'Ik ook niet,' zei ze op een vrolijke toon, die inderdaad haast onuitstaanbaar was.

'Fuck,' zei Gio, en hij leunde achterover in zijn stoel.

Mary wendde zich nu tot hem. 'Je hebt me beloofd dat ik een van Hectors mannen uit kon kiezen, maar Hector wil niet met me trouwen en ik kan hem moeilijk dwingen. Dus, Gio, ben je van plan om terug te komen op je woord? Zo ja, dan moet ik dat nú weten, want mijn tijd raakt op.'

Hector wist dat Gio's woord heilig voor hem was. Hij wist ook dat zijn vriend hem niet zou vragen om een belofte die hij had gedaan te vervullen. Ze hadden er gewoon niet aan gedacht om Hector uit te sluiten. Wie had ooit kunnen vermoeden dat ze hem zou kiezen? Mary was zich duidelijk niet bewust van de implicaties van haar keuze.

'Ik ben *Hispanic*,' probeerde hij opnieuw.

'Dat zie ik. En wat dan nog?'

'Mooie, kleine, blanke, rijke meisjes gaan meestal niet voor Hispanic jongens die onder de tatoeages en littekens zitten.'

'Dat is racistisch.'

Hij nam aan dat dat inderdaad zo was, al had hij het nooit op die manier bekeken.

'Ik ben bovendien niet rijk. Of klein.' Ze klonk beledigd.

'Wel vergeleken met mij,' zei hij, alleen maar om haar op stang te jagen.

Ze snoof. Het was schattig, echt waar. Als een huiskat die hem probeerde te intimideren, maar daar jammerlijk in faalde.

'Iedereen is klein vergeleken met jou.'

Goed punt. 'Je hebt niet gereageerd op het feit dat ik zei dat je mooi bent.'

Haar wangen kleurden roze. Hoe kon het dat ze zo fel van zich afbeet als het een kind betrof, maar verlegen werd als hij haar een compliment gaf?

'Kunnen we alsjeblieft terugkeren naar waarom ik hier ben?'

'Je briljante idee om met een compleet vreemde te trouwen, zodat je de voogdij over je petekind krijgt,' sneerde hij.

Ze boog dichter naar hem toe. 'Niet met een compleet vreemde, maar met jóú. We kunnen vast wel tot een soort regeling komen.'

In haar verwrongen geest was hij blijkbaar de prins op het witte paard. Ze had er geen idee van dat hij eerder de Grote Boze Wolf was.

'Dat gaat niet gebeuren.'

'Waarom niet?' Toen, alsof er ineens een gedachte bij haar opkwam vroeg ze: 'Heb je... heb je soms een vriendin?'

Hij hoefde alleen maar te knikken. Dan zou ze direct kappen met dit belachelijk idee van haar. Om de een of andere reden deed hij dat niet.

'Ik doe niet aan vriendinnen. Ik heb neukmaatjes.' *En als jij geen verboden vrucht was, zou je een van hen zijn.*

'Je hoeft heus niet dat soort taal te gebruiken.'

Dat soort taal? 'Je elitaire opvoeding komt boven drijven, Mary. Dat past niet echt bij mijn straattaal, vind je niet? Nog een reden waarom wij een slechte match zouden zijn.' Toen ze recht overeind kwam, kon hij een grijns niet onderdrukken.

Tot zijn verbazing liep ze vastberaden op hem af. Haar kin stak ze in de lucht en haar ogen spuwden vuur.

'Nu moet je eens goed naar mij luisteren, Hector Diaz,' zei ze, terwijl ze met een vinger in zijn borst prikte. 'Zoë is op dit moment bij Jeugdzorg; ze is bang en voelt zich helemaal alleen. Haar leven staat volledig op zijn kop. Morgen moet ze naar de begrafenis van haar zus. Daarna moet ze weer terug naar een huis vol vreemden. Ik heb haar daar achter moeten laten terwijl ze me huilend achterna riep. Heb je er enig idee van hoe dat voelt? Het maakte me bijna kapot. Ik heb Britney beloofd dat als er iets met haar zou gebeuren, ik voor Zoë zou zorgen. Ik ben van plan om die belofte te houden. Dus jij denkt dat wij een slechte match zijn? Prima. Ik zal je niet meer lastigvallen. Maar loop mij niet in de weg.' Er volgde nog een prik in zijn borst. 'Aangezien jij weigert om me te helpen, zal ik de andere opties die Gio mij heeft aangeboden heroverwegen. Misschien houdt een van je mannen wel van mooie, kleine, blanke meisjes.'

Ze stonden met hun neuzen tegen elkaar en hij kon zijn blik niet van haar afwenden. Er had een bom kunnen ontploffen en het had hem niet in beweging kunnen krijgen.

Gio schraapte zijn keel en de vreemde grip die Mary op hem had verdween. Hij was Gio's aanwezigheid compleet vergeten.

'Ik ben een man van mijn woord, Mary.' Gio legde een hand op haar schouder en Hector verstrakte. Hij hield er niet van dat een andere man haar aanraakte.

*Kerel, je zit zo diep in de problemen.*

'Ik hou altijd mijn woord, Mary. Tegen het einde van de week ben jij getrouwd. Hector mag dan geweigerd hebben, maar dat betekent niet dat zijn mannen dat ook zullen doen. Geen enkele man bij zijn volle verstand zou dat doen,' zei Gio nadrukkelijk.

'Aangezien Hector zijn mannen het beste kent, heeft hij er vast geen problemen mee om je te helpen er een te kiezen.' Er schitterde een uitdaging in zijn ogen.

Of hij de vrouw waar hij naar verlangde wilde helpen koppelen aan een andere man?

'Geen enkel probleem,' zei hij ruw.

*Wat een feest.*

**6**

MARY

De volgende ochtend, na Britneys begrafenis en een bezoekje aan Japan Town, liep Mary Diaz Security binnen. Hectors bedrijf lag aan de rand van een buitenwijk. Het was een groot, vierkant gebouw aan het einde van een zandweg. Achter het pand strekten hectares bosgebied zich uit als een groen canvas.

Mary plakte een glimlach op haar gezicht en legde de twee tassen die ze droeg bij de receptie.

'Kan ik u helpen?' Een vriendelijke jonge vrouw keek haar nieuwsgierig aan van achter de balie.

'Hoi, ik ben Mary. Ik ben hier voor Hector.'

De receptioniste glimlachte. 'Ah, dus jíj bent Mary. De Mary waar ik gisteren al die dossiers naar heb gestuurd?'

Een blos kroop over haar wangen. 'Dat ben ik inderdaad. "Hoe regel ik binnen een paar dagen een ring om mijn vinger Mary."'

Er volgde een klaterende lach. 'Ik ben Jessica, maar iedereen noemt me Jess. Ik ben de office manager, receptioniste en secretaresse. Laat het me weten als je iets nodig hebt.'

Mary wees naar een van de tassen met een bekend embleem. 'Wil je misschien—'

Jess likte bijna haar lippen. 'Is dat van Yasukochi's?'

'Ja.' Ze kon maar één keer een goede eerste indruk maken. En wat was een betere manier dan gebak mee te nemen van San Fran's beste patisserie?

'Zeg me alsjeblieft dat het hun koffiecake is.'

Mary trok een wenkbrauw op. 'Wat denk je zelf?'

Jess rukte praktisch een tasje uit haar handen. 'Oh, en je hebt ook bagels meegebracht. Ik denk dat ik van je hou.'

En dát is hoe je vrienden voor het leven maakt. Kon ze een bepaalde humeurige wolf maar net zo gemakkelijk aan haar kant krijgen.

'De baas is in zijn kantoor, waarschijnlijk aan het broeden.'

'Hij houdt er inderdaad van om te broeden, nietwaar?'

'Uh-huh. Zijn kantoor bevindt zich aan het einde van de gang. Als je eenmaal voorbij de boksring en de loopbanden bent, is het aan je linkerkant.'

De binnenkant van het gebouw was een grote open ruimte, met een fitnessruimte achterin. Aan de ene kant stond een rij met bureaus en computers. Er hing een drukke, maar prettige sfeer die ze tot in haar poriën wilde opnemen. Ze kon wel wat positieve energie gebruiken.

Britneys begrafenis was een trieste gebeurtenis geweest. Niet alleen omdat ze zo jong was gestorven, maar ook omdat er maar een handjevol mensen aanwezig waren geweest, waaronder natuurlijk Zoë met mevrouw Wilson. Het moment dat Zoë haar had gezien, was ze op haar afgerend. Het voelde zo goed om haar weer te kunnen knuffelen. Er was niks dat ze niet zou doen voor die kleine meid.

Er waren overal mannen aan het trainen. In het midden van de sportruimte stond een grote boksring opgesteld. Ze was blij toen ze een bekend gezicht zag; Achilles was aan het sparren in de boksring.

Zodra hij haar zag, sprong hij uit de ring en liep hij naar haar toe met een glimlach op zijn gezicht.

'Hoi, Mary.' Zijn blik ging naar de plastic tas. 'Wat is dat?'

'Ik heb bagels en cake meegebracht.'

'Is het van Yasukochi's?' Hij klonk hoopvol.

En wie zou dat niet zijn? Het was tenslotte San Fran's beste banketbakker. 'Natuurlijk is het van hun. Alsjeblieft.'

Het was alsof er een stil alarm was afgegaan, want plotseling werd ze omringd door grote, gespierde mannen.

'*Hola, bonita*, ik ben Cortez...'

'Goedemiddag, mevrouw, ik ben Beau Walker. Kan ik...'

Achilles duwde een paar van de jongens weg. 'Jullie zijn net een zwerm bijen die een pot honing heeft geroken,' mompelde hij.

'Er ligt nog een tas bij de receptie,' fluisterde Mary. 'Die heb ik gebruikt om mijn entree te betalen.'

Achilles grinnikte. Hij was zoveel gemakkelijker in de omgang dan Hector. En hij was sexy, net als een grote, blonde, gespierde Viking. Ze kon wel begrijpen waarom Tommie hem leuk vond.

Ze liep verder naar Hectors kantoor, waar ze oog in oog kwam te staan met Meneer Frons.

'Hoi. Ik heb lunch voor je meegenomen, maar ik vrees dat het in beslag is genomen door Jess en je mannen.' Ze plofte neer in de stoel voor zijn bureau.

Hector keek op van het dossier dat hij aan het lezen was. 'Dat verbaast me niks. Het zijn net een stelletje sprinkhanen. Een tip: neem nooit voedsel mee in dit gebouw, tenzij je bereid bent om er afstand van te doen.'

'Ik zal het in mijn oren knopen.'

'Je lijkt een stuk... opgewekter vandaag,' merkte hij op.

'Dat ben ik ook.' Ze boog zich dichter naar hem toe. 'Ik heb van Jeugdzorg vernomen dat Zoë's oom ervan heeft afgezien om haar voogd te worden. Gisteravond, toen hij in zijn garage werkte, is er een ongeluk gebeurd. Echt bizar. Er is een auto bovenop hem gevallen. Hij is nu verlamd vanaf zijn middel.'

'Echt waar?' zei Hector slechts lichtelijk geïnteresseerd.

'Yup. Het is niet zeker of hij ooit weer zal kunnen lopen, al heb ik begrepen dat het vooruitzicht niet positief is.'

'Ik ben blij dat het zo heeft uitgepakt voor je.'

'Ik weet dat het niet goed is om iemand slechte dingen toe te wensen, maar stiekem ben ik er wel blij om. Dit betekent natuurlijk niet automatisch dat de rechter mij als Zoë's voogd zal benoemen, maar ik zal een stuk beter slapen nu ik weet dat dat monster haar niet krijgt.'

*En met hem uit beeld verhoogt dat je kansen met Zoë.*

*Wat een vreselijke gedachte!*

*Dat maakt het niet minder waar.*

Ze sloeg haar ogen ten hemel naar het opportunistische deel van haar brein.

Zoë's oom mocht dan wel geen kans meer maken om haar voogd te worden, dat betekende niet dat Mary op haar lauweren kon rusten. Ze moest nog een hoop regelen, wilde ze een goede beurt maken bij de rechter. Ze moest Zoë een stabiel en veilig leven kunnen bieden. Trouwen, en daarmee haar burgerlijke staat van single naar getrouwd veranderen, was een eerste stap in de goede richting.

*Tijd voor de tweede ronde.*

Ze haalde een stapel papieren uit haar tas. 'Ik ben de hele nacht bezig geweest met het doorspitten van deze dossiers. Bedankt nog trouwens dat je me wilt helpen bij het maken van de juiste keuze.' Ze wees naar een foto van een gespierde kerel. 'Hoe zit het met hem? Ik denk dat hij mooie baby's zou maken.'

Hector verstijfde. 'Wat doet dát er verdomme toe? Je bent toch alleen maar op zoek naar een schijnhuwelijk?'

Ze wreef een vinger over haar onderlip. 'Ik weet niet wat jij denkt, maar vrouwen hebben ook... bepaalde behoeftes. En hij ziet er leuk uit, dus nou ja, wie weet wat er eenmaal kan gebeuren als...'

'Hij haat kinderen.'

'Echt? Dat klinkt nogal hard.'

'Tja, we leven nu eenmaal in een harde wereld gevuld met harde klootzakken.' Zijn stem was een diepe grom.

'Aha.'

Zijn ogen vernauwden. 'Wat bedoel je daarmee?'

'Niks. Gewoon, aha, in de zin van ik begrijp het.'

'En wat denk jij precies te begrijpen?'

Het werd steeds moeilijker om haar gezicht in de plooi te houden. 'Dat hij niet de juiste man voor mij is. Ik heb iemand nodig die van kinderen houdt, of het op zijn minst fijn vindt om hen om zich heen te hebben.'

'Dat dacht ik dus ook.' Hij leunde achterover.

Ze wees naar een ander dossier. 'En hoe zit het met hem, Beau Walker?'

Hectors ooglid trilde. 'Walker houdt van big en beautiful.'

'Wat?' De manier waarop hij excuses verzon voor elke kandidaat verbijsterde haar.

Hij tekende met zijn handen een vorm in de lucht. 'Curvy. Hij houdt van vrouwen met rondingen. Net als de meeste mannen houdt hij ervan om iets vast te kunnen houden in bed.'

'Ik heb rondingen,' betoogde ze. Hij gaf haar een blik. 'Misschien niet erg grote rondingen, maar ik heb ze wel.' Hij deed net alsof ze zo mager was als een lat. Tot nu toe had hij elke kandidaat die ze had voorgesteld afgeschoten. Wanneer zou hij zijn weerstand eindelijk eens opgeven en beseffen dat híj haar ideale man was?

'Je hebt het figuur van een Barbie.'

'Niet waar.'

'Ellenlange benen, blonde krullen. Een smalle taille. Grote borsten.'

Werd het hier nu ineens warm of zag ze het inderdaad goed dat hij naar haar borsten staarde?

'Fuck.' Hij stond met een ruk op. 'Ik heb geen tijd voor deze shit.'

Hij was de deur al uit voor ze had kunnen knipperen.

Ze wist dat hij zich aangetrokken tot haar voelde. Hij mocht haar misschien niet, maar ze had sterk het gevoel dat de seksuele spanning die ze tussen hen voelde niet eenzijdig was. Ze hoopte echt dat de wens niet de vader van de gedachte was. Wist ze maar waarom hij zich zo tegen haar verzette. Helaas had ze niet nog veel langer om daar achter te komen. De tijd begon te dringen. Ze had hulp nodig en snel ook.

Ze pleegde een telefoontje en een uur later liepen Tommie en Jazzy Hectors kantoor binnen.

'Je hulptroepen zijn gearriveerd,' kondigde Tommie aan, en gaf haar een kop koffie en een chocolademuffin.

Het komende uur namen ze één voor één alle cv's van potentiële huwelijkskandidaten door.

Toen Achilles' foto opdook, legde Tommie hem opzij. 'Hij niet,' zei hij met een schaapachtige blik.

'Hij niet,' beaamde ze. Tommie was het schoolvoorbeeld van een brutale geek met zijn gescheurde spijkerbroek, kleurrijke kleding en blauwe hanenkam, maar wanneer het op Achilles aankwam, was hij als een vis op het droge. Het was zo schattig.

'Oh, ik vind deze wel leuk,' zei hij. 'Kijk eens naar die spierballen. Ik zou er wel de bongo's op kunnen spelen.'

'Wat vind je van deze?' stelde Jazzy voor. 'Hij is Italiaans en heeft prachtige blauwe ogen. Ze zijn natuurlijk niet zo mooi als die van mijn Gio, maar hij is zeker niet verkeerd. Wat vind jij ervan, Hector?'

Mary keek op. Hector stond in de deuropening.

Ze bloosde toen ze zich herinnerde hoe hij haar had afgewezen. Ze wist niet wat haar had bezield toen ze hem had verteld dat ze hem had gekozen. Nou, eigenlijk wist ze het wel. Het was een wanhopige poging geweest zodat hij haar eindelijk zou zien staan. En misschien ook een manier om hem aan zich te binden. Het was niet eerlijk geweest tegenover hem, en ook een beetje triest. Welke vrouw bij haar volle verstand probeerde nu de man waar ze gek op was via een slinkse wijze aan zich te binden? En toch, toen de kans zich eenmaal had voorgedaan, kon ze die niet zomaar voorbij laten gaan. Ze was open en eerlijk tegen hem geweest; hij was haar eerste keus. De bal lag nu bij hem.

'Ja, vertel eens, Wolf.' Tommie hield de foto die Jazzy had opgepakt omhoog. 'Denk je dat deze kerel een goede vader voor Zoë zal zijn?'

Mary kromp ineen. Gelukkig had ze Tommie niet verteld over haar voorstel aan Hector. Het zou zo vernederend zijn als hij daarvan zou weten.

'Hij houdt niet van kinderen,' zei Hector.

'Oh.' Jazzy klonk teleurgesteld.

'Misschien pakken we dit compleet verkeerd aan,' zei Tommie met een blik strak op Hector gericht. 'Als jouw mannen biefstuk zijn, dan ben jij wagyu steak, het beste van het beste. Waarom trouw jij niet gewoon met Mary? Dan zijn we gelijk klaar met onze zoektocht.'

'Dat is een geweldig idee!' Jazzy keek haar afwachtend aan. 'Waarom vraag je het hem niet gewoon, Mary? Het is inderdaad de meest voor de hand liggende oplossing.'

'Ik... eh...' Ze keek weg van Hectors strakke kaak.

Er daagde begrip in Tommie's ondeugende ogen. 'Iets vertelt me dat ze dat al heeft gedaan...'

Toen Mary terug naar Hector keek, ontdekte ze dat hij zich uit de voeten had gemaakt. Alweer.

*Ik kan wel door de grond zakken.*

Jazzy snoof. 'Meen je dit nu? Heeft hij Hipster Barbie afgewezen?'

'Ik ben niet Hipster Barbie.'

Tommie gaf een kneepje in haar schouder. 'Ik begrijp precies hoe je je voelt, meid. Onbeantwoorde liefde zuigt. Uhm, ik hoop alleen wel dat je beseft dat hij een beetje...'

'Knorrig is,' maakte ze zijn zin af. 'Ja, ik ben me daarvan bewust.'

'Terwijl jij altijd juist zo... opgewekt bent.'

'En daarom passen ze juist goed bij elkaar,' beweerde Jazzy. 'Net als Gio en ik bijvoorbeeld. Hij is nogal geneigd om te broeden en ik ben, nou ja, ik. Hij zou diep ongelukkig zijn zonder zijn *bella*.'

Tommie deed alsof hij kokhalsde. 'Wanneer eindigen jullie wittebroodsweken nu eens? Als ik jullie nog één keer op de bank betrap, word ik blind.'

Jazzy sloeg speels tegen zijn arm. 'Hey! Niet haten omdat je zelf droog staat.'

'Helaas is dat maar al te waar.' Tommie keek bedroefd. 'Ik ben onderhand net een stuk opgedroogd zand zonder grondwater. Er heeft al maandenlang niemand in me geboord.'

Jazzy sloeg haar handen tegen haar oren. 'Oké, dát hoefde ik dus echt niet te weten!'

Tommie maakte een verongelijkt geluid. 'Zegt de vrouw die seks heeft in elke kamer van haar huis. Wist je dat je personeel een tijdschema heeft opgesteld om te voorkomen dat ze jullie per ongeluk betrappen?'

'Wat?' Jazzy hapte naar adem. 'Hebben ze dat serieus gedaan?'

Hij rolde met zijn ogen. 'Daar hebben we het een andere keer nog wel over. Laten we eerst een man voor Mary vinden. Al denk ik dat ik wel weet op wie ze haar zinnen heeft gezet.'

Mary zuchtte. 'Hij wil me niet.'

'Oh, geloof me, hij wil jou, hipster,' beweerde Tommie. 'Die overdreven spierbundel van een man wíl jou. Zijn ballen zijn inmiddels waarschijnlijk even blauw als mijn hanenkam. Hij wil het alleen niet toegeven. Ik denk dat het hoog tijd is om hem een duwtje in de juiste richting te geven zodat hij bij zinnen komt.'

'Ik weet niet of dat wel zo'n goed idee is.' Tommie's ideeën hadden soms de neiging om uit de hand te lopen.

'Maak je maar geen zorgen en laat het aan mij over. Bovendien, zelfs als het niks wordt met Hector, moet je nog steeds een man vinden, toch?'

Tja, als je het zo stelde... Hij had een uitstekend punt.

**7**

## HECTOR

Hector nam een slok bier en keek over de rand van zijn glas naar Mary. Het was de tweede dag van haar "hoe vind ik een echtgenoot in een paar dagen" queeste, zoals Mary haar zoektocht had gedoopt. Tommie had het briljante idee bedacht dat Mary haar "potentiële kandidaten" in een meer informele setting moest spreken. Kennelijk was zijn idee van die setting tijdens een happy hour in de Ierse pub aan de overkant van Diaz Security. Iedereen (dat wilde zeggen, alle alleenstaande mannelijke werknemers die momenteel niet werkten) waren uitgenodigd.

Ze waren naar O'Shea's gegaan en Hector was hen gevolgd. Hij had plaatsgenomen aan de bar. Gewoon om een oogje in het zeil te houden, uiteraard. En om ervoor te zorgen dat zijn mannen zich gedroegen. Al moest hij toegeven dat ze zich prima schenen te gedragen. Fantastisch beleefd zelfs, zoals ze Mary op handen droegen in haar hoek van het café waar ze het hof hield over haar hovelingen als een koningin.

Hector knarste zijn tanden toen hij zag dat pretty boy Beau Walker niet van haar zijde weg was te slaan. Die man was een regelrechte vrouwenmagneet van een kaliber dat Hector nog nooit had meegemaakt.

'Wat vind jij hier eigenlijk allemaal van?'

Hector wendde zijn blik naar Achilles, die naast hem zat. 'Wat vind ik waarvan?'

'De dates, of sollicitatiegesprekken, of hoe je deze gesprekken die Mary met de mannen heeft ook wilt noemen.'

'Waarom zou het mij iets moeten schelen met wie ze gaat neuken?'

Achilles trok een wenkbrauw op. 'Gaat neuken? Ik dacht dat ze alleen maar op zoek was naar een tijdelijke echtgenoot om voogdij over het kind te krijgen.'

Alsof een man onder hetzelfde dak met haar kon wonen zonder haar te neuken. Blijkbaar sprak zijn frons boekdelen, want Achilles knikte.

'Aha.' Achilles schraapte zijn keel. 'Grappig trouwens, dat er zomaar een auto boven op Zoë's oom is gevallen.'

Hector hield zijn gezicht in de plooi. 'Een ongeluk zit in een klein hoekje.'

'Uh-huh. Heb je een alibi?'

'Hoezo? Bied je me er een aan?'

Achilles klonk zijn glas tegen het zijne. 'Altijd.'

'Dat waardeer ik, vriend.' Al geloofde hij niet dat hij er een nodig had. Tenzij die klootzak wilde dat Hector afmaakte wat hij was begonnen. Hij was niet naar de garage gegaan om Zoë's oom pijn te doen. Hij wilde slechts een praatje maken, en hem, indien nodig, omkopen. Voordat hij daar aan toe was gekomen had die klootzak een grote bek gehad en hem toegesnauwd dat Hector moest oprotten. Er had een gretige blik in zijn ogen gelegen toen hij vertelde dat hij ernaar uitkeek dat Zoë bij hem zou komen wonen. Die blik was genoeg geweest om Hector zijn zelfbeheersing — die toch al niet zo geweldig was — te doen verliezen.

'Ga je hier nu echt blijven zitten en doen alsof je niets om haar geeft?'

Soms haatte hij Achilles' "het glas is altijd vol" mentaliteit. Hij stond net op het punt om hem te vertellen waar hij zijn glas kon stoppen, toen Mary afscheid nam van een van zijn mannen. Met een knuffel.

Het voelde als een stomp in zijn maag.

Blijkbaar was Mary een knuffelaar. Natuurlijk was ze dat.

'Hector?'

'Wat?' gromde hij. Te oordelen naar Achilles' blik was het niet de eerste keer dat hij hem riep.

'Uhu, ik zie dat je totaal niet in haar geïnteresseerd bent.'

Hij dwong zichzelf weg te kijken van Mary. 'Heb jij al een gesprek met haar gehad?'

'Nope. Ze heeft mij niet gevraagd.' Achilles keek geamuseerd. 'Ik weet niet of ik me daar beledigd door moet voelen of juist niet.'

Bij nader inzien had hij kunnen weten dat Mary Achilles niet zou vragen, aangezien Tommie een zwak voor hem had. Iets waar Achilles zich overigens totaal niet bewust van leek te zijn. Mary zou haar vriend nooit kwetsen, want dat was het soort persoon dat zij was. Goedhartig, onzelfzuchtig, het type dat de behoeftes van anderen voor die van haarzelf plaatste. Het was een van de vele redenen waarom ze niet bij elkaar pasten.

'Niet dat ik haar voorstel zou hebben geaccepteerd,' ging Achilles verder. 'Niemand zal dat doen, tenzij jij hen erom vraagt.'

'Tenzij ik hen erom vraag? Dat heb ik toch al gedaan?' Hij had Mary's situatie uitgelegd aan de mannen. Hij had nog net geen strikje om de boodschap heen gedaan voor degenen die geïnteresseerd in haar waren. Het had gevoeld alsof iemand zijn nagels eruit trok, maar hij had het wel gedaan. 'Is dat niet verdomme de reden dat ze daar met haar zitten?' Om een drankje te drinken en te lachen. Voor zover hij kon zien, hadden ze het prima naar hun zin.

'Nou, nu je het zegt... Er loopt een weddenschap over hoelang het zal duren totdat je eindelijk je verlies erkent en zelf met haar trouwt.'

'Ze hebben wát gedaan?' Hij zette zijn glas op de bar. 'Waarom zouden ze zoiets doen?'

Achilles keek naar Hectors vuist. 'Waarschijnlijk omdat je iedere man met wie ze een praatje heeft gemaakt dodelijke blikken toewierp.'

'Dat is mijn standaard gezichtsuitdrukking.'

'Tuurlijk, tuurlijk.' Achilles nam nog een slok van zijn drankje.

'Fuck you. Ik heb geen zin in deze shit.' Hij legde wat geld op de bar en ging er vandoor. De lach van zijn vriend achtervolgde hem als een donkere wolk.

Niemand leek hem te begrijpen. Hij kon zich niet als Mary's voorvechter opwerpen. Hij zou haar leven ruïneren. Zij was als het licht. Hij was de duisternis. Zij was klein en delicaat. Hij was uit de kluiten gewassen.

Hij stapte naar buiten, in de koele nacht, op zoek naar zijn motor, toen hij weer die heerlijke geur rook. Mary.

Ze stond ineens naast hem. 'Ga je nu al weg?'

Haar ogen gleden kort naar zijn mond. De wetenschap dat zij zich net zo bewust was van hem als hij van haar, maakte alles erger. Zoveel erger. Hij sloeg zijn handen ineen zodat hij niet naar haar zou reiken. Hij kon haar immers niet zomaar tegen zijn borst trekken en doen waar hij zin in had. Of wel...?

*Nee. Focus, Diaz. Focus!*

'Je kunt iedere man krijgen die je maar wilt. Waarom ik?' Het was iets wat hij zich al een tijdje afvroeg. Morgen zou ze een van zijn mannen uitkiezen. Dit was zijn laatste kans om het haar te vragen.

'Je bent een hondenliefhebber.'

'Wat?' Van alles wat ze had kunnen zeggen, had hij dit niet zien aankomen.

'De eerste keer dat ik je zag was op Jazzy's bruiloft,' herinnerde ze hem eraan. 'Ik ging naar de achtertuin om een luchtje te scheppen en zag jou daar met een waakhond. Je aaide hem.' Ze grinnikte. 'Ik denk dat ik gewoon een zwak heb voor mensen die van honden houden. Ik geloof bovendien dat een man die aardig is tegen een hond niet wreed kan zijn. Op dat moment, toen ik je daar zag, wist ik dat ik altijd veilig zou zijn bij jou. Dus, daar is je antwoord. Ik koos jou omdat je me een veilig gevoel geeft. Diep vanbinnen weet ik dat hoe groot en sterk je ook bent, je mij nooit pijn zult doen. Dat is echter niet alles. Je bent ook mijn eerste keus omdat het goed voelt. Ik kan het hoe en waarom niet verklaren. Sommige dingen kunnen simpelweg niet worden uitgelegd. Maar als jij mij niet wilt, zal ik een ander kiezen. Ik kan Zoë niet in de steek laten.'

Er was lef voor nodig om dat allemaal te zeggen. Ze verdiende het dat hij even eerlijk tegen haar was.

Hij zuchtte en voelde zich plotseling moe. 'Ik ben tweeëndertig, jij pas eenentwintig. Je hebt je hele leven nog voor je en ik ben niet van plan om dat voor jou te verpesten. Je hebt er geen idee van wat ik allemaal heb gedaan en gezien. Soms voelt het alsof er een beest in mij zit, vol woede en opgekropte agressie. Ik weet waarom je...'

Mary's lippen veranderden in een streep. 'Je weet helemaal niets, Jon Snow.'

'Wie?'

Ze schudde haar hoofd. 'Het is een personage uit een serie. Laat maar. Als je die referentie niet snapt, zal niets wat ik zeg enig verschil uitmaken.'

Ze draaide zich abrupt om en liep terug naar binnen, alsof het feit dat hij nooit van die Jon Snow had gehoord een enorme *faux pas* was.

# 8

## HECTOR

Het was de Dag des Oordeels; vandaag ging Mary een echtgenoot uitkiezen. Hector werd vlak voor dageraad wakker met die onthutsende gedachte. In het daarop volgende uur stond hij op dezelfde vertrouwde plek; in de sportzaal waar hij met zijn vuisten de bokszak bewerkte. Het zweet gutste van zijn lijf, maar het was niet genoeg. Hij wilde nog steeds een gat door de muur heen slaan.

Het was inmiddels bijna zes uur in de ochtend en de eerste mannen druppelden binnen. Sommigen liepen direct naar hun kluisje om zich om te kleden en te sporten. Anderen liepen richting het kantoor waar Achilles gewoonlijk de opdrachten coördineerde.

Toen hij Achilles binnen zag komen, op de voet gevolgd door Walker en Cortez, kon Hector zijn geluk niet op. Hij liet de bokszak voor wat het was en sprong in de boksring.

'Wie wil er een rondje sparren?'

Pijlsnel maakte iedereen zich uit de voeten. Jess schudde haar hoofd terwijl ze met een boog om hem heen liep.

'Cortez, jij zin in een rondje?'

De man schudde zijn hoofd. 'Mijn mamacita ziet mijn gezicht graag zoals het is. Gebruind en zonder blauwe plekken.'

'Ik dacht dat ze je had gedumpt?'

'Dat klopt, maar toen gaf ik haar een puppy. Vrouwen zijn gek op puppies. Eén blik op die kleine etter en het was weer aan.'

Achilles snoof. 'Jou kennende heeft ze binnenkort vast een kennel nodig.'

Cortez legde een hand op zijn hart en keek gekwetst. 'Niet haten, man. Het is ons ding. Ik verknal het, geef haar dan wat leuks en ze vergeeft me. Dat is liefde.'

'Walker. Jij?'

Beau gaf hem een blik. 'Ik dacht het niet. Mijn moeder ziet mij ook liever heelhuids.'

Achilles liet zijn sporttas op de grond vallen en sprong in de ring. Hij schudde zijn hoofd terwijl hij glimlachte.

'Wat?' vroeg Hector.

'Moet je dat serieus vragen? Je bent al de hele week ruzie aan het zoeken. Niemand met enig gezond verstand stapt nu met jou de ring in.'

Hector sprong op en neer voor de warming-up. 'Behalve jij, kennelijk.'

'Ik heb nooit gezegd dat ik gezond verstand heb.'

'Fucking hippie.'

Achilles grijnsde. 'Een verdomd trotse hippie,' corrigeerde hij. 'In een commune opgroeien was het beste cadeau dat mijn vaders en moeder me konden geven. Het was een geweldige oefening voor het leger.'

Hector kende niemand zoals Achilles. Hij was opgegroeid in een polygaam gezin met twee vaders, in een dorp waar dat zo'n beetje de gewoonte was. Niets bracht hem ooit van zijn stuk.

'Hoe dan ook, ik kreeg net een telefoontje van Mary,' zei Achilles. 'Blijkbaar is haar auto kapot en kon ze Jazzy niet bereiken. Ik zou haar graag ophalen, maar ik moet het Hollywoodproject regelen vandaag.'

Walker, die net langsliep, kreunde toen hij hoorde over hun nieuwe cliënt. Niemand wilde de bodyguard van een verwende Hollywood-ster zijn, maar het betaalde goed. Zijn mannen waren de beste in het vak en hadden een uitstekende naam in de beveiligingssector.

'Ik haal haar wel op,' zei Hector. 'Zorg jij maar voor Planet Hollywood.'

Hij nam snel een douche, kleedde zich om en reed naar het adres dat Achilles hem had gegeven. Mary was blijkbaar aan het poseren voor een schildercursus in het cultureel centrum waar ze werkte.

De receptioniste vertelde hem in welk klaslokaal ze was en... dat was het moment waarop hij haar zag.

Mary lag gedrapeerd over een rode bank. Ze was poedelnaakt. Haar verrukkelijke lichaam lag daar open en bloot zodat iedere eikel in de klas zich er aan kon verlustigen.

Hector stond even als bevroren. Hij wist niet wat hem het meest choqueerde. Het feit dat ze naakt durfde te poseren of de vlaag van monsterlijke jaloezie die zijn borstkas verscheurde. Hij beende op haar af en zag dat de leraar en de studenten achter hun ezels naar hem staarden.

Toen Mary hem zag, kwam ze half overeind. 'Hector, wat doe jij—'

'Nu niet.' Hij deed zijn shirt uit, trok het minuscule stukje stof tussen haar benen weg en wierp zijn shirt over haar hoofd. Het kledingstuk slokte haar als het ware op.

'Wat ben je—'

'Ik zei, niet nu.' Hij nam haar in zijn armen en liep naar buiten. Hij negeerde de verbijsterde blikken die hen achtervolgden. Dat was de laatste keer dat ze zijn vrouw naakt zouden zien.

Ja, zíjn vrouw. Hij had inmiddels een paar conclusies getrokken betreft Mary. Ten eerste: Achilles had hem erin geluisd. Die klootzak wist precies waar Hector mee geconfronteerd zou worden. En ten tweede: hij was het zat om zijn gevoelens voor haar nog langer te ontkennen. Hij kon zich de laatste keer dat hij zo uit balans was geweest niet meer herinneren. Het dreef hem loco.

Hij liet haar pas los toen hij haar in de passagiersstoel had geïnstalleerd. Hij startte de motor en ze reden een tijdje in stilte. Toen hij de afslag naar Venice Beach voorbij reed, schraapte ze haar keel.

'Mag ik nu iets zeggen?'

'Als je van plan bent om te zeggen dat ik het recht niet had om je uit die klas te halen, jammer dan.' Natuurlijk had hij dat recht niet. Maar dat ging veranderen. Zij wist dat alleen nog niet.

Naakt. Ze was poedelnaakt geweest.

Het beeld van die lange benen en prachtige borsten zou voor eeuwig op zijn netvlies gebrand staan. Het was één ding om te doen alsof de vrouw die hij neukte Mary was, maar het was van een geheel andere orde om zijn fantasie tot leven te zien komen.

De realiteit was zoveel beter. Hij wilde haar verslinden. Hij wilde foute dingen met haar doen. Dingen waar ze waarschijnlijk geen ervaring mee had. Hij tikte voor de zoveelste keer het rijtje redenen af waarom hij niet moest doen wat hij op het punt stond om te doen, maar het was tevergeefs. Zijn verlangen naar haar overtrof elke rationele gedachte.

'Oké.'

'Is dat alles? Gewoon, "oké"?'

Ze sloeg haar armen voor haar borst over elkaar. 'Je bent duidelijk overstuur en niet in de stemming om te vertellen waarom je me uit die klas weghaalde. Ik wacht wel totdat je klaar bent om een fatsoenlijk gesprek te voeren.'

Ze klonk zo... beschaafd en preuts. Als ze eens wist hoezeer haar strenge leraressentoon hem opwond. Dan zou ze het waarschijnlijk laten.

Hij reed voorbij Glen Park en nam de afslag naar een onverharde weg. Hij parkeerde aan de rand van een afgelegen parkeerplaats, vlak naast een rij bomen. Toen plukte hij haar van haar stoel en drapeerde haar over zijn schoot met haar benen schrijlings over zijn heupen.

'Wat ben je aan het doen?'

Ze klonk nerveus. Eindelijk.

'Wil je een fatsoenlijk gesprek? Wat vind je hiervan? Ik heb je daar weggehaald omdat ik besefte dat ik het niet kan hebben als andere mannen je naakt zien.'

Een blos kleurde haar wangen. 'Het is gewoon tekenles. Er is niets seksueels aan, en...'

'Dat kan me geen zak schelen.'

'En,' herhaalde ze pinnig, 'het gaat jou helemaal niks aan wie mij naakt ziet. Je probeert me immers al dagen te slijten aan een van je mannen.'

Ze zou nooit met een van zijn mannen trouwen. In zijn onderbewustzijn had hij dat geweten. Iederéén had het verdomme geweten.

'Daarover gesproken, dat gaat dus niet gebeuren. Geen een van hen zal met je trouwen.'

Mary keek gealarmeerd. 'Dat kun je niet maken, Hector. Denk aan Zoë. Ze heeft me nodig—'

Hij tilde haar kin op. 'Het gaat niet gebeuren omdat ze weten dat als ze je ook maar met een vinger aanraken, ik ze zal breken. Dus, dit is wat er nu gaat gebeuren. Je moet een keuze maken. Of je trouwt met míj, of je vindt iemand die ik niet ken en die ik ook nooit zal hoeven te zien.'

Haar ogen knipperden verbaasd. 'Maar..? Ik heb het gevoel dat er een addertje onder het gras zit. Ik bedoel, ik heb al gezegd dat jij mijn eerste keuze bent. Je weigerde, en uitgebreid ook, mag ik wel zeggen. Waarom ben je ineens van gedachten veranderd?'

Wat er was veranderd? Hij was geconfronteerd met wat er zou gebeuren als hij haar niet voor zichzelf claimde. Een andere man zou Mary naakt zien, haar proeven, haar aanraken. Hij voelde zich een klootzak omdat hij overwoog om haar leven te verpesten puur en alleen omdat hij haar in zijn bed wilde, maar het was wat het was.

'Ik wil je,' zei hij eenvoudig. Mary knipperde met haar ogen. 'Dat kan je vast niet verbazen.'

Ze haalde haar schouders op. 'De helft van de tijd lijk je me niet eens te mogen.'

'Ik heb je nooit niet gemogen. Ik heb je gewoon nooit gewild.'

'Oké, nu ben ik in de war.'

*Natuurlijk ben je dat. Ik kraam onzin uit.*

'Ik heb nooit je prins op het witte paard willen zijn. Want dat is wat je wilt, waar je naar op zoek bent. Dat is ook wat je verdient. Als ik een goede man was, zou ik met een grote boog om je heen lopen, maar dat kan ik niet.'

Hij was het afgelopen jaar enkele maanden in Europa geweest om die klootzak op te sporen die haar pijn had gedaan. De afstand tussen hen had hem hard geraakt. Hij had haar graag om zich heen, zelfs al was het sporadisch en vanaf een afstand. Ze was omringd door een positieve energie dat hij in zich op wilde nemen om zijn ziel mee te vullen. Hij wilde het diep in zijn binnenste vasthouden zodat het misschien, heel misschien, iets van de duisternis in hem kon wegnemen. Hij had erna geen opdracht meer aangenomen in het buitenland.

'Uhm... en wat nu?' Ze wiebelde wat onzeker op zijn schoot.

Hij deed hard zijn best om het feit te negeren dat ze naakt was onder zijn shirt.

'Zoals ik al zei, nu moet je een keuze maken.' Hij legde zijn handen op haar dijen, onder zijn shirt. 'Maar weet dit: als je voor mij kiest, ben je helemaal van mij. Er is dan geen weg meer terug. Er zal ook geen sprake zijn van een schijnhuwelijk. Geen enkele man bij zijn volle verstand kan onder één dak met jou leven zonder met jou naar bed te gaan.' Haar gezicht warmde op en hij genoot ervan dat hij haar kon laten blozen.

'Wat nog meer? Ik heb het gevoel dat er meer is.'

Zijn vingers tekenden cirkels aan de binnenkant van haar dijen. 'Dat klopt. Ik ben er nog niet van overtuigd of je weet hoe het tussen ons zal zijn. Het lijkt me niet meer dan fair dat ik je een voorproefje geef, zodat je de juiste keuze kunt maken.'

Toen zijn vinger haar hete kern naderde, verwijdden haar pupillen zich, maar ze deinsde niet van hem weg. Als ze enig idee had van de dingen die hij met haar wilde doen, zou ze waarschijnlijk uit de auto springen.

Er verscheen een vastberaden uitdrukking op haar gezicht. 'Nou, geef me dan een voorproefje.'

Wat ze werkelijk zei was "kom maar op". Ze wist nog niet dat hij van een uitdaging hield. Haar bijdehante reactie maakte hem alleen maar nog geiler.

'Ik ben tot nu toe erg toegeeflijk met je geweest,' zei hij, en hij negeerde haar gesnuif. 'Maar dat is nu voorbij. Je moet weten waar je met mij aan toe bent. Soms heb ik een slecht humeur. Je weet al van mijn PTSS. Ik heb het onder controle, meestal, maar ik heb 's nachts weleens flashbacks. Ik scheld er weleens op los. Ik hou er niet van als andere mannen mijn vrouw aanraken. En ik hou er vooral van om het voor het zeggen te hebben in de slaapkamer.'

Hij knoopte zijn shirt los totdat hij haar borsten had blootgelegd. Ze had kleine, gouden ringetjes door haar tepels en hij werd keihard. Shit. Mary had een kinky kant. Hoe had hij die piercings over het hoofd gezien? Waarschijnlijk omdat hij te druk bezig was geweest om haar prachtige lichaam te bedekken.

'Jij *bad girl...*'

Haar wangen kleurden. 'Ik heb ze genomen na een weddenschap met Jazzy.'

'Ik neem aan dat je verloren hebt.'

Ze kreeg pretlichtjes in haar ogen. 'Nou, eigenlijk heb ik gewonnen.'

Zijn hand ging naar haar tepels. Hij gleed met zijn duim over het gewelfde puntje en trok toen zachtjes aan de piercings. Mary kreunde en haar ademhaling versnelde. Met zijn andere hand bedekte hij haar vagina. Hij gleed met een vinger over haar klit en begon haar te wrijven. Ze was nat, zo heerlijk nat, dat hij langzaam het topje van een vinger in haar duwde.

Mary's heupen begonnen uit eigen beweging te bewegen. Misschien was het *wishful thinking*, maar het leek wel alsof ze voor hem was gemaakt.

'Begrijp je wat ik je probeer te vertellen, Mary?'

Haar halfgeloken ogen sprongen open. 'Ja. Je hebt me een opsomming gegeven van redenen waarom ik niet met je zou moeten trouwen. Ik heb nog geen deal-breaker gehoord.'

Misschien was hij niet duidelijk genoeg geweest. Hij duwde zijn vinger dieper in haar kern, waardoor haar ogen wijder werden. Toen voegde hij nog een vinger toe, dit keer veel langzamer, zodat ze zich kon aanpassen aan zijn dikke vingers. Haar blik werd gespannen toen hij in en uit haar strakke hitte begon te duwen.

'Ik hou van ruige seks,' zei hij. 'Als ik je eenmaal in mijn bed heb, zullen er geen barrières meer zijn tussen ons. Alles kan en mag. Begrijp je wat ik je probeer te vertellen?'

Haar lichaam bewoog zich langzamer en probeerde zich aan te passen aan zijn vingers. Zijn duim gleed over haar klit en hij voelde haar gladder worden.

'Ik zit praktisch naakt op je schoot, in the middle of nowhere, met jouw vingers in mij. Ik denk dat ik de boodschap wel heb gekregen,' zei ze droogjes. 'Je houdt dus niet van vanilla seks. Wat moet ik nog meer weten?'

'Ik zei niet dat ik niet van vanilla hou. Ik hou er gewoon van om er de spanning in te houden.' Hij was een tel stil. 'Of speeltjes te gebruiken.'

In haar ogen zag hij interesse opflakkeren. Misschien was ze toch niet zo onschuldig. Een onredelijke vlaag jaloezie overviel hem.

'Dat klinkt interessant,' zei ze schor.

Hij moest het weten. 'Ben je maagd?'

Plotseling vond ze de boom naast hun auto erg fascinerend. 'Waarom vraag je dat?'

'Beantwoord mijn vraag niet met een tegenvraag. Nou?'

'En wat dan nog als ik dat ben?' Toen hij fronste, voegde ze eraan toe: 'Ja, ik ben maagd. Waarom doet dat er iets toe? Het duurt gewoon even voordat ik me genoeg op mijn gemak voel met een man om...' Ze maakte een vaag gebaar met haar hand. 'Met Josh was het gewoon nooit... Ik bedoel, hij deed zijn best, maar...'

Hij legde een hand op haar wang. 'Het doet er toe omdat ik je geen pijn wil doen. Als ik je niet goed voorbereid, zou je een week lang krom lopen.'

Ze barstte in lachen uit en de spanning verdween uit de lucht.

'Dat kunnen we natuurlijk niet hebben,' zei ze met een twinkeling in haar ogen. 'Wat zou ik Zoë moeten vertellen?'

Natuurlijk. Zoë. De reden dat Mary met hem wilde trouwen. Ze had een beschermer nodig voor die lieve, kleine meid, en dat kon hij haar niet kwalijk nemen. Heel even zat het hem niet lekker dat dit de enige reden was waarom ze met hem wilde trouwen, al wist hij niet goed waarom. De enige reden dat hij immers akkoord ging was omdat hij haar in zijn bed wilde. Ze kregen allebei wat ze wilden, niet meer en niet minder. Hij kon dat beter goed in zijn oren knopen.

'Dus, wat is je antwoord, *hermosa*? Wees er zeker van. Wees er heel erg zeker van.' Want als hij eenmaal zijn ring om haar vinger had, liet hij haar nooit meer gaan.

Ze boog voorover en gaf hem een zachte kus. 'Hoe kan ik dit prachtige aanzoek nu weigeren? Ja, Hector Diaz, ik wil met je trouwen.'

# 9

## MARY

Hector had ermee ingestemd om met haar te trouwen, maar dat betekende niet automatisch dat alles tussen hen nu koek en ei was.

Er was geen romantische zonsondergang die ze samen tegemoet reden. Er was ook geen Hollywood-moment, waarin hij plotseling tot de ontdekking kwam dat hij altijd al verliefd op haar was geweest. In plaats daarvan begon hij haar juist te vermijden. Eerst dacht ze dat hij het gewoon druk had, maar inmiddels was het twee dagen geleden dat ze hem voor het laatst had gezien. Er vormde zich een knoop in haar maag. Als hij van gedachten was veranderd, hoorde ze dat liever nu dan bij het altaar. Technisch gezien zou er natuurlijk geen altaar zijn, maar als hij niet op kwam dagen bij de burgerlijke stand, had dat hetzelfde pijnlijke resultaat. Ze had vanmorgen met mevrouw Wilson gesproken en terloops laten vallen dat ze ging trouwen met Hector, haar oude vlam. In haar diepste fantasieën was hij dat immers ook.

Toen de onzekerheid haar te veel werd stapte ze in haar auto en voor ze het wist was ze onderweg naar Hectors kantoor.

Alles ging zo snel, maar ook weer niet snel genoeg. Ze moest nog duizend en een dingen regelen, zodat ze een verenigd en stabiel front konden tonen aan de rechter.

Ze begroette Jess en Beau, die een praatje maakten bij de receptie, toen Hector ineens de hoek omkwam.

Hij begroette haar niet met woorden maar trok haar simpelweg tegen zijn borst en gaf haar een kus die haar tenen deed krullen.

'Dat was niet het soort welkom dat ik had verwacht,' bekende ze.

Er verscheen een frons op zijn voorhoofd. 'Vond je het niet fijn?'

'Ik vond het heerlijk.' Ze haalde haar schouders op. 'Ik ben het gewoon meer gewend dat je wat humeurig tegen me bent. En ook wat afstandelijk.'

'Dat was vroeger, *nu* ben je van mij. Ik kan je aanraken wanneer ik maar wil.'

Het klonk alsof dat een gegeven was. Zijn bezitterige toon verwarmde haar tot diep in haar binnenste. Al kon dat natuurlijk ook komen door haar hormonen die van slag waren geraakt na die hete kus.

Beau gaf haar een duim van achter Hectors rug en ze voelde dat ze kleurde. Hij was de mooiste man die ze ooit had gezien en was, net als de anderen, zo begripvol toen ze hem had verteld over haar hachelijke situatie. Hij had zelfs aangeboden om met haar te trouwen als het niks werd met haar humeurige wolf.

Hector greep haar hand. 'Laten we gaan.'

Wat verrast volgde ze hem naar buiten, de auto in. Om de een of andere reden had ze verwacht dat hij er weer met een smoesje vandoor zou gaan. Was dat immers niet de reden waarom ze hier was? Hij nam een paar minuten later de afslag naar de snelweg.

Mary kon de stilte niet langer verdragen. 'Heb je er spijt van?'

'Waarvan?'

'Van ons.' Ze keek weg. 'Ik heb het gevoel dat je me aan het vermijden bent sinds het moment dat we hebben afgesproken om te gaan trouwen.'

Toen hij het niet ontkende, verstrakte de knoop in haar maag. Haar ogen werden mistig en ze besteedde geen aandacht aan haar omgeving. Pas toen Hector voor een Victoriaans huis met een enorme voortuin parkeerde keek ze om zich heen.

Hector doorbrak eindelijk de stilte. 'Ja, ik heb je ontweken.'

*Maar hoe zit het dan met die kus?*

*Misschien houdt hij gewoon van tongen.*

*Herinner je je die kerel op de universiteit nog die ervan hield om je teennagels te lakken?*

'Bedankt voor je eerlijkheid,' zei ze met krakende stem.

Er gingen een miljoen scenario's door haar hoofd. Wat zou er gebeuren als ze bij de rechtbank verscheen zonder een echtgenoot aan haar arm? Vooral nadat ze mevrouw Wilson had verteld dat ze verloofd was. Oh, God, die vrouw zou misschien denken dat ze had gelogen. Ze moest dringend wat telefoontjes plegen en redden wat er nog te redden viel.

'Je hoeft me niet te bedanken. Je hebt er geen idee van waarom ik je uit de weg ging. Kom op, laten we gaan.'

Ze knipperde. 'Waarheen?' Had hij het niet net uitgemaakt met haar?

Hij fronste. 'Om naar het huis te kijken, natuurlijk. De makelaar is er al.'

Ze zag nu pas het "Te Koop" bordje op het gazon.

Het komende halfuur — waarbij de makelaar hun een uitgebreide tour door het gigantische huis gaf — was een openbaring.

De makelaar, een kleine vrouw in een strak pak, sloot de tour af in de designkeuken. 'Ik heb begrepen dat jullie haast hebben en niet wekenlang op meubilair kunnen wachten. Deze villa wordt volledig gemeubileerd opgeleverd, precies naar jullie wensen,' zei ze, en ze stapte de kamer uit om hen privacy te geven.

'En, wat vind je ervan?' Hectors gezicht was neutraal en liet niet blijken of hij het huis leuk vond of niet.

Het huis was net een mausoleum; gevuld met marmeren beelden aan de voorzijde, een tuin zo groot als een voetbalveld en een chroom met zwarte keuken waar een klein leger in zou passen.

Mary zuchtte. 'Het spijt me als ik je het verkeerde idee heb gegeven, maar eh... ik kan me dit huis niet veroorloven.'

'Daar ging ik ook niet vanuit.'

'Wat doen we hier dan?'

'Ik kan die vrouw van Jeugdzorg moeilijk mijn loft laten zien. Het is er niet bepaald geschikt voor kinderen. Ik ben er nauwelijks, dus het kan me niet schelen hoe het eruitziet. Hoe dan ook, het leek me hoog tijd om te kijken naar iets dat meer geschikt is voor een familie.'

'Oh.' Dat was ongelooflijk gul van hem, maar ze wilde niet dat hij zich in de schulden stak voor haar.

Plotseling keerde zijn frons terug. 'Wat bedoel je met dat je me het verkeerde idee hebt gegeven?'

'Niets.'

'Waarom denk je dat ik ervan uitging dat jíj ons huis zou kopen?'

Dit kon nog heel gênant worden als ze niet oppaste. 'Ik hou van de hardhouten vloeren.'

Hij legde zijn hand op haar wang. 'Geef antwoord op mijn vraag.'

Goed dan. Als ze wilde dat hun relatie ging werken, zou ze open kaart met hem moeten spelen. 'Ik heb gewoon gemerkt dat mensen schijnen te denken dat ik een fortuin heb geërfd. Puur en alleen omdat ik Rossi heet van mijn achternaam. Toen mijn nicht met een miljardair trouwde, werd het nog erger. Mensen denken dat je rijk bent puur door associatie. Alleen, het Rossi-fortuin bestaat niet meer. Je hebt gezien waar ik woon. Het is niet tijdelijk. Er is geen erfenis die in werking treedt als ik een bepaalde leeftijd heb bereikt. Ik heb nog wat spaargeld dat ik zo nu en dan gebruik, aangezien het loon van een parttime lerares niet bepaald een vetpot is, maar dat is dan ook alles.' Misschien had ze dat vanaf het begin duidelijk moeten maken. 'Ik denk dat we beter naar een kleinere, betaalbare woning kunnen kijken.'

Hector nam plaats op een keukenstoel en trok haar op zijn schoot. 'Ik kan me dit huis veroorloven.'

'Echt?'

'Ja.'

'Hoe dan?' Het was waarschijnlijk een onbeleefde vraag, maar Hector was ook niet bepaald de beleefdheid zelve, en ze was bovendien nieuwsgierig. Ze wist dat hij zijn eigen beveiligingsfirma had, maar dat was vast niet genoeg om een herenhuis in deze buurt te kunnen kopen. Bovendien hoopte ze, al zou ze het nooit hardop toegeven, dat hij zijn geld niet verdiende met illegale activiteiten.

Ze was opgegroeid in de maffiawereld. Een wereld die haar vader het leven had gekost, en waardoor ze had geleefd achter hoge hekken, omringd door lijfwachten. Toen haar grootvader stierf, had ze gehoopt dat allemaal achter zich te laten.

'Ik doe zo nu en dan klusjes voor de maffia,' fluisterde hij. Bij haar paniekerige blik grijnsde hij. 'Je zou je gezicht moeten zien.'

Ze gaf hem een stomp tegen zijn schouder. 'Dat was niet grappig. Ik bedoel, ik weet dat je niet de meest veilige baan hebt, zoals die van een accountant, maar klusjes voor de maffia? Serieus?'

'Mijn bedrijf doet het goed. Meer dan goed zelfs. Ik heb verder aandelen in Detta Enterprises. Dus, je hoopte eigenlijk op een accountant?'

'Ik hoopte op jou,' zei ze eerlijk. Hij was er nog niet klaar voor om te horen dat ze van hem hield. Als ze dat nu bekende zou hij er waarschijnlijk van schrikken, maar het kon geen kwaad om hem eraan te herinneren dat hij haar eerste keuze was.

Zijn handen gleden onder haar topje. Haar huid tintelde toen hij over een tepel wreef. De spanning tussen hen brak toen de makelaar via het terras weer naar binnen liep.

Ze keek hen verwachtingsvol aan. 'Hebben jullie al een beslissing genomen?'

Hector trok zijn handen terug en keek haar vragend aan.

'Het is een mooi huis, maar wel erg groot,' zei Mary.

'Ik dacht dat je dat juist gewend was?'

Dat klopte. Ze had haar hele leven in villa's en herenhuizen gewoond. 'Je vergeet waar ik nu woon. Ik ben inmiddels gewend geraakt aan een kleinere woning.'

Hij gaf haar een blik 'Je woont er pas drie maanden.'

'Ik pas me snel aan.'

Zijn ogen gleden over haar lichaam. 'God, ik hoop het.'

De verhitte manier waarop hij naar haar keek deed haar hart sneller kloppen. 'Waarom heb ik het gevoel dat we het niet meer over huizen hebben?'

'Omdat we het daar niet meer over hebben,' beaamde hij. Zijn stem klonk ruw en Mary voelde haar wangen verhitten.

De makelaar schraapte haar keel en Mary gaf haar een verontschuldigende glimlach. Het leek Hector niet te kunnen schelen dat de arme vrouw zich ongemakkelijk voelde door de seksuele spanning die in de lucht hing.

'Ik weet niet of dit wel de juiste woning voor ons is,' zei ze, omdat Hector de keuze aan haar leek over te laten.

De makelaar liet hen nog twee huizen zien, die haar geen van beide aanspraken. Ze vreesde dat Hectors geduld inmiddels op zou zijn, maar hij klaagde geen moment. Toch was het niet eerlijk tegenover hem, of de makelaar, om ze de halve dag door de stad te laten sjezen.

Mary keek de makelaar aan. 'Kunt u ons niet wat kleinere woningen laten zien? Huizen die minder, eh... gigantisch en flitsend zijn? Het liefst dichter bij Hectors werk, en wat meer in een omgeving met wat natuur.'

Hector schraapte zijn keel. 'Liefje, hier hebben we het al over gehad. Ik kan me dit huis echt wel veroorloven.'

'Ja, dat zei je. Het is gewoon dat geen van de woningen tot nu toe erg huiselijk zijn. Ze zijn prachtig, maar ik hoopte op iets minder groots, in een wat meer natuurlijke omgeving, en wellicht omgeven door bomen. Ik denk dat jij je daar ook beter op je plek zult voelen.'

De makelaar tikte een vinger tegen haar lippen. 'Ik denk dat ik misschien wel wat voor je heb.'

Hun volgende halte was een huis dat leek opgetrokken uit terracottakleurige stenen en robuust hout. Het was kleiner dan de woningen die ze eerder hadden gezien en ademde een rustieke sfeer uit.

De makelaar schoof de terrasdeur open en liet hen op het balkon. Ze werden begroet door een adembenemend uitzicht op de oceaan. Het balkon ging helemaal rondom het huis en eindigde in de slaapkamer.

Het was liefde op het eerste gezicht. 'Prachtig,' verzuchtte Mary.

Hector knikte. 'We nemen het.'

'Mooi!' De makelaar glom praktisch. 'Ik zorg ervoor dat het papierwerk in orde komt.' Ze liep bellend de trap af.

'Ik ben wat in de war,' gaf Mary toe.

'Waarover?'

'Over alles, eigenlijk. Ik dacht dat je er spijt van had gekregen dat je ermee had ingestemd om met me te trouwen, en je me daarom ontweek.'

'Je weet dit nog niet, maar ik ben een man van mijn woord. Als ik je dat eenmaal geef, neem ik het niet meer terug. Wat betreft de reden dat ik je de afgelopen dagen heb gemeden...' Hij sloeg zijn armen onder haar benen en tilde haar in zijn armen. Mary sloeg haar armen om zijn nek. 'Het is verdomd moeilijk om mijn handen van je af te houden.'

De meest intelligente reactie die ze kon bedenken was: 'Oh.'

'Ik ben het niet gewend om me in te moeten houden als ik iets wil,' bromde hij terwijl hij terug de slaapkamer in liep.

'Ik kan me niet herinneren dat ik je gevraagd heb om dat te doen.'

'Ik wil dit goed doen. Wachten tot onze huwelijksnacht. Ik kan het nog wel twee nachten volhouden.'

Ze hield van dat idee, al was het wat ouderwets. 'Ik wil dat ook. En, eh, het is maar voor een paar... Ik bedoel, we gaan al over een paar dagen trouwen, dus...' Toen hij grijnsde, gaf ze hem nog een stomp tegen zijn schouder. Al deed dat haar waarschijnlijk meer pijn dan hem.

Hij liet haar op het bed vallen en kroop over haar heen. 'Dat had je nu niet moeten doen. Het deed pijn.'

Ze snoof. 'Ja, ja.'

Zijn ogen vernauwden zich. 'Iemand heeft een grote mond vandaag.'

Iemand was geil. Ze schaamde zich niet om dat toe te geven. Althans, tegen zichzelf. Hardop, tegen hem, was een heel andere zaak. Al hoefde ze hem niets te vertellen, ze kon het hem laten zien.

Ze sloeg haar armen om zijn nek. 'Het spijt me dat ik je pijn heb gedaan. Laat me je beter zoenen.' Ze gaf hem een vederlichte zoen op de wang en grinnikte toen hij fronste. 'Wat? Een zoen is een zoen.'

'Dat is geen zoen. Dít is een zoen.'

Ze verwachtte dat zijn lippen haar zouden verpletteren. In plaats daarvan duwde hij haar topje omhoog en trok hij een spoor van sensuele kusjes over haar lichaam. Hij kuste haar buik en ging steeds lager. Hij likte zich een weg naar haar kern, plaatste een kus op haar slipje en nam haar geur in zich op. Met één ruk trok hij haar slipje omlaag en kuste de binnenkant van haar dijen. Zijn lippen trokken een brandend spoor over haar van verlangen trillende huid.

Ze probeerde hem naar haar behoeftige plek te leiden, maar hij duwde haar hand weg. Toen draaide hij haar op haar buik. Met een plof belandde haar gezicht in het kussen.

Ze verstijfde van verrassing toen hij haar billen een paar klappen gaf. Ze was daar nauwelijks van bekomen toen hij haar op haar handen en voeten trok.

Hij trok haar topje en BH uit, terwijl hij ervoor zorgde dat ze op haar knieën bleef zitten, met haar gezicht naar het hoofdeinde gericht.

Hector duwde haar benen wijder uit elkaar en ze voelde zijn hete adem tussen haar benen.

'Speel met je borsten.'

Het voelde aanvankelijk vreemd om zichzelf te betasten terwijl hij haar van achteren bekeek. Tegen de tijd dat hij haar eindelijk begon te likken, knikten haar knieën. Ze voelde zich koortsig van onvervuld verlangen. Ze draaide aan haar tepels terwijl ze zijn tong bereed.

Zijn tong werd gevolgd door een vinger, die haar penetreerde. Toen voegde hij nog een vinger toe.

Was zíj degene die zo kreunde?

'Shh. We doen het rustig aan. Ik ga je eerst rekken.'

Het strekken van zijn vingers en tong begon pijn te doen, maar het kon haar niet meer schelen. Ze zweefde op een wolkje en was niet van plan om ervanaf te komen. Het enige wat ze wilde, was hem diep in zich voelen.

'Hector,' smeekte ze.

Toen ze eindelijk zijn rits naar beneden hoorde gaan, slaakte ze een zucht van verlichting.

Zijn eikel duwde tegen haar spleet en gleed op en neer tegen haar vagina.

'*Dios!*'

Hij gaf haar een duwtje en ze belandde met haar gezicht in het kussen. Zijn handen bedekten die van haar en grepen haar vast, terwijl zijn hardheid tussen haar billen gleed.

Ze duwde haar heupen naar achteren en spoorde hem aan om bij haar naar binnen te dringen — ze zou het niet redden tot hun huwelijksnacht. Hector gromde en beet in haar schouder. Zij huiverde van de pijn, maar was te ver heen om daar iets om te geven.

Zijn stoten werden heftiger, ruwer. Het onregelmatige raspen van zijn ademhaling klonk als muziek in haar oren. Hij greep haar billen, zijn vingers drongen diep in haar huid. Toen duwde hij twee vingers in haar, en Mary schreeuwde het uit.

'Je komt pas klaar als ik het zeg,' gromde hij in haar oor en trok toen zijn vingers weg.

Was dat een grap? 'Dan moet je misschien stoppen met... Oh!'

Hij raakte een bijzonder gevoelig plekje en het kloppende gevoel tussen haar dijen verhevigde.

Zijn handpalm tikte tegen haar klit. 'Laat gaan, Mary. Laat je gaan.'

Haar heupen kwamen omhoog en ze probeerde te bewegen, maar hij hield haar met zijn gewicht in bedwang. Het was het geilste wat ze ooit had meegemaakt.

Hector gromde diep achter in zijn keel en ze voelde hete spetters tegen haar billen. Hij plaatste een zachte kus op haar schouder, waar hij haar eerder had gebeten. Het volgende moment schoof hij van haar af en ging hij op de rand van het bed zitten.

Toen ze eindelijk weer in staat was om te bewegen, draaide ze zich naar hem om. Haar ogen verwijdden zich toen ze zijn geslacht zag. Het was enorm en nog steeds hard.

'Kijk niet zo naar me. Als ik je nu niet laat gaan, neem ik je ter plekke. Twee nachten,' mompelde hij, meer tegen zichzelf dan tegen haar. 'Ik hoef het nog maar twee nachten vol te houden.'

Mary kwam half overeind en leunde tegen hem aan. Ze hield ervan hoe groot en breed hij was. 'En wat wil je intussen tot die tijd doen?'

Zijn ogen gingen naar haar borsten, maar toen keek hij weg. 'Ik neem je mee uit eten. Ik kan toch niet trouwen met een meid waar ik niet eens een normale date mee heb gehad?'

Ze glimlachte en kuste zijn wang. 'Daar ben ik het helemaal mee eens.'

**10**

HECTOR

Hector staarde naar de man die op zijn bureau zat en dacht diep na over zijn leven. Hoe was het verdomme zo ver gekomen dat hij in de positie was beland dat hij Tommie Green om een gunst moest vragen?

Tommie's vingers trommelden op het bureau. 'Wacht even, laat me dit even op een rijtje zetten. Jíj wil met míj gaan winkelen? Waarom ik? Ga je er soms gewoon van uit dat ik stijl heb omdat ik homo ben?' Hij fronste.

'Nee, jij kleine etter. Ik ga daar vanuit omdat Jazzy na elke *girls night* maar niet kan ophouden over je kledingstijl. Ga je me nu helpen of niet?' Als hij niet zo vastbesloten was geweest om zijn eerste date met Mary niet te verpesten, was hij allang vertrokken.

'Aha.' Tommie haalde een hand door zijn hanenkam. 'Weet je, ze moeten echt eens stoppen om het girls night te noemen, want ik ben duidelijk geen girl. Ik denk erover na om het te veranderen in seksavond.'

'Wat fijn dat je dat met me hebt gedeeld. Ik heb nu echt het gevoel dat we een band hebben gecreëerd. Kunnen we nu terugkeren naar het onderwerp waarvoor ik je heb geroepen?'

'Wat zit er in voor mij?'

'Naaktfoto's van Achilles.'

Tommie veerde op. 'Heb je die echt?'

Dios...

'Natuurlijk niet,' zei hij getergd. 'Waarom zou ik in godsnaam zulke foto's hebben?'

Tommie's frons keerde terug. 'Niet cool om me zo te plagen, Wolfman.'

Gelukkig had Hector nog een truc achter de hand. Hij haalde de plastic tas van achter zijn rug vandaan. Het had hem bijna een uur gekost tijdens de spits om het te krijgen, dus dit kon maar beter werken ook.

Tommie rukte de tas uit zijn hand. 'Hier daarmee!' Hij kwijlde praktisch toen hij de inhoud zag. 'Koffiekoekjes van Yasukochi's. Ik denk dat ik van je hou.'

'Mooi. Nu je mij iets verschuldigd bent, laten we gaan.' Hij pakte Tommie bij de arm en duwde hem zowat zijn kantoor uit.

Hij liet hem niet los tot ze in zijn loft waren. De smurf had de gewoonte om rond te dwalen over de werkvloer en kattenkwaad uit te halen. Zo had hij laatst nog de achtergrond van alle beeldschermen veranderd in de foto van een leather daddy.

Tommie's blik dwaalde over Hectors decor. 'Dus, dit is jouw appartement. Het is...'

'Wat kaal,' vulde Hector in.

'Het kan wel wat kleur gebruiken,' zei Tommie terwijl hij rondliep. 'Welke kleur dan ook, serieus. Zelfs doodsaai beige zou een verbetering zijn. Het is zonde om deze enorme ruimte zo te verwaarlozen. Heb je er enig idee van wat ik met deze plek zou kunnen doen?'

'Ik heb je niet gebeld om mijn appartement in te richten.'

'Nou, dat had je anders wel moeten doen. Zelfs een clown zou hier depressief worden.'

'Bewaar je interieur-tips maar voor Mary en ons nieuwe huis. Kom op en maak jezelf nuttig.'

Na een nieuwsgierige blik op zijn bed — een king size boxspring tegen een muur — volgde Tommie hem naar zijn kledingkast.

'Hoe gaan we jou nu aankleden voor je eerste date met Mary,' mompelde Tommie. 'Goed dat je naar mij bent gekomen.' Zijn blik gleed over Hectors vale spijkerbroek en kistjes en hij dook zijn kast in. 'Wat draag je meestal op dates?'

'Ik date niet.'

Tommie keek verrast op. 'Je date niet? Bedoel je in de zin van dat je dat nog nooit gedaan hebt?'

Hector leunde tegen de muur. Hij had het gevoel dat dit nog wel even kon duren. 'Je hoeft niet te daten voor seks.'

'Aaah, je bent een dating-maagd.'

Hector sloeg zijn ogen ten hemel. 'Ik ben een heleboel, maar geen maagd.'

'Het verklaart anders wel je garderobe. Ik bedoel, serieus, het enige wat je hier hebt zijn jeans, sportbroeken, shirts, en flanellen overhemden. En om de een of andere reden zijn ze allemaal in het zwart, wit of legergroen. Daar moeten we verandering in brengen.' Tommie's ogen schitterden als diamanten. Hij bereidde zich duidelijk voor op de make-over van zijn leven.

Hector zuchtte. 'Ik ga hier spijt van krijgen, hè?'

'Hoe kom je daar nu bij?' Tommie glimlachte. 'Ik heb je in een mum van tijd aangekleed.'


Tommie's onschuldige glimlach had alarmbellen moeten laten rinkelen. Hector, onnozele ziel die hij was, had serieus geloofd dat ze in een mum van tijd klaar zouden zijn. Toen er nog een uur voorbij ging en Tommie hem naar een ander warenhuis sleepte, kreeg hij het gevoel dat ze nog lang niet klaar waren. Het was alsof hij aan de voet van een berg stond en omhoog keek, terwijl Tommie de volgende stapel kleren in Hectors armen duwde.

Er waren zo verdomd veel mensen in deze winkel. Ze waren overal, net als mieren die om hem heen krioelden. Hij kon zich de laatste keer dat hij het zo benauwd had gehad niet meer herinneren.

'Laten we hopen dat deze wel passen,' mijmerde Tommie, terwijl hij hem een paskamer instuurde. 'Het is wat wikken en wegen aangezien ik nog niet eerder heb gewinkeld voor iemand met jouw maat.'

De relatieve rust van het pashokje was een zegen. Hector probeerde twee overhemden, die allebei te klein waren. Tommie gaf hem er nog twee van de stapel. Deze pasten zowaar.

Eindelijk.

Hij stapte uit het pashok en ging voor de spiegel staan.

Er liep een verkoopster langs. Haar handen gleden over zijn schouders om de pasvorm te controleren. Toen ging een vinger over zijn borstkas.

'Oh. Je bent zo breed.' Ze glimlachte waarderend.

'Handen thuis, vrouwmens. Hij is al bezet,' tetterde Tommie en hij gaf haar een vuile blik.

De vrouw werd knalrood en ze ging er haastig vandoor.

'Ik ben uitgepast,' gromde Hector en hij trok het shirt over zijn hoofd.

'Maar ik heb nog al die andere—'

'We zijn verdomme klaar.' Hij duwde de kledingstukken die hadden gepast in Tommie's handen.

'Vooruit dan maar. We hebben sowieso niet veel tijd meer, want we moeten nog naar de kapper.'

'Als je mijn haren ook maar met een vinger aanraakt, sta ik niet voor mezelf in.'

Tommie kuchte terwijl hij onschuldig keek. Die kleine etter probeerde hem op de kast te jagen en Hector tuinde er met open ogen in.

Tommie tikte met een vinger tegen zijn kin. 'En dan nu mijn favoriete deel van de dag; schoenen uitzoeken!'

*Oh, shit.*

***

Om precies zeven uur 's avonds stond Hector voor Mary's deur. Hij wist niet zeker waarom hij nerveus was toen hij aanbelde. Het was niet zo dat hij zich niet had voorbereid op hun date. Hij kende Mary's achtergrond. Ze was gewend aan mooie, verfijnde dingen. Niet bepaald zaken waar hij verstand van had. Toch ging hij zijn best doen om de avond zo perfect mogelijk voor haar te maken. Hij had Gio laten reserveren in een chique Franse restaurant waar je alleen binnenkwam als je lid was. Hij was zelfs met de auto gekomen zodat Mary niet op de motor hoefde.

Hij haalde een hand door zijn haren en kreunde terwijl hij zijn best deed om zijn nieuwe schoenen in te lopen.

Toen Mary de deur met een grote glimlach opende, besloot hij dat zijn geplette tenen het waard waren.

Haar ogen dwaalden over zijn lichaam en ze keek verbaasd naar zijn colbert. Hij had een nieuwe spijkerbroek aangetrokken. Eentje zonder gaten er in. Tommie had geprobeerd om hem in een pantalon te krijgen, maar geen enkele winkel verkocht die in zijn maat.

'Je ziet er goed uit,' zei ze, terwijl ze de deur achter zich sloot en zijn hand pakte. 'Ik ben blij dat ik me heb opgedoft.'

'Je mag er zelf ook wezen.' Ze zag er verdomme prachtig uit in haar kaki minirok en witte topje. Hij probeerde zich op de weg te concentreren in plaats van op haar hoge pumps en wat hij met haar wilde doen.

Ze spraken onderweg over koetjes en kalfjes. Mary was enthousiast over hun huis, en hij hield ervan hoe ze sprak over hoe 'zij' de plek konden opfleuren. Hij gaf niks om de kleur van het interieur en of hij een stoffen of leren banken had, maar hij vond het leuk dat ze naar zijn mening vroeg.

Een halfuur later parkeerde hij voor een restaurant in een van San Francisco's chiqueste wijken.

'De l'Auberge?' Mary leek verbaasd over zijn keuze.

'Ja. Het is kennelijk het meest trendy restaurant van het moment, met een amuse-bouche waar je een moord voor zou doen. Althans volgens Tommie.' Hij hoopte dat ze het in grote hoeveelheden serveerden, want hij had trek.

'Oh ja, hun amuse-bouche.' Ze glimlachte. 'Tommie raakte inderdaad maar niet uitgepraat over deze tent.'

Hun gastheer stond hen al op te wachten achter een hoge tafel. Zijn neus stak een mijl in de lucht. Hector hield niet van de manier waarop die klootzak hem een hautaine blik gaf en hem vervolgens negeerde. Toen hij Mary zag begonnen zijn ogen te schitteren.

'Heeft u gereserveerd, meneer?'

Als zijn stem nog hooghartiger werd, zou hij misschien tegen het plafond gaan zweven.

'Ja, onder de naam Detta,' zei Hector, terwijl hij de omgeving in zich opnam.

De muren waren spierwit, er waren spiegels tot aan het plafond en een kroonluchter die net iets te fel was. Eigenlijk vond hij alles net iets "te".

Een ober leidde hen naar hun tafel nabij de open haard.

'Bedankt hiervoor,' zei Mary terwijl ze ging zitten. 'Onze verloving is niet bepaald volgens het boekje gegaan, maar ik vind het leuk dat je het zo normaal mogelijk probeert te maken.'

Ze had werkelijk geen idee. Mary geloofde echt dat hij een onzelfzuchtige held was die zichzelf op het zwaard wierp. Ze wist niet dat Zoë's situatie het perfecte excuus was geweest om haar te strikken. Ja, hij had zich er eerst tegen verzet, maar toen hij eenmaal had besloten dat ze hem toebehoorde, was het een uitgemaakte zaak geweest. Als hij haar had gevraagd om met hem te trouwen, had ze hem kunnen afwijzen. Dat had hij nu mooi weten te vermijden.

'We zijn ook een normaal stel,' zei hij met nadruk. 'Het kan me niet schelen *hoe* we een stel zijn geworden. We hebben het misschien wat onorthodox aangepakt en doen de dingen een beetje achterstevoren, maar dat maakt het niet minder echt.'

'Dat meen je echt.'

'Als ik het niet meende, zou ik het niet zeggen.' Zijn woord was het enige dat hij bezat toen hij opgroeide. Hij was nu een volwassen man en kon de wereld aan haar voeten leggen, maar hij wilde dat ze wist dat zijn woord genoeg was.

Over de wereld aan haar voeten leggen gesproken, hij trok een doosje uit zijn jaszak en gaf het aan haar.

Ze opende hem en haar blik werd zacht. 'Hij is prachtig.'

Na haar reactie op de grote herenhuizen had hij voor een eenvoudige trouwring gekozen. Hij was van wit goud en bevatte slechts één kleine diamant.

Mary leunde over de tafel heen en gaf hem een zoen op de lippen. Hun ogen ontmoetten elkaar en hij kreeg een raar gevoel in zijn onderbuik. Hij hoopte maar niet dat hij iets onder de leden kreeg.

De ober nam hun drankjes op en overhandigde hen menu's. Tot zijn ergernis was het geheel in het Frans geschreven.

*Stelletje pretentieuze kakkers.*

'Is er iets mis?'

'Ik spreek geen Frans,' gaf hij toe.

'Vind je het goed als ik voor ons beiden bestel?' Ze gaf hem een aarzelende blik.

Hector realiseerde zich dat ze bang was dat hij er een trots ding van zou maken. Ze wist niet dat hij gewoon trots was dat zij Frans sprak.

'Ga je gang, liefje. Ik lust alles zolang er maar vlees in zit.'

Toen de ober terugkeerde, bestelde ze een feestmaal voor carnivoren. Hectors blik zwierf opnieuw door het chique restaurant. De zachte pianomuziek en elitaire ambiance versterkten slechts het gevoel dat hij niet in deze wereld thuishoorde.

'Mis je dit?' vroeg hij.

Mary keek op van haar wijnglas. 'Mis ik wat?'

'Dit alles. De chique restaurants, het grote huis. Het leven dat je had toen je grootvader nog leefde. Waarom ben je eigenlijk naar dat appartement verhuisd? Gio zou een woning voor je hebben geregeld waar je maar wilde.'

'Dat klopt,' gaf ze toe. 'Gio zou het financieel gezien niet eens hebben gevoeld. Mijn grootvader was rijk, maar de Detta's zijn *Richie Rich* rijk. Maar ik wilde weten dat ik het in mijn eentje kon redden. Gio heeft bovendien al zoveel voor me gedaan. Ik weet dat hij met Marco heeft afgerekend. Jazzy heeft het me verteld.' Ze keek hem recht in de ogen aan. 'Ik weet dat jij achter hem aan bent gegaan.'

Hector verstrakte toen hij aan haar oom werd herinnerd. Hij zou die verknipte klootzak tot aan de poorten van de hel hebben achtervolgd. Of, in dit geval, tot aan een slaperig dorp in Frankrijk.

'Je hoeft je nooit meer zorgen te maken over hem.'

'Dat weet ik. Gio heeft me geholpen om dat hoofdstuk voorgoed af te sluiten. Hij heeft me gemoedsrust gegeven. Ik kon hem niet om meer vragen. En eerlijk gezegd heb ik ook niet meer nodig. Ik werk twee dagen in de week en met het spaargeld dat ik nog heb is dat genoeg. Er zijn zoveel mensen die het minder hebben. Elke keer als ik in de vrouwenopvang ben word ik daar weer aan herinnerd. Ik heb daar mensen ontmoet, alleenstaande moeders, die nauwelijks genoeg hadden om hun baby te voeden. Ik prijs mezelf gelukkig met wat ik heb.'

'Mijn moeder was ook een alleenstaande moeder.' De woorden glipten uit zijn mond voor hij het in de gaten had. Hij zag de vragen in haar ogen. Gelukkig koos de ober juist dat moment om hun maaltijd te brengen.

Er lag een stuk vlees op zijn bord dat nauwelijks genoeg was voor een muis. Hij stond op het punt om gelijk nog een bord te bestellen — en te vragen of ze het aan de lopende band wilden serveren — toen hij met nog een onaangename verrassing werd geconfronteerd.

Er stond een man naast hun tafel met glad haar en een maatpak dat ongetwijfeld een paar duizend dollar had gekost. En hij stond praktisch over Mary heen te kwijlen.

'Mary?'

'Oh, hoi, Josh.' Ze keek naar Hector. 'Eh, dit is—'

'Dr. Joshua McGraw, Mary's ex-vriend.'

Hector nam de uitgestrekte hand aan en deed zijn best om hem niet te verpletteren. Dat betekende niet dat hij hem geen ferme grip kon geven. Toen de beste "dokter" ineen kromp kon Hector zijn glimlach niet verbergen.

'Hector Diaz. De verloofde.'

Josh knipperde en zijn blik ging naar Mary's ringvinger. Hij wees naar een tafel aan de andere kant van het restaurant. 'Zullen we samen eten? Dan kunnen we bijkletsen.'

'Oh, nee bedankt, we—' begon Mary.

'Of ik kan bij jullie komen zitten,' zei Josh. Zijn hand lag al op de handleuning van een stoel aan een nabije tafel.

Mary gaf Hector een verontschuldigende blik. Ze was zoals gewoonlijk weer te beleefd. Gelukkig had híj dat probleem niet.

'Of je vertrekt gewoon,' zei Hector spits.

De gladjanus keek verrast op. 'Pardon?'

'Pardonneer jezelf alsjeblieft terug naar je tafel voordat mijn schoen het voor je doet. Ze zijn nieuw en nog glanzend, net als jouw haar. Ik moet ze nog inlopen. En als je niet snel vertrekt, ga ik ze inlopen op je gezicht.'

De beste dokter werd knalrood. Hij slikte en maakte zich toen haastig uit de voeten.

Hectors blik keerde terug naar Mary. Hij wilde zich net verontschuldigen omdat hij haar in verlegenheid had gebracht toen ze begon te grinniken.

'O mijn God, zijn gezicht.'

Dat was niet bepaald de reactie die hij had verwacht. 'Ik dacht eerder dat je wat pissig op me zou zijn,' gaf hij toe.

Ze grijnsde. 'Je hebt glimmende schoenen gekocht voor onze date?'

'Tommie heeft ze uitgezocht.' De Smurf was een lastpak, maar had zo zijn nut.

'Aha, dat past precies in zijn straatje. Vertel me alsjeblieft dat je hem niet de vrije hand met je creditcard hebt gegeven.'

Hij snoof. 'Was ik maar zo slim geweest. Het was net alsof ik snoep gaf aan een kind. Die kerel houdt ervan om mijn geld uit te geven.'

'Dat had ik je ook wel kunnen vertellen,' gniffelde ze.

'Je had Achilles' gezicht moeten zien vanmiddag toen er een bezorger kwam met pakjes van Macy's. Ik ben nu de trotse eigenaar van niet één maar drie kasjmier-truien, en een dozijn zijden overhemden.'

Mary was bijna in tranen van het lachen. 'Wat erg dat je dat hebt moeten meemaken. Eerlijk gezegd, vind ik je G.I. Joe stijl leuker.'

'Blij om dat te horen, want dit was eenmalig. Ik kan me amper bewegen in deze colbert. Dit restaurant is bovendien niet echt iets voor mij. Wat vind je ervan om ergens anders heen te gaan? Ik hou sowieso meer van Italiaans.'

'Echt?' Haar ogen glinsterden.

'Ik ga met een Italiaanse vrouw trouwen, of niet soms?' Hij legde een stapel geld op tafel, want hij wilde niet wachten tot zijn creditcard was verwerkt.

Ze aten uiteindelijk in het knusse Italiaanse familierestaurant waar Gio vroeger als kelner had gewerkt.

Mary grinnikte erom toen hij haar later die avond thuis afzette.

'Gio was een kelner? Ik kan me daar echt niks bij voorstellen.'

'We hebben allemaal een verleden.'

'Kom je niet binnen?' Ze keek op toen hij voor de deur bleef staan.

'Dat is geen goed idee. Als ik binnen kom, ga ik niet weg voordat ik je naakt heb gezien.' *En je heb geneukt.*

'Oh.' Ze beet op haar onderlip, en keek teleurgesteld.

Nog maar twee nachten, vertelde hij zichzelf. Hij hoefde deze celibataire shit nog maar even vol te houden.

# 11

# MARY

Het was de avond voor haar bruiloft en Mary bevond zich op haar vrijgezellenfeest.

Jazzy had erop gestaan om er last minute een voor haar te regelen. Mary vond dat prima, zolang het maar plaatsvond in Club Flux. Gelukkig had haar nicht niet gevraagd waarom ze het feestje per se daar wilde houden. Waarschijnlijk nam ze aan dat Mary Flux had gekozen omdat het een van San Francisco's populairste clubs was.

Al haar vrienden en nichtjes waren aanwezig; Jazzy, Tommie en zelfs Carmen. Jazzy wierp zo nu en dan een blik op haar zus alsof ze haar aan wilde spreken, maar Carmens ogen leken in de vergetelheid te staren. Mary wilde dat ze Carmen kon helpen, maar hoe kon je een vrouw troosten die haar ongeboren baby had verloren door toedoen van haar eigen man? Het was nog maar zes maanden geleden dat ze een miskraam had gehad. Ze had tijd nodig om te genezen.

Helaas had haar eigen zus, Gina, het vanavond niet gered. Ze had wel de moeite genomen om een bericht te sturen. Kennelijk was ze met de een of andere Brit op vakantie in Dubai. Gina had haar bericht afgesloten met dat ze wel zou verschijnen op Mary's tweede "echte" bruiloft. Die opmerking had pijn gedaan. Ze trouwde inderdaad met Hector om de voogdij over Zoë veilig te stellen, maar ze zag dit huwelijk niet als iets tijdelijks. Hector deed dat ook niet. Misschien was het egoïstisch van haar om in te spelen op zijn beschermende aard jegens vrouwen en kinderen, maar ze had er geen spijt van dat ze hem had gestrikt. Hector wist het nog niet, maar niemand zou zoveel van hem houden als zij dat deed.

'Is er een bepaalde reden waarom je je vrijgezellenfeest hier wilde houden?' vroeg Tommie.

Jazzy ging naar de bar om wat te drinken te halen.

'Ik ben op zoek naar iemand,' gaf Mary toe.

Tommie knipperde met zijn ogen. 'Je hebt een grote brok heerlijke mannelijkheid tot je beschikking, maar je bent nog steeds op zoek naar een man?'

Ze gaf hem een blik. 'Natuurlijk niet. Ik ben hier om Hectors broer te spreken. Volgens Gio is hij hier vanavond.'

'Ik wist niet dat Hector een broer had.'

'Dat verbaast me niets. Gio zei dat ze met elkaar overhoop liggen en geen contact met elkaar hebben.'

'Oh-oh.' Tommie schudde zijn hoofd. 'Die blik in je ogen voorspelt niks goeds. Je weet toch wel dat dit hem pissig gaat maken?'

'Hoe bedoel je?' vroeg ze onschuldig.

'Je bent een regelneef, Mary. Het probleem is dat sommige mensen niet willen dat je dingen voor hen regelt.'

Goed, misschien had Tommie een beetje gelijk. Maar Hector gaf haar zoveel. Hij gaf haar Zoë en de kans op een eigen gezin. Ze wilde iets terug voor hem doen.

'Zijn broer is de enige bloedverwant die Hector nog heeft,' legde ze boven de pianomuziek uit. 'Als ik zijn broer niet uitnodig, zal Hector geen familie hebben op zijn eigen bruiloft. Ik weet niet wat er tussen hen is voorgevallen, maar ze kunnen het vast wel uitpraten.'

Tommie keerde zich naar de tafel in de VIP-sectie waar ze naar keek. Er zaten drie mannen half verscholen in het duister. Hun donkere kleding stak af tegen de wijnrode muur achter hen. Haar doelwit die avond was degene die in het midden zat, in het zwarte pak. Hij had pikzwart haar en leek ergens in de dertig. Hij werd geflankeerd door twee mannen met donkerblond haar.

'Hij komt me ergens bekend van voor,' mijmerde Tommie.

Mary stond op. 'Wens me succes.'

'Uhm, ik weet niet of het wel zo verstandig is om...'

Ze stapte op de tafel af die ze het afgelopen uur stiekem in de gaten had gehouden. Het viel haar op dat de van elkaar vervreemde broers totaal niet op elkaar leken. Ze hadden alleen hun mosgroene ogen gemeen, maar daar eindigde iedere gelijkenis. In tegenstelling tot Hector, wiens gelaat in de regel een palet aan emoties toonde, was het gezicht van zijn broer blanco.

Hij keurde haar nauwelijks een blik waardig toen ze voor zijn tafel stopte. De mannen naast hem bleken een identieke tweeling te zijn.

Een van hen had een rondborstige blondine op zijn schoot. 'Wie van ons vind je aantrekkelijker?' vroeg hij. 'M'n broer, Damon, of mij?'

Zijn broer schudde geërgerd zijn hoofd en nam een slok van zijn biertje. Hij leek ogenschijnlijk ontspannen, maar ze wist dat dit bedrieglijk was. Het afgelopen uur hadden zijn ogen geen enkele beweging in deze tent gemist.

Mary deed haar best maar kon letterlijk geen verschil zien tussen de tweeling. Het enige waar ze in verschilden was hun kledingstijl. Damon was casual gekleed, in jeans en rode sneakers, terwijl die met het blondje op zijn schoot eruit zag als een fotomodel van op maat gemaakte pakken.

'Jou, Angel,' zei de blondine pruilend. 'Ik kies jou.'

'Verkeerd antwoord, liefje.' Hij duwde haar van zijn schoot. 'Je kunt vertrekken.' Hij zuchtte gelaten. 'Dit is nu eenmaal de last die ik moet dragen aangezien ik de knapste ben.'

Het meisje stampvoette weg, terwijl haar ogen flitsten van woede.

Het volgende moment stond Angel ineens naast haar. Hij bekeek haar alsof ze zijn volgende maaltijd was.

Mary negeerde hem en richtte zich tot Hectors broer.

'Hoi, Kristoff, ik ben Mary Rossi, en ik wil je graag spreken over je broer.' Toen hij niet reageerde, voegde ze eraan toe: 'Je broer, Hector.' Misschien had ze dat gelijk duidelijk moeten maken. Dat Hector geen andere broers of zussen had, wilde natuurlijk niet zeggen dat hetzelfde voor zijn half-broer gold.

'En wat heb jij te maken met mijn broer? Mijn broer, Hector.'

Ze kon zijn spottende toon niet bepaald waarderen, maar hield dat voor zich. De broers hadden elkaar immers al jaren niet gesproken en er was slecht bloed tussen hen. Het laatste dat de situatie kon gebruiken was dat zij brandstof toevoegde aan de vete.

'Ik ben Hectors verloofde en ik...'

'Angel,' zei Kristoff scherp, en hij voegde daar toen iets in het Russisch aan toe.

Angels handen schoten van haar vandaan, als in een verdedigende houding, en hij deed meteen een stap terug. De schelmse lach op zijn belachelijk knappe gezicht bleef echter intact.

Kristoff keek langs haar heen naar hun tafel. Mary volgde zijn blik. Haar vrienden staarden haar aan. Jazzy in het bijzonder wierp haar een merkwaardige blik toe.

'Je bent hier met Gio's vrouw,' zei Kristoff.

'Dat klopt. Ik heb begrepen dat je haar man goed kent.'

Zijn lip krulde omhoog en hij herinnerde haar aan een marmeren beeld van een Romeinse keizer die ze eens in een museum had gezien. Kristoff had dezelfde krachtige profiel. Hij had ook een zekere autoriteit over zich, alsmede een wreedheid die daaronder schuil ging.

'We kennen elkaar van vroeger,' zei hij uiteindelijk.

'Hoe dan ook, eh, de reden waarom ik hier ben is het volgende. Onze bruiloft is morgen, en het zou veel voor ons betekenen als je daarbij aanwezig zou zijn.'

Kristoffs houding verzachtte ineens. Zijn strakke, vierkante kaak ontspande en zijn ogen stonden gelijk minder koud. Ergens in haar achterhoofd ging er een alarmerend geluid af omdat hij zo makkelijk, als een kameleon, veranderde, maar ze negeerde het.

*Zie je? Mijn magie werkt nu al.*

*Hector gaat je ervan langsgeven.*

*Helemaal niet.*

'Weet mijn broer dat je hier bent?'

'Nee. Maar ik heb zijn toestemming niet nodig om met familie te praten.'

Zijn ijzige blik ontdooide nog een beetje verder. 'Familie?' Hij gebaarde haar om naast hem te komen zitten.

'Ja, familie,' zei ze terwijl ze plaats naast hem nam. 'Ik weet dat jullie al een tijd vervreemd zijn van elkaar. En ik denk dat een bruiloft de perfecte gelegenheid is om oude grieven opzij te zetten en een eind te maken aan jullie ruzie, en—'

'En begrafenissen,' onderbrak hij haar.

'Wat?'

'Je vergat om begrafenissen te noemen als een manier om oude grieven opzij te zetten en een einde te maken aan vetes. Juist bij begrafenissen tonen mensen immers hun ware gevoelens en laten ze hun ware gezicht zien. Namelijk dat ze van iemand hielden, ofwel dat ze hem haatten.'

'Dat is nogal een morbide manier van denken.'

'Ik ben een morbide man.' Hij nam een teug van zijn whisky.

'Ik merk het,' mompelde ze. 'Je begrijpt vast wel dat ik je liever uitnodig voor Hectors bruiloft dan zijn begrafenis. Dus, wat wordt het? Kan ik Hector vertellen dat je morgen aanwezig zult zijn? De bruiloft wordt gehouden op Gio's landgoed. Het wordt een kleine, intieme ceremonie, met alleen maar familie en vrienden.'

Hij knikte. 'Ik zou het voor geen goud willen missen. Maar kunnen we mijn aanwezigheid alsjeblieft tussen ons houden? Ik wil dat het een verrassing is.'

'Daar kan ik wel mee leven. Zolang je maar komt opdagen. Als je dat niet doet, kom ik je opzoeken,' grapte ze.

Blijkbaar kon hij wél glimlachen. 'Ik zal er zijn.'

'Mooi. Dat is dan afgesproken.'

Ze kon het zich niet veroorloven om een duur cadeau voor Hector te kopen. Bovendien wist ze niet eens wat ze voor hem zou moeten halen. Hij leek niet het type met een extravagante levensstijl, hoewel hij zich dat blijkbaar wel kon veroorloven. Het enige materiële waar hij waarde aan leek te hechten was zijn Harley. Door hem te herenigen met zijn broer hoopte ze hem een cadeau te geven dat waardevoller was dan wat dan ook.

Ze was erg in haar nopjes met deze ontwikkeling. Hector zou zo blij worden van deze verrassing.

**12**

HECTOR

Hector had een hekel aan verrassingen. Hij staarde naar Tommie die in de deuropening stond met een grote kledinghoes in zijn armen. Er stond een naam op van een bekende Italiaanse designer. Hij had zo'n donkerbruin vermoeden wat er in zat.

'Wat is dat?' vroeg hij desondanks.

Tommie liep langs hem heen en legde de kledinghoes op het bed. De bruiloft vond plaats in het Detta-huis en Jazzy had een logeerkamer voor hem klaargemaakt.

'Je smoking, natuurlijk.'

'Ik pas niet in een gehuurde smoking.' Hij wees naar de zwarte spijkerbroek en colbert op het bed. 'Ik was gewoon van plan om dat te dragen. Ach, je hebt het geprobeerd, maar helaas.'

Tommie's ogen vernauwden. 'Ja, ik zie dat je er echt kapot van bent. Ik heb je maten via Jess gekregen en een spoedbestelling geplaatst. Het heeft vijf keer zoveel gekost om dat binnen een dag voor elkaar te krijgen, maar het is me uiteindelijk gelukt.'

Hector zuchtte. Het was hoog tijd om zijn creditcard terug te vragen. Tot een minuut geleden had hij nog geen pantalon gehad. Nu moest hij alsnog een apenpak dragen.

'Je geniet er gewoon van om mij het leven zuur te maken, of niet?'

'Je kunt me er later voor bedanken.' Tommie keek naar zijn haar. 'Weet je zeker dat je niet wilt dat ik de puntjes afknip? Het is zo gepiept.'

'Niemand komt aan mijn haar, smurf.'

'Goed dan,' zei Tommie wat knorrig. 'Tot straks.'

Al vloekend hees Hector zich in de smoking. Hij moest toegeven dat het resultaat er mocht zijn. Het paste perfect en de snit en kwaliteit waren fantastisch.

Toen was het grote moment daar. Hij stond voor de ambtenaar van de burgerlijke stand in Gio's huiskamer. Mary was er nog niet. Zijn maag maakte een salto en zijn handpalmen werden klam. Hij was verdomme nerveus. Die kleine maagd liet hem zweten, en hij wist niet zeker of dat hem wel beviel.

En toen stond ze ineens voor hem, in een wolk van wit satijn en kant. Hij had nooit gedacht dat hij zou trouwen. Er was echter iets aan haar dat maakte dat hij een beter persoon wilde zijn. Wat een tegenstrijdigheid; een beter mens willen zijn door haar te veroordelen tot een leven met hem. Wie zei dat hij een betere man zou zijn dan de spermadonor, zoals zijn moeder zijn vader had genoemd?

Terwijl hij in Mary's ogen keek en zijn geloften aflegde, nam hij zich voor dat hij een beter mens zou zijn dan zijn vader. Hij zou haar beschermen, haar alles geven wat hij had en ervoor zorgen dat ze nooit iets tekort kwam. In stilte beloofde hij hetzelfde aan Zoë en andere kinderen die ze zouden krijgen. Het enige wat hij moest doen was de duisternis en woede onder controle houden. Misschien, heel misschien, kon Mary dan om hem geven zoals ze gaf om Zoë, haar nichten en zelfs haar waardeloze zus. Hij wist niet zeker waarom dat belangrijk was, maar dat was het wel.

Ze hadden net hun geloften afgelegd toen hij er in gedachten nog een aan toevoegde; om haar nooit meer te laten gaan. Ze was van hem. Voor altijd.

Hij gaf haar een hete kus onder applaus en gefluit. Toen begonnen de felicitaties.

Walker begroette hen met een enorme grijns. 'We wisten wel dat je uiteindelijk het licht zou zien.'

Hector gaf hem een vuile blik. 'Je hebt de weddenschap gewonnen, zeker?'

'Zeker weten.'

Mary klopte hem op de borst. 'Laten we dansen.'

Dansen; nog iets wat hij zichzelf nooit had zien doen. Hij had geen gevoel voor ritme en voelde zich wat verloren op de dansvloer. Gelukkig had de DJ een langzaam nummer opgezet. Mary nestelde zich tegen hem aan en ze schuifelden zachtjes heen en weer.

Hij schraapte zijn keel. 'Je bent zo mooi vandaag.'

Ze gaf hem een lieve glimlach. 'Dank je. Je mag er zelf ook zijn.'

Zijn respect voor haar groeide. Ze had niet één keer naar zijn littekens gevraagd. Vroeg of laat deed iedereen dat.

'Niet zo mooi als jij, maar dat lijkt me wel duidelijk.' Hij probeerde het te laten klinken als een grap. Ze moest echter iets in zijn stem hebben gehoord, want ze legde haar hand op zijn wang met de oneffen huid.

'Doel je soms hier op?'

'Je hebt nooit gevraagd hoe ik ze heb gekregen.' Hij gaf niks om de littekens. Het kon hem ook niet schelen wat anderen ervan vonden. Zoveel soldaten raakten gewond tijdens een missie of verloren hun leven. Een paar littekens waren niets vergeleken daarmee. Toch was haar mening op de een of andere manier belangrijk.

Mary legde haar hand op zijn hart. 'Ik heb er niet naar gevraagd omdat het niks over jou zegt. Je littekens zijn niet wie jij bent. Voor mij zijn het gewoon tekens van moed, van overleven. Eerlijk gezegd benijd ik je er een beetje om.'

Dat was niet de reactie die hij had verwacht. 'Je benijd me?'

Ze haalde haar schouders op terwijl ze langzaam heen en weer schuifelden. 'De meeste mensen zijn zo gefocust op uiterlijke schijn. Alsof je uiterlijk ook maar iets over je karakter zegt. Het is juist het tegenovergestelde; het is het meest misleidende dat er is. Ik hou er niet van als mensen me onderschatten. Eén blik op mij en men denkt gelijk dat ik een dom blondje ben.'

De eerste keer dat hij Mary had gezien, was hij onder de indruk geweest van haar schoonheid, haar borsten en goudblonde lokken. Net als andere mannen had hij haar gezien als een lustobject. Inmiddels wist hij natuurlijk dat ze meer was dan slechts een mooi gezicht.

'Ik zal er voor zorgen dat ik die fout niet maak,' zei hij vlotjes.

Hector keek diep in haar ogen en had het gevoel dat alles goed zou komen. Dat hij haar op de een of andere manier verdiende en dit niet ging verpesten.

Toen zag hij hém. Een ongewenst gezicht in het kleine gezelschap. Kristoff Romanov; de enige persoon, afgezien van de spermadonor, die hij vandaag — of welke dag dan ook — niet wilde zien. Hector fronste naar Gio, die naast hen stond te dansen met Jazzy.

Gio schudde zijn hoofd. 'Ik heb hem niet uitgenodigd.'

'O nee? Wie anders zou—'

*Nee. Ze zou het niet wagen.*

Zijn blik ging terug naar zijn vrouw.

'Ik heb hem uitgenodigd,' zei Mary zachtjes. 'Gio heeft er niks mee te maken. Behalve dan dat hij me vertelde waar ik je broer kon vinden toen ik hem vroeg of je familie had.'

Hij ademde diep in om zijn woede te beteugelen. Zijn overhemd voelde te strak. De gehele smoking voelde aan alsof hij er elk moment uit zou kunnen scheuren.

'Je bent kwaad op me.'

Hij beet op de binnenkant van zijn wang. 'Niet nu.' Ze waren nog steeds aan het dansen en omringd door gasten. Dit was niet de plek om heibel te schoppen.

Hij leidde haar daarom naar het balkon. Hij deed zijn best om vriendelijk te blijven kijken terwijl ze gasten passeerden die hem op de rug klopten en een praatje wilden maken. Eindelijk bereikte hij het balkon dat over de helft van de bovenverdieping liep.

Hij liet haar los zodra de deur zich achter hen sloot.

'Waarom heb je Kristoff verdomme uitgenodigd? Leg uit.'

Haar ogen vernauwden zich en ze vouwde haar armen voor haar borst. 'Leg uit? Let op je toon, Hector.'

Wat?

'Kennelijk is er iets mis met mijn gehoor, want ik weet wel verdomd zeker dat je net niet zei dat ik op mijn toon moet letten.'

Ze haalde diep in, alsof hij degene was die háár geduld op de proef stelde.

'Je zit niet meer in het leger, Hector. Dus je hoeft me niet af te blaffen. Wat de uitleg betreft, die lijkt me wel duidelijk. Ik hoopte op een nieuw begin. Je zei dat dit geen schijnhuwelijk zou zijn en ik ben van plan om je daar aan te houden. Nou, raad eens wat? Dat betekent dat je nu familie bent en ik wilde iets leuks voor je doen. Ik probeerde je te helpen om de strijdbijl met je broer te begraven. Maar het is duidelijk dat je dat niet wilt en dat is oké. Ik zal luisteren als je denkt dat ik een grens heb overschreden, maar dat betekent niet dat je me af kunt snauwen of ondervragen alsof ik een klein kind ben. Als je me wilt excuseren, ik moet terug naar binnen, want... oh, wie hou ik ook voor de gek? Ik ga terug naar binnen omdat ik boos op je ben.'

Ze keerde hem de rug toe en schreed met opgeheven hoofd terug naar binnen.

Hij staarde haar verbluft na. Wat was er zojuist verdomme gebeurd? Hij was degene die hier gelijk had. Ze moest zich verdomme verontschuldigen omdat ze haar neus in zijn zaken had gestoken.

'Je bent een idioot,' klonk een stem achter hem.

Hij draaide zich om en trof Achilles aan, die tegen een muur geleund stond met zijn armen over zijn borst gevouwen.

'Hoezo ben ík hier de idioot? Zij is degene die zich heeft bemoeid met iets waar ze niks mee te maken heeft.'

'Dat noemt men een vrouw hebben. Dat is wat ze doen. Wen er maar vast aan. En ik denk dat ze je probeerde te helpen. Familie is erg belangrijk voor Mary. Haar eigen zus en moeder hebben niet de moeite genomen om naar haar bruiloft te komen. Dat moet pijn hebben gedaan. Waarschijnlijk probeerde ze jou die pijn te besparen.'

Fuck. Nu Achilles het zo stelde, klonk het logisch. Dat betekende echter niet dat hij dat zou toegeven. Achilles zou hem dat nooit laten vergeten.

'Sinds wanneer ben jij de vrouwenfluisteraar?'

'Ik ben ongelooflijk goed met vrouwen. Het staat boven aan mijn cv onder het kopje competenties.'

Hector maakte een obsceen gebaar.

Achilles lachte er slechts om. 'Denk er maar over na. Je weet wat men zegt; *happy wife, happy life.*'

Hector liep terug naar binnen en trof Mary aan bij het buffet, waar ze een praatje maakte met Cortez.

De casanova van het bedrijf grijnsde. 'Ik vroeg je bruid net om me te koppelen aan een van haar vriendinnen.'

Mary keek hem wat gespannen aan, maar Hector negeerde het. Hij legde een arm om haar middel en trok haar tegen zich aan.

'Ik dacht dat je al een vriendin had.'

Cortez' gezicht betrok. 'We zijn tijdelijk uit elkaar.'

'Wat erg,' zei Mary, met haar ogen vol medeleven.

Blijkbaar had de pup toch niet zo goed gewerkt. Hector wilde Cortez daar net op wijzen, toen Kristoff zijn gezicht liet zien.

Hij voelde Mary verstrakken. Ze maakte zich waarschijnlijk zorgen om zijn reactie. Aan Kristoffs uitdrukkingsloze gezicht te oordelen, had híj dat probleem niet.

'Gefeliciteerd, bratan.'

*Noem me niet zo.*

Hector slikte zijn woede in en zei: 'Bedankt.'

Kristoff nam een enveloppe uit zijn zak en gaf het aan Mary.

'Een kleinigheid voor de vrouwenopvang. Ik ga er verder van uit dat je alles al hebt wat je hartje begeert.'

'Dank je, Kristoff. Dat is erg gul van je.' Mary straalde en gaf hem een knuffel.

Hector hield met moeite een grom binnen.

Kristoff keek wat verbaasd door haar genegenheid en klopte onhandig op haar schouder. Toen verontschuldigde hij zich.

Hector nam Mary mee naar een afgelegen hoek in de gang.

Ze haalde diep adem. 'Ben je... ben je nog steeds kwaad?'

Hij haatte het om de onzekerheid in haar ogen te zien. Nog maar even geleden straalde ze van geluk, en toen had hij dat uitgedoofd.

Net alsof hij een kaars uitblies. Dit was precies waar hij bang voor was. Hij was amper vijf minuten getrouwd en hij had het al verkloot.

'Zand erover, liefje.'

'Het spijt me,' ging ze verder. 'Ik had niet moeten doordrammen. Ik had me dit moment gewoon voorgesteld als een soort familiereünie. Het is gewoon dat... Ik hou niet van geruzie in mijn familie. Het enige wat ik me herinner van mijn vader is dat hij altijd weg en onderweg was of ruzie maakte met mijn moeder. Geruzie in een gezin begint uiteindelijk te etteren als een fysieke wond, en ik hoopte dat ik je daarmee kon helpen.' Ze pakte zijn hand. 'Ik had geen idee dat je wond zo diep was.'

'Nou, dat verklaart in ieder geval waarom je het hoofd van de Russische maffia hebt uitgenodigd op onze bruiloft,' zei hij fijntjes.

Mary's mond viel open. 'Wát heb ik gedaan?'

'Tja.' Hij kon de zelfvoldaanheid niet uit zijn stem houden. Misschien zou ze het nu afleren om zich met zijn zaken te bemoeien.

'Oh, mijn God. Hij is het hoofd van...' Ze was even sprakeloos. Haar ogen vernauwden zich. 'Daarom had Jazzy dus die glimlach op haar gezicht nadat ik Kristoff had gesproken. Niet dat ze de moeite nam om me dat te vertellen. Hebben jullie daarom ruzie?'

Hij schudde zijn hoofd. Het kon hem niet schelen wat Kristoff voor de kost deed. De eerste keer dat hij zijn broer had gezien had Kristoff niet eens zijn eigen Bratva.

'Nee, dat is niet de reden en ik ga je ook niet vertellen wat het wel is. Niet tijdens onze huwelijksnacht. Ik doe liever iets anders.'

Een blos kleurde haar wangen. Ze was een compleet raadsel voor hem. Het ene moment brieste ze als een wilde kat, het volgende moment leek ze haast verlegen.

'Laten we gaan.' Ze waren lang genoeg op de receptie geweest.

'We kunnen niet zomaar weggaan.' Ze klonk ontsteld bij de gedachte.

'Wie zegt dat? Het is onze bruiloft, we kunnen doen wat we willen. Bovendien volg ik slechts Gio's voorbeeld. Tradities moet je in ere houden.'

Mary rolde met haar ogen maar weersprak hem niet. Gio was koud een uur getrouwd geweest toen hij er stilletjes met zijn bruid vandoor was gegaan.

Hector nam haar in zijn armen en droeg haar naar buiten, recht de limousine in die voor de deur stond. Hij maakte een mentale notitie om Gio hier later voor te bedanken. Hij zou er zelf niet aan hebben gedacht. Wat leidde tot een tweede notitie: rekening houden met de behoeftes van zijn vrouw. Gio hield ervan om het leven van zijn vrouw te micro-managen; dat wil zeggen, voor zover Jazzy dat toeliet. Hij was overbeschermend tot op het bot en Hector had dat nooit eerder begrepen. Nu hij echter op de achterbank van de limo zat, met Mary over zijn schoot gedrapeerd, kwam er iets in hem los, alsof het ontketend werd. Het gewicht van de verantwoordelijkheid die hij op zich had genomen, drukte zwaar op zijn schouders. Hij had nu een vrouw waar hij aan moest denken. Dat had hij nog nooit eerder gehad. Hij neukte meestal niet meer dan een paar keer met dezelfde vrouw. Misschien had hij meer van zijn vader in zich dan hij had gedacht.

Hij spande zijn armen om de kostbare lading in zijn schoot. Hij zou Mary goed behandelen. Iets wat zijn vader nooit voor zijn moeder had gedaan.

Ze spraken niet totdat de auto voor hun huis stopte. Nog iets dat hem beviel aan haar; ze was niet het type dat stilte vulde met prietpraat.

Hij zette haar pas neer toen hij over de drempel van de voordeur en de slaapkamer was gestapt.

Mary keek wat nerveus en hij werd eraan herinnerd dat dit haar eerste keer was. In zijn binnenste kwam iets woests en primitiefs tot leven. Vrouwen vergaten hun eerste keer niet. Dat was echter niet genoeg. Hij wilde ook haar láátste zijn.

**13**

MARY

Mary keek rond in haar nieuwe slaapkamer. Het werd gedomineerd door een groot hemelbed. Het antracietkleurige dekbed en de rozenblaadjes die erop verspreid lagen staken af tegen haar witte jurk. Ze begreep nu waarom Tommie om haar sleutels had gevraagd. Het was niet om haar te helpen met haar spullen, maar om de kamer op te fleuren voor het pasgetrouwde stel.

Hector legde een arm om haar middel en kuste haar nek. 'Gaat het? Ben je zenuwachtig?'

'Een beetje,' gaf ze toe.

Zijn handen knoopten langzaam haar jurk los. Ze leunde tegen hem aan terwijl hij haar uit haar jurk pelde. Het volgende moment stond ze voor hem in een wit korset en zijden string. De lingerie was Jazzy's cadeau geweest.

Zijn adem stokte en ze glimlachte. Haar string was niets meer dan een stukje zijde dat tussen haar billen verdween. Ze had dan misschien niet de seksuele ervaring van zijn gebruikelijke partners, maar ze zou ervoor zorgen dat hij haar zijn volle aandacht gaf.

'Je maakt me helemaal gek, mi esposa.'

Ze vond het leuk dat hij haar zijn vrouw noemde. Langzaam draaide ze zich naar hem om. 'Jij bent nog steeds aangekleed.'

Hij was uitgekleed in een handomdraai. Het was de eerste keer dat ze hem volledig naakt zag. Hector Diaz was een ware spierbundel, met een strakke buik, een eight pack, en dat alles op een laag van nog meer spieren. Zijn gebronsde huid was versierd met tatoeages, die ze een voor een wilde ontdekken.

Toen gleden haar ogen lager. Dit keer was het háár adem die stokte.

'Als je zo naar me blijft kijken, word ik wild en raak ik straks de controle over mezelf kwijt.'

Zijn stem klonk speels, maar Mary hoorde de onderliggende waarschuwing.

'Misschien wil ik juist dat je de controle verliest.' Ze was daar niet helemaal zeker van, maar had zin om hem uit te dagen. Hector was altijd een en al controle en ijzigheid rondom haar geweest. Er lag nu echter een wilde honger in zijn ogen en dat gaf haar een enorme kick.

'Daag het beest niet uit, hermosa. Voor je het weet zit je op zijn hoorns.'

'En wat nu als ik dat juist wil?' herhaalde ze uitdagend.

Voorzichtig, stap voor stap, leidde hij haar naar het bed.

'Dan zou deze nacht misschien iets anders verlopen. Dan had ik me nu al diep in je begraven. Ik zou de hele nacht je benen gespreid houden en je tot aan de nok toe vullen.' Hij gaf haar een zachte duw en ze belandde op het bed. Hij viel bovenop haar. 'Er zou geen sprake meer zijn van voorspel.'

'Niet méér?' Ze grinnikte. 'Wanneer was daar dan überhaupt sprake van?'

'Die keer in de auto, toen ik je uit die sessie naakt poseren haalde, was de eerste keer. De tweede keer was tijdens de bezichtiging van ons huis toen ik klaar kwam op je billen.'

Ze kleurde.

Hector haakte een vinger om de tailleband van haar string en trok hem uit. Toen legde hij zijn duim op haar onderlip. 'Doe open.'

Ze deed wat hij vroeg en zoog zijn vinger naar binnen. Ze likte hem, maakte hem vochtig en zag Hectors ogen donker worden.

Hij haalde zijn vinger uit haar mond en trok er een spoor mee naar beneden via haar sleutelbeen en haar buik, totdat hij tussen haar benen eindigde. Hij wreef over haar klit, duwde het topje van zijn vinger in haar vagina, en Mary voelde hoe ze vochtig werd. Toen gleed zijn vinger tussen haar billen.

Ze sprong op toen hij haar anus aanraakte. Misschien was hem uitdagen toch niet zo'n goed idee geweest.

'Daarna, als ik klaar was met je kut, zou ik je kont nemen.' Hij duwde zijn vingertop zachtjes in haar achterste.

Oh, God. Wat voor wild beest had ze in hem ontketend?

'En je zou het lekker vinden ook,' fluisterde hij.

Ze had daar nog gemengde gevoelens over.

'Maar ik heb meer zelfbeheersing dan dat.'

Dit keer hield ze haar mond. Al zou ze hem graag openen om hem in haar mond te nemen en te proeven. Hij lag boven op haar. Zijn lichaam omhelsde haar als een warme deken en ze voelde zich door hem gekoesterd. Dit was wat ze had gemist met de jongens waar ze mee had gedatet. Ten eerste waren dat jongens geweest, en geen mannen zoals Hector. Bij geen van hen had ze deze overweldigende passie gevoeld, alsof ze met lichaam en ziel aan iemand toebehoorde.

'Schuif op naar het hoofdeinde. Benen wijd uit elkaar.'

Zodra ze dat had gedaan, begroef hij zijn gezicht tussen haar dijen. Haar onderbuik trok samen en ze kronkelde onder zijn liefkozingen. Ze zat half overeind met een stapel kussens onder haar rug en had een geweldig uitzicht op wat er tussen haar benen gebeurde.

Hij zoog op haar kleine knopje en likte haar sappen. Hij liet pas los toen haar rug zich kromde en een zacht gekreun aan haar lippen ontsnapte. Ze voelde zich licht in haar hoofd worden en haar tenen krulden van genot. Haar rug ontspande en ze opende haar ogen weer.

'Onthoud dit moment goed,' zei hij. 'Dit is hoe ik 's ochtends wakker wil worden.'

Ze kon haar lach niet inhouden. 'Ik zal m'n best doen.'

Zijn ogen gleden gretig over haar lichaam. Toen hij haar korset bereikte, fronste hij. Zijn vingers gingen naar de rits achter het lijfje. Met één beweging trok hij het open tot haar borsten vrij waren.

'Dat is beter.'

Hij ging op zijn knieën zitten. Haar blik gleed naar zijn harde geslacht.

Oh, God. Hij was enorm.

*Hij gaat me doormidden splijten.*

'Wacht. Stop.' Hij bevroor. 'Dat gaat nooit passen.'

Ze voelde hem beven en toen zag ze dat zijn schouders schokten. Hij was haar aan het uitlachen. Het lef!

'Maak je geen zorgen. Ik ga je zo lekker nat maken en rekken dat het perfect gaat passen.' Hij liet een vinger tussen haar plooien glijden. Zijn vingers stootten in haar en rekten haar verder op.

Zijn stem was als gesmolten chocolade, heerlijk decadent en zo zondig dat het haast verboden zou moeten worden. Het maakte dat ze stoute dingen met hem wilde doen. Dingen waarover ze tot nu toe alleen maar had gefantaseerd; intieme scènes waar ze slechts over had gelezen in romans. Diepe, donkere fantasieën waar Hector Diaz de hoofdrol in speelde, al vanaf het eerste moment dat ze hem had gezien.

Dat verminderde haar angst echter niet van de hardheid die tegen haar dij drukte.

'Misschien kunnen we eerst wat praten?' Ja, dat was een uitstekend idee. Hoe meer ze erover nadacht, hoe beter het klonk.

Hij begon aan haar oorlel te knabbelen en haar lichaam drukte zich als vanzelf dichter tegen hem aan.

'Waar wil je over praten?'

Ze boog iets zodat hij de juiste plek kon bereiken. Haar heupen bewogen om zijn vingers dieper in haar te krijgen. Ze probeerde de hardheid die tegen haar buik drukte te negeren.

'Misschien eh, kun je me vertellen over je eerste keer?'

*Meen je dit nu, Mary? Serieus?*

*Sorry, ik raakte in paniek!*

Er volgde nog een lach. Geweldig. De man met de eeuwige frons was een en al vrolijkheid nu ze in bed lagen. Ze was natuurlijk blij dat ze hem zo goed geluimd kreeg, maar ze voelde zich nerveus en een beetje paniekerig. Haar huwelijksnacht verliep niet zoals ze had gepland.

'Het spijt me dat ik zo'n watje ben.'

Hij reageerde door in een tepel te bijten.

'Au!'

'Noem mijn vrouw geen watje. En verontschuldig je nooit voor je gevoelens. Vooral  niet in bed. Dat zal ik ook niet doen.' Zijn vingers stootten sneller en ze kreunde. 'Zie je hoe makkelijk mijn vingers je hete kut in glijden? Ik kan niet wachten tot ik diep binnen in je ben. Maar eerst ga ik je beffen totdat je doorweekt bent. Ik heb daar al zo lang over gedroomd.'

'Echt?'

'De eerste keer dat ik je zag, wilde ik je over de eerste de beste bankleuning buigen en diep in je stoten.'

'De eerste keer dat je me zag, fronste je naar me en negeerde je me de rest van de avond.'

'Waarom denk je?'

'Vanwege je knorrige persoonlijkheid?'

Hij trok zijn vingers uit haar en duwde ze er weer in.

Oh. Er schoot een vurige scheut door haar heen en ze hapte naar adem.

'Dat ook,' gaf hij toe. 'Maar vooral omdat ik je niet kon hebben.'

Hij trok zijn vingers terug en zijn handen gingen naar haar borsten. Er verscheen een haast eerbiedige blik in zijn ogen.

'Ik hou ervan hoe groot ze zijn. Waarschijnlijk kan ik niet alles in mijn mond krijgen, maar ik ga het verdomme proberen.'

Hij knipoogde en de opgekropte spanning verliet haar lichaam.

Ze trok hem dichterbij. 'Ik ben er klaar voor.'

Hij drukte zijn voorhoofd tegen het hare. Zijn lichaam beefde. Met één harde stoot drong hij haar lichaam binnen.

Ze schreeuwde het uit. Haar romans hadden gelógen tegen haar! Er was helemaal geen sprake van een "klein ongemak dat onmiddellijk werd gevolgd door golven van extase". Ontmaagd worden deed verdomme pijn.

Hector hield meteen stil. Hij lag bovenop haar en steunde op zijn ellebogen terwijl hij zich niet verroerde.

'Gaat het?' Dit keer kwam de vraag er bijna uit als een grom. Er had zich zweet op zijn voorhoofd gevormd.

'Het gaat prima.'

*Al voelt het alsof er een mes in me steekt. Maar dat hoef jij niet te weten.*

'Lieg niet tegen me. Ik heb je pijn gedaan. Het duurt maar even. We gaan dit rustig aan doen.'

Het kostte haar een volle minuut — terwijl zijn hitte in haar pulseerde — om te beseffen dat hij haar de tijd gaf om te herstellen. Om op adem te komen terwijl de pijn wegebde.

Haar spieren begonnen zich eindelijk te ontspannen. Toen begon ze hem te kussen. Hun tongen kwamen samen in een verhit duel. Haar benen vielen uit elkaar en ze trok hem tegen zich aan. Ze wreef tegen hem aan om de spanning die zich in haar opbouwde te verlichten.

'Hector... Ik wil... je.'

Meer hoefde ze niet te zeggen.

Hector trok haar knieën op en duwde ze praktisch tegen haar borst. Toen begon hij diep in haar te stoten. Er was geen houden meer aan. Felle scheuten van opwinding joegen door het diepst van haar wezen. Haar onderbuik trok samen en haar ogen rolden bijna uit hun kassen. Ze kreunde na iedere scherpe stoot van zijn heupen. Het volgende moment werd ze overrompeld door een verpletterend orgasme. Zoals hij had beloofd, liet hij haar niet los totdat ze allebei verzadigd waren.

**14**

## MARY

Mary werd wakker van het licht dat door de kieren van de jaloezieën naar binnen viel. Het zonlicht liet de kamer in een zachte gloed baden. Hectors arm lag bezitterig over haar buik. Gisteravond was ongelooflijk geweest. Ze had spierpijn op de gekste plekken, maar dan op een goede manier.

Haar vingers gleden over de tatoeage op zijn borst. Het was een adelaar die de wereld in zijn klauwen hield. De roofvogel was omringd door de letters "USMC", wat natuurlijk een teken was van het Korps Mariniers. Ze had nog niet de kans gehad om zijn lichaam uitgebreid te verkennen, zoals hij dat bij haar had gedaan. Ze wilde het verhaal weten achter elk beurse plek en elk litteken.

Gelukkig had ze daar de rest van haar leven nog voor. Ze was eindelijk getrouwd met Hector Diaz, de meest sexy man ter wereld. Het was als een droom die was uitgekomen. Ze was lange tijd bang geweest voor intimiteit in een relatie. Na wat er was gebeurd op de avond dat haar oom haar kamer was binnengeslopen, had ze zich

153

daarvoor als het ware afgesloten. Die gebeurtenis was onbespreekbaar geweest onder haar grootvaders dak. Men sprak daar niet over schandelijke zaken die de familienaam zouden kunnen bezoedelen. Dus had ze het opgepot, diep verborgen in haar binnenste. Traumatische gebeurtenissen uit het verleden vonden echter een manier om in een emmer te druppelen tot op een dag die beroemde laatste druppel viel.

Ze had uiteindelijk hulp gezocht om de gruwel van wat er was gebeurd een plekje te geven. Mede daardoor voelde ze zich zo zen. Ze was precies waar ze wilde zijn.

Haar vinger cirkelde om de tatoeage op Hectors borstkas heen, een ode aan zijn tijd als marinier. Hector was een loyale, eerlijke man. Hij verdiende het om gelukkig te zijn. Ze wist niet wat hem en zijn broer — crimineel of niet — uit elkaar had gedreven, maar ze hoopte dat ze op een dag hun grieven opzij zouden kunnen leggen. Ze wilde niet dat hij op een dag spijt zou krijgen dat hij alle banden met zijn broer had verbroken. Al was het het laatste dat ze deed, ze zou hem veilig en gezond houden, zowel fysiek als mentaal.

Haar blik werd naar zijn navel getrokken en haar ogen werden wijder toen ze zijn groeiende hardheid zag.

'Morgen,' zei ze zachtjes.

Hij trok aan het laken dat haar borsten bedekte. 'Verberg je borsten niet voor mij. Ik hou van ze.'

'Dat heb ik gemerkt.' Hector was echt een borstenman. Hij had haar 's nachts wakker gemaakt toen hij aan haar borsten sabbelde en haar vingerde tot ze klaarkwam.

Haar oog viel op een detail in zijn tatoeage. Midden in het ingewikkelde ontwerp stond een datum en de letters RIP. De datum was van bijna een jaar geleden. Ze vroeg zich af wie hij had vereeuwigd op zijn borst.

Hector legde zijn hand op de hare. Zijn kaak stond strak door de onuitgesproken vraag in haar ogen.

'Je hoeft het me niet te vertellen als je dat niet wilt,' zei ze. De herinnering deed hem duidelijk pijn. Het laatste wat ze wilde was slechte herinneringen oprakelen.

'Het is de datum waarop een man uit mijn eenheid, John Decker, stierf. We hebben zijn lichaam achter moeten laten. Hij stierf in actie, precies zoals hij zei dat hij wilde sterven, maar dat maakt het er niet beter op. Hij had geen familie, behalve een broer in het leger waar hij het altijd over had.' Hij haalde zijn schouders op. 'Ik kon hem niet zomaar laten verdwijnen, alsof hij nooit had bestaan. John verdient het om door meer dan één persoon herinnerd te worden.'

In haar ogen was Hector een held. Het leger had een groot deel van zijn leven uitgemaakt. Ze kon zich haast niet voorstellen wat hij allemaal moest hebben gezien en meegemaakt. Dus bood ze hem troost op de enige manier die ze kende; door hem te kussen. Ze was vastbesloten om het verdriet uit zijn ogen te verdrijven.

Hij trok haar over zich heen tot haar borsten boven zijn mond hingen.

'Leg je handen op het hoofdeinde.'

Hij nam haar borsten in zijn handen, drukte ze tegen elkaar en bracht ze naar zijn mond. Hij kneedde haar borsten en zoog ze een voor een in zijn mond. Toen hij een vochtige borst losliet, gleden zijn tanden om een piercing. Zachtjes trok hij aan de gouden creool voordat hij in de tepel beet en een kreun uit haar ontlokte.

Ze sloot haar ogen en vond een plekje voor haar kont, boven op zijn hardheid. Haar heupen begonnen als vanzelf tegen hem aan te wrijven.

'Op een dag ga ik je tussen je borsten neuken.'

Haar klit bonsde en ze voelde zich nat worden. Dit was een ware marteling. Niets anders dan een zoete, pijnlijke marteling.

Maar wat hij kon, kon zij ook. Ze had dan misschien niet zijn ervaring, maar ze evenaarde wel zijn passie. Terwijl hij haar borsten verslond en aan het gevoelige vlees likte, legde ze een hand op zijn schacht. Ze begon hem te strelen. Zijn adem stokte. Mary zag het vuur in zijn ogen nog feller oplaaien, net als de hitte in haar binnenste. Haar hart bonsde en haar ademhaling werd gejaagd.

Eindelijk, na wat wel een eeuwigheid leek, liet hij haar borst los. 'Heb je nog steeds pijn?'

'Een beetje.'

Hector ging tegen het hoofdeind zitten. Hij omvatte haar billen en tilde haar omhoog. Toen trok hij haar tegen zijn lippen aan en begon haar te likken.

Ze hield zich vast aan zijn schouders, terwijl ze boven hem stond. Mary's benen werden week en ze had moeite om overeind te blijven. Hector plaagde haar met zijn tong. De punt likte haar vochtige plooien en trok toen een sensueel pad naar haar navel, en weer terug. Toen duwde hij zijn tong in haar en begon hij te zuigen.

Mary schreeuwde het uit. Haar lichaam schokte hevig, net alsof ze koorts had. Zij was de marionet, hij de poppenspeler. Pas toen haar benen het bijna begaven, liet hij haar gaan.

Ze viel als een hoopje op hem neer, alsof haar touwtjes waren doorgesneden. Hector sloeg een arm om haar middel en trok haar tegen zijn zij.

'Goedemorgen, chica.'

'Morgen.' Ze krulde haar vingers om zijn harde schacht.

Hij hapte sissend naar adem. 'Dat is niet zo'n goed idee, nu je nog wat gevoelig bent.'

Misschien moest ze zijn waarschuwing in acht nemen. Dat zou waarschijnlijk het verstandigst zijn. Ze lag echter zo lekker loom tegen hem aan dat haar gezonde verstand het aflegde tegen haar instinct. Ze wilde deze sterke man onder haar vingers voelen beven. Alleen al de gedachte dat ze hem op zijn knieën kon brengen van genot gaf haar een euforisch gevoel.

'Ik wil doen wat jij bij mij hebt gedaan,' gaf ze toe.

Zijn duim omcirkelde een tepel, terwijl haar vingers over zijn hardheid gleden. 'Heb je dat weleens eerder gedaan?'

'Nee, en eh... ik ben een beetje bang dat, nou je weet wel.'

'Ben je bang dat je zuigt in mij af te zuigen?'

Ze versterkte haar greep op hem. 'Heb je nog meer bijdehante opmerkingen?'

Hij keek gepijnigd. 'Niet terwijl je mij zo vasthoudt.'

'Dat dacht ik al,' zei ze liefjes.

Hij vouwde zijn handen achter zijn hoofd en sloot zijn ogen. 'Aangezien je zo vastbesloten bent om het te leren, ga je gang. De evaluatie komt erna wel.'

Dat was een uitdaging die ze graag aannam. Ze schoof naar beneden tot haar gezicht naast zijn hardheid lag. Het was vreemd om zijn schacht in haar hand te voelen pulseren. Vreemd en opwindend. Ondanks Hectors bravoure en semi-relaxte houding zag ze zweetdruppels vormen op zijn voorhoofd. Nooit eerder had ze zich zo sterk en machtig gevoeld in zijn aanwezigheid.

Haar eerste voorzichtige lik over zijn eikel deed hem half overeind springen. Zijn neusvleugels sperden zich open en zijn spieren spanden zich. Ze gaf hem nog een lik en nog een, terwijl ze hem stevig vasthield.

'Zuig op de eikel,' zei hij hees.

Dat was het begin van een reeks aanwijzingen. Ze volgde ze allemaal op en genoot van iedere seconde. Hij was te groot om hem helemaal in haar mond te krijgen zonder te kokhalzen, maar ze deed haar best. Pas toen er tranen in haar ogen schoten van de inspanning trok ze haar mond van hem af.

Ze was net aan het overwegen om boven op hem te gaan zitten, toen er werd aangebeld.

'Wat de fuck,' gromde Hector.

Enkele seconden later ging de bel opnieuw. Wie zou hen nu bezoeken op de ochtend na hun bruiloft?

'Ik kijk wel wie het is,' zei Mary met een blik op zijn kruis. 'Jij kunt nu beter niet naar beneden gaan.'

Ze stapte uit bed en sloeg haar zijden nachtjapon om, toen Hector gromde.

'Je gaat zó niet naar beneden. Trek wat kleren aan.'

Oh ja, hij hield er niet van als andere mannen haar half naakt zagen. Ze pakte snel wat ondergoed uit een lade en hees zich in een spijkerbroek en een T-shirt terwijl hij de badkamer in ging.

Toen er voor de derde keer werd aangebeld snelde Mary de trap af. Haar vrolijke humeur nam af en ze opende de deur wat ontstemd.

Totdat ze de twee politieagenten zag. Al haar euforie verdween als sneeuw voor de zon en maakte plaats voor angst.

IJs. Koude. Angst.

# 15

## HECTOR

Waarom kon men hem de dag na zijn bruiloft niet met rust laten zodat hij ongestoord kon genieten van zijn bruid? Misschien was het ook zijn eigen schuld. Hij had Mary mee moeten nemen naar een onbekende bestemming of de deurbel moeten verwijderen. Hij had een luie ochtend in bed gepland, maar dat was hem kennelijk niet gegund. Tot overmaat van ramp weigerde zijn erectie te gaan liggen.

Hij sloot zijn ogen en ging onder de koude douche. Mary was zo dapper geweest door haar gevoelens uit te spreken en hem gewoon te vertellen wat ze wilde. Ze was nog maar een beginneling in de liefde, maar hij vond het fijn dat ze zich zo op haar gemak voelde bij hem dat ze haar gevoelens met hem kon delen. Kon hij dat zelf ook maar.

Hij stapte uit de douche en trok snel een trainingsbroek en shirt aan voordat hij de trap afliep. Toen hij Mary haar stem hoorde verheffen, zette hij er de pas in. Zodra ze hem zag, wierp ze zich in zijn armen.

'Zoë is verdwenen!'

Dat was het enige dat hij uit haar gebrabbel kon opmaken voordat ze in tranen uitbarstte.

Er zaten twee agenten in de woonkamer. Ze stonden op en legden uit dat iemand Zoë op klaarlichte dag van het schoolplein had ontvoerd. Hoe meer ze vertelden, des te kwader Hector werd.

Een van de mannen schraapte zijn keel. 'Ik ben rechercheur Sanders. We hebben uw vrouw al gesproken, maar misschien kunt u ons verder helpen. Heeft u enig idee wie Zoë zou willen ontvoeren? We hebben begrepen dat het niet haar vader kan zijn.'

Dat leek Hector ook niet erg waarschijnlijk. Mary had geen idee wie Zoë's vader was. Er stond geen naam op de geboorteakte en Britney had haar ooit toevertrouwd dat haar zusje het resultaat was van een one-night stand. Het leek inderdaad niet erg waarschijnlijk dat ze was ontvoerd door een vader die nog nooit in beeld was geweest.

'Wanneer is dit gebeurd?'

'Vanmorgen, op het schoolplein. We hoopten dat u ons verder kon helpen.'

'Het spijt me, maar ik kan u niet verder helpen. Ik heb geen idee waarom iemand dit zou doen.'

De rechercheur leek niet verrast door zijn antwoord. Hector nam aan dat Mary hem had verteld dat hij nog amper kennis had gemaakt met de kleine meid.

Hij nam het visitekaartje van Sanders aan, zodat de man zo snel mogelijk zou vertrekken. Kennelijk zag Sanders iets in zijn blik, want zijn ogen vernauwden zich.

'We weten wie u bent, meneer Diaz. Ik adviseer u om deze zaak over te laten aan de politie. Er is geen plek in deze stad voor een losgeslagen militair die op eigen houtje opereert.'

'Ik zou niet durven,' zei Hector vlotjes. 'Ik blijf hier gewoon netjes zitten wachten bij de telefoon.'

Sanders zond hem een laatste vermanende blik voordat hij en zijn collega vertrokken.

Zodra ze alleen waren, nam hij Mary in zijn armen. 'Ik ga haar vinden.'

'Dat weet ik.' Er lag geen aarzeling in haar stem. Zelfs geen spoortje van enige twijfel. 'Ik ga met je mee.'

Nou, nee. 'Ik dacht het niet.'

'Maar...'

'Jouw aanwezigheid zal me alleen maar vertragen. Bovendien kan ik me niet concentreren op Zoë als ik ook op jou moet letten.'

Ze knikte met tegenzin.

Hij pakte zijn telefoon en belde Achilles. 'Haal me zo snel mogelijk op. We gaan op jacht.'

Het was tijd voor deze marinier om op eigen houtje los te gaan.

***

Hector bleef niet lang dralen nadat de rechercheurs waren vertrokken. Hij had Jazzy gebeld om langs te komen zodat Mary niet alleen zou zijn. Er was een Amber Alert verstuurd, maar dat was inmiddels uren geleden, en het had tot dusver nog niks opgeleverd.

'Wat een klotewereld,' zei Achilles vanuit de stoel naast hem nadat hij nog een telefoontje had beëindigd.

Kinderen die van het schoolplein werden ontvoerd was de definitie van klote. Hector zag dat Jazzy hem belde en zette haar op de speaker. Jazzy's bedrijf ontwikkelde gezichtsherkenningssoftware speciaal voor kinderen. Haar hulp zou zeer welkom zijn.

'Vertel me dat je nieuws voor me hebt, Jaz.'

'Hoi, Hector. Ik heb inderdaad wat nieuws. Ik heb Zoë weten op te sporen, althans tot enkele uren geleden. Het laatste beeld dat ik van haar heb is dat ze uit een zwart busje in Fillmore stapt. Daarna ben ik haar spoor weer kwijt geraakt. Ik heb een deel van het kenteken van de bestelbus weten vast te leggen en heb die informatie aan de politie gegeven. Helaas heeft dit nog tot niks geleid, dus heb ik de hulp ingeroepen van mijn vriendin, Tess. Ze zal je zo bellen. Vraag alsjeblieft niet hoe Tess aan haar informatie komt. Neem het maar gewoon van haar aan.'

Dat klonk nogal cryptisch, maar alle hulp was welkom. 'Bedankt, Jaz. Hoe gaat het met Mary?'

'Ze houdt zich sterk. Ze heeft haar advocaat gebeld om te kijken of ze de datum van de hoorzitting naar voren kunnen halen. Je begrijpt natuurlijk wel dat haar vertrouwen in Jeugdzorg een flinke deuk heeft opgelopen. Haal Zoë gewoon terug, Hector.'

'Ik kom niet terug zonder haar,' bezwoer hij.

Ze hadden bijna Diaz Security bereikt toen hij opnieuw werd gebeld. Dit keer was het een onbekende beller.

'Met Diaz.'

'Goedemorgen, Wolfman,' denderde een vrolijke vrouwenstem door de auto. 'Ik heb nieuws voor je.'

'Tess?' raadde hij.

'De enige echte. Nu, voordat ik je informatie geef over de gorilla die de prinses heeft ontvoerd, wil ik eerst een belofte van je. Zweer je dat je me geen vragen zal stellen die ik niet wil beantwoorden en mijn naam niet zult noemen tegen de mannen en vrouwen in blauw?'

Hector keek naar Achilles, maar die haalde slechts zijn schouders op.

'De klok tikt door, jongens,' zei ze. 'Ik snap dat je een vermist kind probeert te vinden, maar ik heb ook mensen die ik moet beschermen en kan niet het risico nemen dat mijn naam bekend wordt.'

'En je bent bereid om me gewoon op mijn woord te geloven?' vroeg hij ietwat ongelovig.

'Je bent een oud-marinier. Natuurlijk geloof ik je op je woord. Mary zou bovendien niet met een leugenachtige klootzak trouwen.'

Hij had wel ergere deducties gehoord. 'Goed dan. Ik beloof het.'

'Hoe zit het met jou, Achilles?'

'Ik beloof het ook.'

'Komt de naam Ivan Yankovic je bekend voor? Hij is een part-time drugsdealer en parttime pooier.'

Wie in godsnaam was—. 'Shit!' Hij sloeg vloekend op het stuur.

'Ik zie dat er een belletje begint te rinkelen,' zei Tess. 'Ik heb diep moeten graven en een hoop camera's moeten volgen voordat ik hem vond, maar dat is de man die Zoë heeft meegenomen.' Ze gaf hen het adres en Hector maakte een scherpe bocht naar links. Hij negeerde het woedende getoeter achter hem en de auto die een slalom maakte om hem te ontwijken.

'Pas op!' mompelde Achilles. 'En let op dat rode licht. Straks worden we nog aangehouden.'

'Jullie worden niet aangehouden,' stelde Tess hen gerust. 'Er is een demonstratie gaande op Union Square en een hoop collega's in blauw zijn daar verzameld. Er zijn momenteel slechts twee politieauto's in jullie buurt, en geen een nabij jullie. Ik heb de verkeerslichten zo geregeld dat ze in jouw voordeel zullen werken.'

'Wíé zei je ook alweer dat je was?' vroeg Hector.

'Nee, nee. Je hebt net beloofd om mij geen vragen te stellen die ik niet wil beantwoorden. Laten we het over die Ivan hebben. Ik denk dat hij Zoë uit pure wanhoop heeft ontvoerd. Zijn bankrekening is leeg en hij is de afgelopen maand al twee keer in het ziekenhuis beland met meerdere botbreuken. Je hoeft geen genie te zijn om te begrijpen dat hij waarschijnlijk geld verschuldigd is aan een paar louche figuren.'

'Ik ben een van die mensen die hem het ziekenhuis in hebben geholpen,' gaf Hector toe, terwijl hij een vrachtwagen inhaalde.

'Aha,' zei Tess onverstoord. 'Hoe dan ook, ik heb wat meer onderzoek verricht, want met foute figuren is er altijd meer. Ivan is ooit gearresteerd voor mensenhandel, maar weer vrijgelaten door gebrek aan bewijs. En met mensenhandel bedoel ik niet meisjes ontvoeren om ze te verkopen als prostituee, wat op zichzelf al walgelijk genoeg is. Nee, ik bedoel het ontvoeren van kinderen voor hun organen, als je begrijpt wat ik bedoel. Veel succes met jullie zoektocht.' Toen was ze weg.

'Shit. Shit. Shit!' Hij drukte het gaspedaal harder in.

'Rustig aan, man. Hou het hoofd koel.' Achilles keek net zo pissig als dat Hector zich voelde. 'We zullen haar vinden.'

'Ik had die klootzak moeten afmaken toen ik de kans had. Gio heeft gelijk; zodra iets of iemand een bedreiging voor je familie is, moet je het met wortel en al uitroeien. We hebben niet eens de kans gehad om onze zaak te bepleiten bij de rechter. Ik ben nog geen dag getrouwd en heb nu al gefaald. Als er iets met Zoë gebeurt, zal Mary er kapot aan gaan.'

'Dat gaat niet gebeuren. We gaan haar vinden. Ivan heeft haar meegenomen omdat hij geld nodig heeft. Hij gaat haar dus verkopen. Het kost tijd om een koper te vinden. Ik schat in dat we minstens vierentwintig uur hebben.'

Wat zo goed als geen tijd was. Zodra het kind de staat uit was gesmokkeld, zou ze compleet uit beeld verdwijnen. Het gebeurde aan de lopende band. Mannen als Ivan richtten hun pijlen juist op weggelopen kinderen die op straat leefden, of weeskinderen als Zoë waarvan ze dachten dat niemand ze lang zou zoeken. Ivan had echter een fout gemaakt. Dit keer had hij de verkeerde prooi uitgekozen.

Ze reden de ene rij huizen na de andere voorbij, die er allemaal even troosteloos uitzagen. De meeste huizen waren met kapotte rolluiken afgesloten en zagen eruit alsof ze klaar waren voor de sloop.

Hij stopte toen ze in het smalle straatje arriveerden waarvan Tess het adres had doorgegeven.

Achilles controleerde zijn pistool. 'Wat is je plan?'

Hector trok zijn eigen wapen tevoorschijn. 'We gaan naar binnen, vinden Zoë, slaan Ivan in elkaar. Daarna nemen we haar mee naar huis.'

'Klinkt goed.'

Ze gingen het gebouw binnen via de achterkant. Het was een krakerspand gevuld met junkies die overal en nergens lagen. Er moest hier er daar wat geld van hand wisselen voordat een van de junks hem naar de juiste kamer wees.

Ivan lag op een vuil matras in een kamer die rook alsof het toilet overgelopen was. De vloer was bezaaid met bakjes afhaaleten en bierflessen. Naast hem lag een naald.

Hector gaf Ivan een schop met zijn laars. 'Wakker worden.' Toen dat niet werkte, knielde hij naast hem en sloeg hem in het gezicht.

De klootzak leek het nauwelijks te voelen. Ivan was of zo high als een kanarie of zo dronken als een tor; of misschien wel allebei.

Het was hem niet ontgaan dat Zoë niet in de kamer was. Ze liepen terug de gang in en gooiden links en rechts deuren open terwijl ze haar naam riepen. Na tien minuten legde Hector zich erbij neer; het kind was hier niet.

Shit.

Hij beende terug naar Ivan, die nog steeds in zijn eigen vuil lag.

Achilles trok een gezicht. 'Gadver, hij riekt naar een riool.'

'Hou op met klagen. Je hebt wel erger geroken.'

'Een oorlogsgebied geurt naar rozenwater vergeleken met dit misbaksel.'

'We moeten hem wakker krijgen.' Hector keek om zich heen, maar Achilles was hem voor. Hij kwam uit een aangrenzende kamer met een emmer in zijn hand.

'Vraagt en gij zult ontvangen.'

'Waar heb je dat water gevonden?'

'In het toilet,' legde Achilles uit. 'Hij kan er in ieder geval niet nog erger door ruiken. Ik zie het juist als een upgrade om hem van zijn stank af te helpen.'

'Dat is erg aardig van je,' complimenteerde Hector hem.

'Dank je wel. Ik ben nu eenmaal een aardige vent.' Hij leegde de emmer boven Ivans hoofd.

Ivans ogen schoten open. 'Wat—' sputterde hij.

'Ivan. Wat fijn dat we elkaar weer zien.' Hector greep hem bij de keel en ramde zijn vuist tegen Ivans neus. Er volgde een gil en toen spetterde er bloed over de vuile vloer.

'Fuck! Je hebt mijn neus gebroken! Alweer!'

'Dat is nog maar het begin, vuile klootzak. Waar is het meisje?'

'Ik weet niet wat...'

Hector kneep zijn keel dicht. 'Niet doen. Nog nooit in de geschiedenis van de mensheid heeft er iemand een ander geloofd wanneer die zei; "Ik weet niet waar je het over hebt."'

Ivan likte zijn gebarsten lippen. 'Ik kan het je niet vertellen. Je heb geen idee met wie je te maken hebt. Hij zal me vermoorden.'

'En wat dacht je dan dat ík met jou ga doen? Je verdomde haren vlechten?' Dit was zinloos. Elke seconde dat hij met dit stuk vuil sprak was verspilde tijd. Tijd die Zoë misschien niet meer had.

Hij haalde zijn mes tevoorschijn, duwde Ivans linkerhand op de grond en sneed zijn pink af.

'Fuck, fuck, fuck!' Ivans ogen draaiden in hun kassen. 'Stop! Shit, shit, shit.'

Hector hield Ivans hand tegen de vloer gedrukt. 'Ik ga je wat vragen stellen. Elke keer dat ik niet blij ben met het antwoord dat je geeft, zal er een stukje van je verdwijnen. Laten we opnieuw beginnen. Waar is Zoë?'

Hij moest uiteindelijk nog een vinger afsnijden. Hij koos dit keer voor de duim, voordat Ivan hem een naam gaf.

'Pachenkov! Ik heb haar verkocht aan Yuri Pachenkov! Een van Kristoffs mannen.'

De woorden waren als een stomp in zijn maag. 'Weet je het zeker? Als je liegt, ga ik dit keer voor je ballen.'

'Ik zweer het! Ik was hem iets verschuldigd. Geloof me, je wilt Pachenkov of Kristoff niets verschuldigd zijn. Het afbetalen ging een tijd goed, maar toen stierf die Britney teef, en kon ik haar niet meer verkopen. Ik vond dat haar zusje me iets schuldig was, weet je.'

Kristoff.

Tot op heden had hij de broer die hij verafschuwde in zijn hoofd gescheiden van de maffiabaas. Hij had ook altijd gedacht dat Kristoff niet in vrouwen en kinderen handelde. Kennelijk had hij zich daarin vergist.

Ivan was aan het jammeren en hield zijn verminkte hand vast. 'Ik heb je alles verteld wat ik weet. Pachenkov is onaantastbaar. Een aanval op hem is een aanval op de Bratva. Deze stad is van Kristoff. Als je hem voor de voeten loopt zal hij jou en iedereen waar je om geeft afslachten.' Zijn ogen schoten door de kamer, alsof hij bang was dat iemand hem kon horen. 'Je wordt nog mijn dood! Als Pachenkov ontdekt dat ik hem heb verraden, zal hij het aan

Kristoff vertellen, en die Rus zal mij aan zijn handlangers over-handigen. Die krankzinnige tweeling zal me aan hun anaconda's voeren. Fucking anaconda's!'

Hector zuchtte. De verhalen over de tweeling werden met de dag erger. Het gerucht ging dat ze hun vijanden aan anaconda's voerden, of soms aan een krokodil. Misschien zelfs wel aan een gorilla. Je zou verdomme bijna denken dat Kristoff een dierentuin beheerde. Niet dat het er iets toe deed. Het maakte niet uit tegen wie hij het moest opnemen om Zoë terug te krijgen. Het lot had soms van die rare wendingen waarbij het obstakels op je pad legde die je nooit verwachtte. Misschien zat deze dag er al langer aan te komen. Want broer of niet, als Kristoff iets te maken had met Zoë's ontvoering, zou Hector hem uitschakelen.

**16**

HECTOR

Hun volgende halte was Kristoffs extravagante villa, die niet onderdeed voor die van een Romeinse senator uit de oudheid. Hoge, marmeren zuilen versierden de voorkant van het huis en de tuin was een kleinere versie van de tuinen van Versailles. De ongekroonde koning van San Francisco woonde aan de rand van de buitenwijk North Bay, zonder naaste buren in het vizier. Niet dat iemand met gezond verstand naast een maffiabaas zou willen wonen.

Toen Hector voor de grote gietijzeren hekken stopte, kon hij Achilles' zijwaartse blikken niet langer negeren.

'Wat?'

'Weet je zeker dat je dit wilt doen?'

'Wat doen?'

'Hou je niet van de domme. Je staat verdomme op het punt om het op te nemen tegen Kristoff Romanov. Goed, hij is op je bruiloft geweest, maar dat wil niks zeggen. Vooral niet omdat je hem niet erkent als je broer. Denk je niet dat het verstandiger is om Gio te bellen? Hij kent die kerel. Ze spelen samen poker, verdomme. Hij kan met Kristoff praten zodat dit niet in een bloedbad verandert.'

Hector liet zijn raam zakken en drukte op de knop van de intercom. 'Ik ga niet wachten totdat Gio er is. Zoë kan tegen die tijd al de stad uit gesmokkeld zijn. Het gaat hier bovendien om míjn gezin, dus dit is míjn probleem. Je hoeft niet mee te gaan als je dat niet wil.'

Achilles snoof. 'Alsof ik je daar ooit alleen naar binnen zou laten gaan. Ik wil alleen maar zeggen dat er een betere manier is om dit aan te pakken.'

Beter, misschien. Maar de withete woede in hem wilde niks weten van "beter" of wat verstandig was. Dit vroeg om oog om oog, tand om tand. Zijn woede wilde dat iemand zou boeten voor het verdriet op Mary's gezicht.

'Ik hoor wat je zegt, maar ik ga dit op mijn manier aanpakken.'

'Als we dood gaan, krijg je voor eeuwig "zie je wel" van me te horen.'

'Tuurlijk,' verzuchtte Hector.

Een eenzame figuur in een zwart pak kwam naar hen toe. Hector herkende hem als Angel, de ene helft van Kristoffs krankzinnige tweeling. Toen Angels tweelingbroer Damon gewond was geraakt aan zijn linkerschouder had Angel zich volgens de geruchten op exact dezelfde plek verwond. Die twee deelden alles, en kennelijk ook hun littekens.

'Ik ben hier voor Kristoff.'

'O, is dat zo?' zei Angel lijzig, terwijl hij door het raam naar binnen tuurde. 'Het is maandagmiddag. Dat is Kristoffs familie- en vriendentijd. Welk van de twee ben jij eigenlijk?'

Hector haatte die zelfvoldane klootzak. Kristoffs bloedbroeder; een van de mannen die Kristoff liever om zich heen had gehad dan zijn eigen vlees en bloed.

Angel probeerde hem op de kast te jagen. Indien de omstandigheden anders waren geweest, had Hector hem graag zijn zin gegeven, maar niet vandaag. Hij verkeerde in tijdnood, en als dat betekende dat hij zijn trots moest inslikken, zou hij dat doen.

'Vertel hem dat zijn bróér er is. Ik moet hem dringend spreken.'

Angel trok een wenkbrauw op. Hij was duidelijk verrast dat Hector — voor het eerst — zijn verwantschap met Kristoff erkende. Hij zei iets in zijn oortje en de poort ging open.

Hector parkeerde dicht bij de veranda. Hoe sneller hij zijn auto terug vond, des te beter. De villa was omringd door een half dozijn bewapende mannen.

'Er zijn er nog twee aan de kant van het gazon,' zei Achilles.

Hij knikte. 'En een half dozijn rondom het huis.'

Ze werden vreemd genoeg door niemand benaderd of tegengehouden. Slechts een man stond hen op te wachten op de veranda. Hij droeg een sportbroek, rode sneakers, een zwarte shirt en hij was een kopie van Angel.

Damon stak zijn hand naar hem uit. 'Je wapen.'

'Ik dacht het niet.' Een marinier, voormalig of niet, gaf nooit vrijwillig zijn wapen af.

In een oogwenk waren ze omsingeld door mannen die hun automatische geweren op hen richtten.

'Dat is echt niet nodig,' zei Achilles kalm. 'We zijn alleen maar gekomen om te praten.'

'Volgens mij verwar je me met mijn broer.' Damons ogen vernauwden zich toen hij Hector aankeek. 'Ik ben niet zo'n prater.'

'Laat hem zijn verhaal doen,' zei Angel, die hen inmiddels had ingehaald. 'Ik ben benieuwd of hij zich kan inhouden bij Kristoff.'

'Daar ben ik eigenlijk ook wel benieuwd naar,' gaf Damon uiteindelijk toe. Hij maakte een gebaar en de geweren om hen verdwenen onmiddellijk uit het zicht.

'Ik zet tien in op de baas.'

'Je bent me nog steeds iets verschuldigd van die keer dat ik had geraden dat die stripper een natuurlijke blondine was.'

Angel kreunde. 'Je hebt vals gespeeld. Je had me niet verteld dat je haar kut al had gezien.'

'Je had er niet naar gevraagd.'

Hector zuchtte. 'Jezus.'

'Volg mij.' Damon leidde hen naar een grote ruimte die leek op een ingebouwde sportschool.

Links stond een rij gewichten op elkaar gestapeld en rechts stonden een aantal loopbanden. Kristoff was aan het trainen. Hij sloeg zo hard tegen een bokszak aan dat de kettingen heen en weer zwiepten.

Achilles gaf hem een veelbetekenende blik.

Dus ze hielden er allebei van om met een bokszak te trainen. Nou en? Dat wilde niks zeggen.

Toen Kristoff hen hoorde naderen, draaide hij zich om.

'Bratan,' begroette hij hem.

'Noem me niet zo,' gromde Hector. 'Je hebt het recht niet om mij 'broer' te noemen.' Hij probeerde zijn woede te beteugelen. Zijn issues konden wachten, diep begraven blijven in zijn binnenste waar ze thuishoorden.

Kristoffs ogen vernauwden zich. 'Laat me raden, mijn schoonzus heeft je gevraagd om langs te komen en je kon geen nee zeggen.'

Hector beende geërgerd op hem af. Hij was zich er maar al te zeer van bewust dat de tweeling hem op de hielen volgde. Ze waren net een stel panters, klaar om hem te verscheuren zodra hij een bedreiging voor Kristoff vormde.

Damon hielp Kristoff om zijn bokshandschoenen uit te trekken.

'Ik ben hier voor je mannetje Pachenkov. Vertel me waar hij is. Hij heeft iets dat aan mij toebehoort.'

'Ten eerste is die suka niet mijn mannetje. Nooit geweest ook. Ik geloof zelfs dat hij van plan is om mij uit te schakelen om te bewijzen dat hij me aankan. Wat zou hij bovendien kunnen hebben van jou? Sinds wanneer verkeer jij in dezelfde kringen als dat misbaksel?' Hij klonk verveeld.

Typisch. De laatste keer dat hij Kristoff om hulp had gevraagd, had het hem ook niet geboeid. Alleen was Hector dit keer geen tiener meer. Hij zou niet teleurgesteld afdruipen.

'Die kakkerlak heeft mijn kind ontvoerd. Overigens heeft hij dat in jóúw naam gedaan. Ik vertel het je maar gelijk. Zodra ik Zoë terug heb, ga ik Pachenkovs ballen door zijn neusgaten trekken, en jij gaat mij geen strobreed in de weg leggen.'

Kristoffs hoofd schoot omhoog. 'Wij ontvoeren geen kinderen.'

'Dat is niet wat ik heb gehoord.' Hij vertelde wat er was gebeurd en zag eindelijk een vonk in Kristoffs ogen.

Zijn broer wendde zich tot Damon. 'Vind hem.'

'Het klinkt alsof Pachenkov al een tijd een doorn in je oog is. Waarom heb je het zo ver laten komen?'

Kristoff pakte een handdoek en veegde zijn gezicht af. 'Zelfs doornen hebben hun nut. Vooral als je er twee van hebt. In dit geval is dat Pachenkovs rivaal, Irish Brian. Zolang twee honden om een bot vechten, blijven ze bezig en hebben ze minder tijd om achter jou aan te gaan. Checks and balances, bratan. Het draait allemaal om het bewaren van evenwicht.'

'Nóém mij niet zo.'

'En wat dan nog als ik het blijf doen? Ga je me soms neerschieten?'

'Daag me niet uit,' mompelde hij. Zijn hand jeukte om de daad bij het woord te voegen.

'Hou je vooral niet in.' Kristoff gebaarde met zijn kin naar de boksring in het midden. 'Jij en ik. Drie rondes. Wat vind je ervan?'

Toen kwam Achilles tussenbeide. Letterlijk, door zijn grote lichaam tussen hen in te plaatsen. 'Wat dachten jullie ervan om dit later uit te vechten? Nádat we het meisje hebben gevonden.'

'Waarom?' vroeg Angel. 'Ik zou er grof geld voor betalen om dit te zien. Ik wed dat Kristoff de vloer aanveegt met Soldaatje.'

Achilles gaf hem een dodelijke blik. 'Ten eerste is hij niet een 'soldaatje', maar een oud-marinier. Dat is een totaal andere tak van het leger. En het kan me geen reet schelen of je baas hoofd van de Bratva is of niet. Het bestaat niet dat Kristoff, of hij nu de grootste en gemeenste fucker is of niet, een oud-marinier in Hectors klasse kan verslaan.'

'Grootste en gemeenste fucker,' herhaalde Kristoff bedachtzaam. 'Dat klinkt niet slecht. Noteer het voor op mijn grafsteen, Angel.'

Het klonk niet alsof hij een grapje maakte en Hector vroeg zich af hoe gestoord zijn broer nu eigenlijk was.

Damon liep weer binnen. 'Gevonden. Pachenkov verschuilt zich in een magazijn aan de haven. Er is te veel beveiliging rondom het pand om alleen maar vis te bewaken.'

'Geef me het adres.' Hector haalde zijn telefoon tevoorschijn. Het leek erop dat hij back-up nodig had. 'Wij nemen het vanaf hier wel over.'

Hij had zijn zin amper afgemaakt of er liep een klein leger de sportruimte binnen. De meeste van hen droegen wapens die varieerden van handpistolen tot semi-automatische geweren. Hij had meegemaakt dat kleine naties omver waren geworpen met minder vuurkracht.

'Oh, fuck nee.' Achilles haalde zijn hand door zijn haar.

Kristoff trok spottend een wenkbrauw op. 'Je dacht toch niet echt dat ik je alleen zou laten gaan?'

'Ze mogen jou dan misschien wel een wolf noemen,' zei Angel, terwijl hij zijn pistool aan zijn enkel bevestigde, 'maar Kristoff is nog altijd een leeuw. Natuurlijk gaan we mee.'

Achilles snoof. 'Wolven zijn misschien niet de sterkste onder de dieren, maar in tegenstelling tot een leeuw zul je een wolf nooit zien optreden in het circus alsof het een tamme hond is.'

Kristoff fronste. 'De blonde Hercules heeft gelijk. Vergelijk me niet opnieuw met een leeuw.'

'Met een draak dan?' stelde Angel voor. 'Die zie je ook nooit in een circus.'

Meenden ze dit nu? Hector slikte met moeite een vloek in. 'Kunnen we ons alsjeblieft focussen?'

Er verscheen een wrede glimlach om Kristoffs mond. 'Tijd om op mijn doorn te jagen.'


Pachenkovs magazijn lag aan het uiterste einde van de pier. Ze arriveerden net na zonsondergang met drie busjes die waren volgeladen met twee dozijn mannen. Tot Hectors verrassing was Kristoff ook meegekomen. Blijkbaar waren de geruchten waar; hij vergezelde zijn mannen bij grote invallen.

Damon maakte wat handgebaren en Kristoffs mannen spreidden zich uit en verdwenen in het donker.

Toen brak de hel los.

Het kon uiteindelijk nauwelijks een schermutseling worden genoemd; eerder een eenzijdig bloedbad. Ze stormden op het gebouw af als een plaag, verschroeien de aarde met kogels en lieten een spoor van vernieling achter.

Damon gooide de deur van het gebouw wijd open. Vanuit het magazijn zweefde een penetrante visgeur hen tegemoet. Rijen met containers die op elkaar waren gestapeld vormden een pad dat hen de weg wees. De hevige geur nam toe toen ze de zaal naderden en drie mannen zagen die in het midden stonden.

Hij nam niet de moeite om ze te vertellen dat ze hun wapens moesten laten vallen. Hun wijd opengesperde ogen waren gericht op de vuurkracht achter hem. Hij wist niet zeker wie van de drie Pachenkov was, al wedde hij op de rood aanlopende man met een bierbuik die over zijn broek heen hing.

Toen de stilte aanhield, klakte Kristoff met zijn tong. 'Je hoeft niet als een vis naar adem te happen,' zei hij droog.

'Kristoff, jij klootzak,' spuwde Pachenkov.

Het was inderdaad degene met de hangende bierbuik.

'De correcte term is 'hoerenzoon'. Mijn matushka was een hardwerkende dame van de nacht, geen zak met kloten. Ik zou je tong uit moeten rukken voor die belediging.'

'Sorry, shit, ik... Ik wilde je niet beledigen, Kristoff. Dus, eh wat brengt jou hier?' vroeg Pachenkov met een ongemakkelijke glimlach.

Hector schudde zijn hoofd. Dacht die idioot nu serieus dat hij zich hieruit kon lullen?

'Ik ben gekomen om vis van je te kopen. Ik hoorde dat jij de beste visboer in de stad bent.'

'Wat voor soort vis?' stotterde Pachenkov.

'Doe eens een gok. Hint; het is geen sardientje in blik.'

'En ook geen haai,' zei Damon duister. 'Die hebben we al.'

'We zijn op zoek naar een kleine zeemeermin,' voegde Angel toe.

Hector was hun vispraat beu. Hij beende op het drietal af en greep Pachenkov bij de keel. 'Waar is Zoë?' Hij trok zijn mes en hield het tegen het oog van de hevig zwetende man. 'Ik ga je ogen uitsteken, als je me niet vertelt waar ze is.'

Pachenkov slikte en wees naar een deur die gedeeltelijk was verborgen achter een paar houten tonnen.

Hector liet hem los en verplaatste samen met Damon de tonnen. Hij opende de deur. De kamer was in duisternis gehuld en er heerste een doodse stilte. Zijn hand zocht naar een lichtschakelaar naast de deur.

'Zoë?' Hij wist niet wat hij daarbinnen zou aantreffen. Hij bad dat het niet haar levenloze lichaam zou zijn. 'Zoë, het is Hector.'

Hij hoorde een snik en toen een zachte stem. 'Wolfman?'

Toen hij de schakelaar eindelijk vond, werd de ruimte oranje verlicht. In een hoek zaten vier kinderen. Hun leeftijden varieerden van tussen de zes en misschien twaalf jaar.

Zodra Zoë hem zag, lanceerde ze zich in zijn armen. Hij viel net op tijd op zijn knieën om haar op te vangen. Haar schouders schokten terwijl ze tegen zijn hemd aan snikte.

Hij keek naar de andere kinderen. De angst in hun ogen maakte dat hij Pachenkov levend wilde villen.

'We gaan jullie hier weghalen,' zei hij en probeerde ze gerust te stellen.

Zoë keek hem van onder haar betraande wimpers aan. 'Breng je me naar huis?'

'Ja, ik ben gekomen om je naar huis te brengen.'

'Ik wil Mary,' snikte ze.

Hij drukte een kus op haar hoofd.

*Ik ook, kleine, ik ook.*

**17**

MARY

Mary sleet een paadje uit in het tapijt. Haar ogen waren strak op de voordeur gericht. Ze was al uren aan het wachten totdat Hector zou verschijnen met Zoë in zijn armen. Het was zenuwslopend. Ze drukte een vingertop tegen haar slaap waar ze een doffe hoofdpijn voelde opzetten.

'Kan ik iets te eten voor je halen?' vroeg Jazzy.

Ze schudde haar hoofd. Ze zou geen hap door haar keel krijgen. Hector zou Zoë vinden, ze had alle vertrouwen in hem. Het was de nasleep van de ontvoering die haar zorgen baarde. Zoë was minder dan vierentwintig uur geleden van het schoolplein gelicht, maar trauma had geen uren nodig om zich te vormen. Het kon in een oogwenk gebeuren. Eén verkeerde aanraking, één verkeerde blik, en Zoë kon voor de rest van haar leven getekend zijn door deze vreselijke gebeurtenis.

'Ik kan gewoon niet geloven dat dit gebeurt.'

Tess had verteld wie Zoë had ontvoerd en het had een tel geduurd voordat ze zich Ivan herinnerde. Toen ze dat eenmaal deed was haar angst om Zoë vertienvoudigd.

'Ze gaan haar vinden,' probeerde Jazzy haar gerust te stellen. 'En wanneer dat eenmaal is gebeurd komt die prachtige meid thuis naar jou. Voorgoed. Ik weet het zeker. Gio en Jackson werken aan dat deel. Blijf daar alsjeblieft in geloven.'

Mary plofte op de bank, vermoeid van het ijsberen. 'Ik voel me zo nutteloos.'

'Ik weet het. Maar er is momenteel niks wat we kunnen doen. Probeer je dus te concentreren op de dingen die gedaan moeten worden als ze eenmaal terug is. Zoals het in orde maken van haar slaapkamer. Probeer positief te blijven.'

'Juist. Positieve gedachten.' Er waren nog een miljoen dingen die ze moest regelen. Ze waren hier gisteren pas ingetrokken. Het huis was gemeubileerd opgeleverd, maar ze had nog geen tijd gehad om Zoë's slaapkamer klaar te maken. Ze probeerde haar gedachten van Zoë af te leiden door een boodschappenlijst in haar hoofd te maken, maar het werkte niet. Wat als ze Zoë niet konden vinden? Wat als ze uiteindelijk haar lichaam terugvonden?

'Ik blijf maar denken aan wat er allemaal met haar kan gebeuren,' gaf ze toe. 'Wat als...'

'Hou daarmee op. Het heeft geen zin om jezelf gek te maken door meteen van het ergste uit te gaan. Wat er ook gebeurt, jullie komen hier samen wel doorheen.'

Mary hoorde de voordeur open gaan. Ze sprong op en rende de gang in.

'Zoë.'

De kleine meid lag tegen Hectors enorme borstkas waardoor ze er nog kleiner uitzag dan ze al was.

'Ze is in orde,' zei Hector zachtjes.

Mary liep langzaam op het meisje af, want ze wilde haar niet laten schrikken. Zoë draaide naar haar toe en haar ogen gluurden door een gordijn blonde krullen. Toen hun ogen elkaar ontmoetten, lanceerde het kleine meisje zich in Mary's armen.

'Het is oké,' zei Mary terwijl ze haar van Hector overnam. 'Het komt allemaal goed.'

'Ik heb een arts gebeld,' zei Hector. 'Hij is onderweg.'

Mary droeg Zoë naar de bank en ging met haar op schoot zitten. Ze kon niet stoppen met beven.

Zoë was toegedekt met een ruime jas, die naar Hector rook. Haar ademhaling vertraagde uiteindelijk en het duurde een paar minuten voordat Mary zich realiseerde dat Zoë sliep. Ze stak haar hand uit naar Hector zodat hij naast haar kwam zitten. Jazzy schoof opzij.

'Vertel, wat is er precies gebeurd?' vroeg haar nicht.

Mary rilde toen Hector begon te vertellen, ook al vermoedde ze dat hij hen de gecensureerde versie gaf. Hij sloeg een arm om haar heen en ze leunde dankbaar tegen hem aan.

'Hoe heb je die Pachenkov gevonden?' wilde Jazzy weten. 'Tess vertelde ons over Ivan, maar ze had ze geen idee hoe ze Zoë verder kon vinden.'

'We hebben wat hulp gehad,' zei hij op een vreemde toon.

Jazzy kreunde. 'Vertel me alsjeblieft niet dat Gio die man kent. Ik moet er niet aan denken dat mijn man dat soort monsters kent.'

'Nou, eigenlijk heeft Kristoff Pachenkov gevonden. Hij heeft ons geholpen met het vinden van Zoë en de andere kinderen.'

Mary keek op. 'Wacht even. Hij had dus nog meer kinderen ontvoerd? Wat is er met hen gebeurd?'

'Achilles heeft hen naar het ziekenhuis gebracht. Hij regelt het vanaf daar verder met de politie.'

Jazzy gaf hem een scherpe blik. 'Waarom heb ik het gevoel dat de arrestatie van Pachenkov niet bepaald volgens het boekje is gegaan?'

'Het is alles behalve volgens het boekje gegaan,' gaf Hector toe. 'We konden niet bepaald de politie bellen en vragen of ze een grootschalige inval wilden coördineren met de Bratva om Zoë te vinden. Toen Kristoff eenmaal klaar was met Pachenkov leek het er wel een oorlogsgebied. Ik denk niet dat iemand de flikken heeft gebeld voordat Kristoffs schoonmaakploeg het plaats delict schoon had gemaakt. Het officiële verhaal achter Pachenkovs ondergang is een anonieme tip.'

Een uur later arriveerde de dokter en hij controleerde Zoë. Gelukkig was ze in orde, althans lichamelijk gezien. Het was nu afwachten hoe Zoë de ontvoering emotioneel gezien zou verwerken. Nadat de dokter was vertrokken, stopte Mary Zoë in bed.

Ze trof Hector aan in hun slaapkamer. Uitgeput viel ze naast hem op bed.

'Bedankt, Hector. Voor alles.'

Hij nam haar in zijn armen. 'Je hoeft me niet te bedanken. Ik deed wat elke man zou doen voor zijn familie.'

Ze wilde hem vertellen dat ze van hem hield. Dat ze hem boven elke andere man waardeerde. Het was alsof een dam in haar, die zich zo lang had opgebouwd, op barsten stond, maar ze slikte de woorden in. Dit was niet het juiste moment. Hij zou denken dat ze het alleen maar uit dankbaarheid zei.

In plaats van het hem te vertellen, zou ze het hem laten zien. Elke dag weer opnieuw.

# 18

## HECTOR

Hector werd pas wakker tegen de dageraad, wat ongebruikelijk was. Zijn tijd bij de mariniers had hem een interne klok gegeven die samen met de zon opkwam. Toen herinnerde hij zich waarom hij zo vermoeid was.

De nacht ervoor. Zoë. Pachenkov. Kristoff.

Mary's helft van het bed was leeg. Hij nam een douche, trok wat kleren aan en ging naar beneden. De geur van gebakken eieren, spek en verse koffie vulde de benedenverdieping.

Mary stond aan het keukeneiland met een beslagkom in haar handen. Zoë zat op het tapijt voor de televisie en tekende in een boek. Zodra ze hem zag, sprong ze overeind en haastte ze zich naar hem toe.

'Hector!'

Hij tilde haar op en plaatste haar op zijn schouders. 'Alles goed, kleine?'

'Ja. Mary maakt pannenkoeken voor me en daarna gaan we een kamer uitzoeken.'

'Spullen halen voor je kamer,' corrigeerde Mary haar met een glimlach.

'Ga je met ons mee?' Ze keek hoopvol naar beneden.

'Natuurlijk.' Het was een doordeweekse dag en eigenlijk zou hij weer aan het werk moeten, maar Achilles kon het fort wel houden.

'Het ontbijt is bijna klaar,' kondigde Mary aan, terwijl ze wat eieren in een koekenpan deed.

Hij zette Zoë weer op haar benen en nam plaats aan tafel.

'Zoë, waarom ga je je handen niet alvast wassen?' vroeg Mary. De klein meid draaide zich om en rende naar boven.

Toen ze buiten hoorafstand was, vroeg Hector: 'Hoe is het met haar?'

Mary keek peinzend. 'Ze lijkt in orde, maar ik weet het natuurlijk niet zeker. Ik heb geprobeerd om te vragen naar gisteravond, maar ze klapte dicht, en ik wil niet pushen. De dokter zei dat kinderen dingen sneller verwerken. Dat ze niet wil praten over wat er is gebeurd, zou echter ook een copingmechanisme kunnen zijn. Het enige wat we kunnen doen is haar een veilig gevoel geven.' Ze deed wat spek en gebakken eieren op een bord en zette dat toen voor hem neer samen met een kop koffie.

'Mijn vrouw kan koken,' zei hij waarderend.

'Het is gewoon wat spek met eieren.'

Het was veel meer dan dat. Het deed hem nostalgisch terugdenken aan het ontbijt dat hij vroeger met zijn moeder had gegeten. Samen aan tafel zitten eten en drinken was een van de bouwstenen dat hen tot een gezin maakte, had zijn moeder hem eens verteld. Ze hadden het niet breed gehad en bezochten zelden een restaurant, maar ze aten wel altijd samen. Hij had nooit begrepen hoe belangrijk die momenten waren, totdat zijn moeder stierf. Mary wist niet — en hoe kon ze ook — wat dit voor hem betekende. Hij wilde haar over de tafel slepen en op zijn schoot trekken, maar hij hoorde kleine voetjes naderen.

Zoë rende praktisch de keuken in. Hij vond het leuk om haar zo vol energie te zien na de timide manier waarop hij haar in het magazijn had aangetroffen.

Ze ontbeten rustig en praatten over koetjes en kalfjes. Zoë praatte haast non-stop, alsof ze al haar woorden in zo'n kort mogelijke tijd kwijt moest. Toen staarde ze plotseling naar haar bord.

'Moet ik terug?'

Haar stem brak zijn hart. Het leek alsof ze zich voorbereidde op slecht nieuws.

'Zoë. Kijk me aan.'

Ze keek op met grote, waterige ogen. Hij stak zijn handen naar haar uit en ze sprong van haar kruk en kroop op zijn schoot.

Toen begon ze te huilen. Dikke tranen rolden over haar wangen en druppelden op zijn shirt.

'Ik wil niet teruggaan naar die plek met mevrouw Wilson. Niemand maakt daar cupcakes of wil er mijn haren vlechten. En ik heb Mary gemist.'

Hoezeer hij haar ook wilde geruststellen, hij zou geen beloftes doen waarvan hij niet zeker wist of hij ze na kon komen. Niets was erger dan op iemand te vertrouwen, denken dat hij je zou helpen, en vervolgens teleurgesteld te worden.

'We gaan alles doen wat in onze macht ligt om jou bij ons te houden. Alles. We moeten alleen eerst met wat mensen praten, zodat we je bij ons kúnnen houden, oké?'

'Wat voor mensen?' Haar stem trilde.

'Mevrouw Wilson en een rechter. Zij gaan kijken of dit huis een goede plek voor je is. En als ze dat eenmaal vinden, dan kun je hier blijven.'

'Beloofd?'

'Beloofd. Ga je nu maar klaar maken, zodat we een kamer voor je uit kunnen zoeken.'

Mary nam Zoë uit zijn armen en gaf hem nog een kus. Toen gingen ze naar boven.

Zodra hij alleen was, belde hij Jackson. 'Praat me bij over de voogdij. Zeg dat we een kans maken.'

'Ik was toevallig net aan de telefoon met Mary's advocaat. De hoorzitting is morgenochtend. Bureau Jeugdzorg is van plan om jullie vanavond te bezoeken. Ze wilden jullie wat tijd geven na de gebeurtenissen van gisteravond.'

'En Pachenkov? Heb je al iets over hem gehoord?'

'Je hebt het nieuws kennelijk nog niet gezien. Ze hebben Pachenkov in een sloot gevonden. Al zijn organen waren verwijderd. Niemand heeft er bepaald haast mee om die zaak nader uit te zoeken. Men denkt dat het om een afrekening in de onderwereld ging. Je vriend Ivan heeft het er niet veel beter van afgebracht. Ze hebben hem in een steegje gevonden met zijn handen er afgehakt.'

Hector moest het Kristoff nageven; de wijze waarop hij met uitschot afrekende had een zekere flair.


Ze brachten de middag door in een woonboulevard. Zijn twee meiden hadden de tijd van hun leven met het uitzoeken van een bed, behang, een kast en elk ander must have waar een zesjarige volgens Mary niet zonder kon leven. Zoë bleef dicht bij hen in de buurt. Hij merkte dat ze nu en dan uit het zicht verdween en een paar minuten later terug kwam en naar zijn hand reikte. Hij realiseerde zich dat een deel van haar de geruststelling nodig had dat hij er nog steeds was. Het verbaasde en ontroerde hem, dat die kleine meid hem als haar beschermer zag. Het maakte hem ook des te vastberadener om haar in hun leven te houden. En om zijn PTSS op afstand te houden. Ver weg, waar het zijn gezin niet kon raken.

Dat was natuurlijk precies het moment dat het gebeurde. Hij zag Decker in de zee van de winkelende mensenmassa. Het gezicht van zijn dode vriend leek zo dichtbij en tegelijkertijd zo ver weg. Het voelde alsof er een kogel in zijn borst belandde.

*Dios, protégeme.*

Hij begon dode mensen te zien.

Op klaarlichte dag.

# 19

## MARY

Er waren twee momenten in Mary's leven die ze voor altijd zou koesteren; de dag dat ze met Hector trouwde en de dag dat ze Zoë's voogd werd. Gisteravond was mevrouw Wilson van Bureau Jeugdzorg langs geweest en had ze haar goedkeuring uitgesproken. De rechter had het vanmiddag officieel gemaakt; ze hadden nu de voogdij over Zoë. Ze was in de wolken en danste praktisch door de keuken terwijl ze een pastarecept doornam.

Ze had Zoë een uur geleden in bed gestopt. Hector had een bericht gestuurd dat hij onderweg was. Hij leek gisteren een beetje afwezig. Zodra mevrouw Wilson was vertrokken, was hij weer naar zijn kantoor vertrokken en pas in de ochtenduren teruggekeerd. Ze was teleurgesteld omdat hij niet was gebleven, maar had dat voor zich gehouden. Hij was immers een drukbezette man met een eigen bedrijf.

Ze bereidde nu zijn favoriete maaltijd en hoopte dat hij daarna een maaltijd van haar zou maken. Ze zocht net de ingrediënten op toen er werd aangebeld. Ze snelde naar de deur en haar zus walste naar binnen in een wolk parfum. Gina zag er net zo prachtig uit als altijd, dit keer gehuld in een strakke, roze designerjurk. Het was de eerste keer dat ze haar zus na haar bruiloft zag. Ze was nog steeds gekwetst dat haar eigen zus niet was komen opdagen.

Gina's kritische blik gleed over elke hoek. 'Leuk huis, al is het wat aan de kleine kant. Ik had verwacht dat Hector zich wel iets ruimers kon veroorloven.'

'Ook leuk om jou te zien,' zei Mary droogjes.

'Het voelt zo goed om weer in Amerika te zijn. Je hebt er geen idee van hoe bekakt Andrews familie is.' Gina liet zich op de bank vallen voor de tv. Ze keek even gepijnigd en trok toen een Barbie onder haar kont vandaan. Met een afkeurend gezicht legde ze de pop op de koffietafel.

Mary ging tegenover haar zitten. 'Andrew?' Ze kon Gina's mannen niet meer bijhouden. Sinds hun grootvaders dood fladderde ze van de ene naar de andere.

'Hij is Brits. Zijn familie is zo rijk als God en heeft blauw bloed. Hij vindt daten met een maffiaprinses — dat is hoe hij mij noemt — ontzettend ondeugend.' Ze snoof terwijl ze haar gemanicuurde vingernagels bekeek. 'Hij gelooft ook dat hij mij gaat redden van dit bestaan. Ik hoef alleen maar de schijn op te houden totdat hij mij ten huwelijk vraagt.'

Het leek Mary een onmogelijke opgave; jezelf voordoen als een ander. 'Ik ben blij dat je weer thuis bent. De logeerkamer is nog niet af, maar ik heb je spullen alvast op zolder gelegd, dus je kunt—'

'Ik blijf niet. Ik heb gewoon wat...' Er verspreidde zich een blos over Gina's hals. 'Andrew neemt me morgenavond mee uit naar een benefiet. Dat soort plekken zitten altijd vol met verwaande Britten en de crème de la crème van San Fran's high society. Ik kan daar niet komen opdagen in een oude jurk en ik kan Andrew niet vragen om er een voor me te kopen. Straks denkt hij nog dat ik achter zijn geld aanzit.'

Mary slikte een hatelijke opmerking in. Kon ze haar zus maar laten inzien dat ze geen man nodig had om voor zichzelf te zorgen.

'Je hebt geld nodig.'

'Ja. Voor de jurk, en ehm... ik ben nog wat verschuldigd aan bepaalde mensen.'

'Wat voor mensen?'

'Dat doet er niet toe. Wanneer ik Andrews ring eenmaal om mijn vinger heb, komt alles goed. Ga je me nu nog helpen of niet?'

'Natuurlijk ga ik je helpen, je bent mijn zus. Ik heb niet zo veel contant, maar—'

Gina uitte een harde lach. 'Je maakt toch zeker een grap? Je woont in een kast van een huis!'

Ze wees haar er maar niet op dat Gina even daarvoor nog had gedaan alsof ze in een schoenendoos woonde. 'Het is Hectors huis. Je weet dat het feit dat ik hier woon niet automatisch betekent dat ik rijk ben. Van alle mensen zou juist jij dat moeten weten.'

Er verscheen een sluwe blik in Gina's ogen. 'Als je je koppie gebruikt, zou je dat wél kunnen zijn.'

'Wat bedoel je daar nu weer mee?'

'Heb je huwelijkse voorwaarden ondertekend?'

'Eh, nee.' Dat was zelfs nooit bij haar opgekomen. Het enige dat zij bezat was een slinkende spaarrekening en een roestige auto. Ze had aangenomen dat Hector het goed deed met zijn bedrijf, maar er geen idee van gehad dat hij aandelen had in Detta Corp.

'Mooi. Dit geeft jou alle macht en een hoop mogelijkheden. Je hóéft niet bij hem te blijven, weet je. Je kunt hem gewoon verlaten en de helft van alles wat hij bezit meenemen.'

Mary begon zich ongemakkelijk te voelen. 'Dat zou ik nooit doen. Hou hier nu maar over op.'

'Wees niet zo naïef, Mary. Mannen gaan vreemd. Ze gaan zich vervelen. Vooral rijke mannen. Vroeg of laat zal Hector op zoek gaan naar een ander. Je kunt je daar maar beter op voorbereiden. Het kan geen kwaad om met een advocaat te praten en je opties te verkennen. Hector heeft misschien niet dezelfde achternaam als de Detta's, maar hij is er wel een. Wanneer het onvermijdelijke gebeurt, zal hij je dwingen om een contract te ondertekenen en—'

'Stop.' Ze haalde diep adem. 'Ik snap dat je door een moeilijke periode gaat. Vooral na wat er met Jazzy is gebeurd. Ik weet dat Gio met je heeft gepraat.' Dat was waarschijnlijk een understatement. Na haar 'praatje' met Gio was Gina lijkwit weggetrokken. In tegenstelling tot wat haar zus geloofde, was Mary niet zo naïef dat ze niet wist dat hij haar bedreigd had. Gina had nu eenmaal een rol gespeeld in Jazzy's ontvoering, ook al was dat niet haar intentie geweest. Mannen als Giovanni Detta vergaten of vergaven dat niet. Haar zus mocht van geluk spreken dat ze nog leefde. 'Maar ik ga hier niet zitten luisteren hoe jij Hector zwart maakt in zijn eigen huis. Hij draagt Zoë op handen en ik geloof niet dat hij het in zich heeft om mij voor wat dan reden ook onder druk te zetten. Dat zou bovendien ook niet nodig zijn. Als hij wil dat ik alsnog huwelijkse voorwaarden onderteken, hoeft hij het alleen maar te vragen en ik zal het doen.'

'Je bent niet goed wijs,' spuwde Gina en ze sprong op van de bank.

Mary verwachtte dat haar zus woedend weg zou stampen en vervolgens dramatisch de deur achter zich dicht zou slaan, maar ze stond er nog steeds.

O ja, het geld. Ze haalde een paar biljetten van honderd dollar uit haar portemonnee en gaf ze aan haar. 'Dat is alles wat ik momenteel heb.'

Gina stopte het geld snel in haar Gucci-tas, draaide zich om en bevroor ineens ter plekke. Mary volgde haar blik. Hector stond in de deuropening.

Haar zus mompelde een groet en ging er toen haastig vandoor.

Toen de deur zich achter Gina sloot, liep Mary naar haar man toe. Ze bloosde, onzeker over hoeveel hij had gehoord van haar gesprek met Gina.

Hector trok haar tegen zich aan en gaf haar een lange, hete kus. Ze smolt tegen hem aan en voelde de spanning uit haar lijf wegvloeien.

'Je hebt het trouwens mis, hermosa.'

Ze fronste. 'Waarover?'

'Dit huis. Het is van jou. Jíj bent degene die het een thuis maakt.'

Het was waarschijnlijk het mooiste wat iemand ooit tegen haar had gezegd. Het enige waar ze spijt van had, waren de omstandigheden waardoor hij die woorden had uitgesproken.

'Het spijt me van Gina. Ze is...'

'Niet doen. Verontschuldig je nooit voor wat een ander heeft gezegd of gedaan.'

'Mijn zus, ze is...'

Zwak.

Het was het eerste woord dat in haar opkwam. Ze kon het echter niet uitspreken, want op de een of andere manier voelde dat als verraad. Toch wilde ze dat hij het zou begrijpen.

'Gina is erg beschut opgevoed, misschien zelf nog wel meer dan ik. Ze is geen slecht persoon, ze is gewoon...'

'Verwend?'

'Dat ook,' gaf Mary toe. 'Maar dat komt omdat ze niet beter weet. We zijn opgegroeid in een gouden kooi. En toen, van de ene op de andere dag, stierf onze grootvader. Zijn bezittingen werden in beslag genomen. Alles wat we hadden verdween; het herenhuis, de dure auto's, de bodyguards. Gina is als een vis op het droge. Ze probeert te overleven door naar een verre oceaan te reiken in plaats van in de dichtstbijzijnde vijver te springen. Ze weet niet beter dan dat ze het beste van het beste moet hebben. Het is haar met de paplepel ingegoten dat ze nooit met minder genoegen moet nemen.'

'Jij hebt dezelfde opvoeding gehad,' stelde Hector.

Goed punt. 'Je bent vast wel bekend met de nature versus nurture discussie. Mij werd verteld dat één traumatische gebeurtenis, vooral als kind, de kracht heeft om iemands persoonlijkheid te veranderen. Misschien zou ik wel net als mijn zus zijn geworden als dat met Marco niet was gebeurd.' Ze toonde hem het litteken in haar handpalm. 'Jij bent niet de enige met littekens. Het verschil is dat ik de mijne zelf heb veroorzaakt.'

Ze vond het nog steeds moeilijk om erover te praten, maar ze moest wel. Hij had haar immers ook verteld over zijn littekens. Ze waren het resultaat van rondvliegende granaatscherven tijdens een hinderlaag die het leven had gekost aan een goede vriend.

Hij verstrengelde hun vingers. 'Wil je me erover vertellen?'

'De nacht dat Marco mijn kamer in kwam, sneed Jazzy in haar arm terwijl ze me probeerde te redden. Het ergste was dat ze zich aan *mijn* schaar sneed. Door zenuwschade verloor ze bijna het gebruik van haar arm. Ik was pas zeven jaar en begreep niet helemaal wat er gebeurde, maar ik voelde dat er iets mis was met Marco. Hij gaf mij soms de rillingen, maar ik durfde dat aan niemand te vertellen. Zulke dingen werden bij ons thuis niet besproken. Na dat incident heeft mijn grootvader Marco verbannen en heeft hij zijn naam nooit meer genoemd. We deden allemaal net alsof Jazzy een ongeluk had gehad.' Ze zuchtte. 'Ik voelde me zo schuldig dat Jazzy gewond was geraakt en wilde een fractie voelen van wat zij had gevoeld. Het leek gewoon niet eerlijk dat Jazzy geblesseerd raakte terwijl ze me redde en ik er volkomen ongeschonden vanaf was gekomen.'

'Je bent er níét ongeschonden vanaf gekomen. En vergelijk jezelf nooit meer met je zus. Ik geef geen moer over nature versus nurture. Het maakt niet uit wat je hebt meegemaakt. In tegenstelling tot Gina heb jij het niet in je om mensen te kwetsen. Het zit niet in je DNA.' Hij nam haar in zijn armen en droeg haar naar hun slaapkamer.

Hij zette haar op de rand van hun bed en kleedde haar uit. Toen ze naakt was, draaide ze zich op haar buik. Ze wist wat haar vent wilde.

Er was dit keer geen voorspel, of zelfs maar een lichte tik tegen haar billen, hij ramde gewoon krachtig in haar. Mary genoot van elke seconde. Toen ze allebei waren uitgeput, liep hij naar de badkamer. Hij kwam terug met een handdoek en maakte haar schoon tussen haar benen.

Ze draaide zich op haar buik en zuchtte in het dekbed. Het leven was nog nooit zo goed geweest. Het enige wat ze nu wilde, was dat Hector haar in zijn armen nam en knuffelde.

Toen pakte hij ineens zijn kussen van het bed.

Haar hoofd schoot omhoog. 'Wat ga je doen?'

Hij keek betrapt. 'Ik eh... heb de afgelopen nacht niet veel slaap gehad, dus ik ga hiernaast slapen.' Hij trok de deur zachtjes achter zich dicht.

Ze staarde hem ongelovig na. Had hij nu serieus hun bed verlaten om in de logeerkamer te slapen? Nadat ze praktisch haar ziel bij hem had uitgestort? Gelijk nadat ze de liefde hadden bedreven? Een mes in haar hart zou minder pijn hebben gedaan.

*Die man heeft recht op een goede nachtrust.*

*Sinds wanneer ben jij zo redelijk?*

*Hij is waarschijnlijk gewoon vermoeid.*

Of misschien was dit wel het begin van het einde van haar huwelijk. Ze zou net als haar moeder eindigen. Ze wist precies hoe het riedeltje ging. Het begon met gescheiden bedden, vervolgens veranderde ze in een drankorgel, en voor ze het wist was ze boos en bitter en haatte ze haar man. Of misschien gingen haar gedachten met haar op de loop. Misschien wilde hij echt alleen maar een nachtje rust. Een goede echtgenote zou rekening houden met de behoeften van haar man en hem de ochtend erna voorzien van een heerlijk ontbijt.

Helaas was ze geen heilige. Mary sprong uit bed en gooide de deur open van de kamer waarin Hector was verdwenen.

Hij zat onmiddellijk recht overeind. 'Mary? Is alles in orde? Is Zoë—?'

'Nee, Hector. Alles is niet in orde!' Zie je? Ze klonk volkomen kalm. 'Ik ben gekwetst omdat je ergens anders slaapt met een of ander bullshit excuus.'

Hij trok een wenkbrauw op en opende zijn mond.

'Als je commentaar gaat geven omdat ik heb gevloekt, ga ik je pijn doen.'

Hij sloot zijn mond.

'Vertel me de waarheid. Waarom wil je niet bij mij slapen? Komt het door wat ik je net heb verteld?'

'Luister, Mary, doe nu even kalm—'

'Ik bén kalm!' Oké, dit keer kon ze zichzelf horen schreeuwen. Godzijdank sliep Zoë overal doorheen. 'Ik ben mijn moeder niet.'

Zijn ogen verwijdden zich, daarna vernauwden ze zich tot spleetjes. Zoals een vonk die in een vlam veranderde, verscheen er een vurigheid in die haar vergelding beloofde.

Ze besefte ineens dat ze misschien meer dan eens had gevloekt. Of zelfs meer dan twee keer. Of drie keer.

'In mijn familie was het bespreken van moeilijke onderwerpen taboe. Ze werden onder het tapijt geschoven. We leefden allemaal volgens de regels van mijn grootvader. Zelfs mijn vader, nee, voorál mijn vader. Ik denk dat hij het haatte om de schoonzoon te zijn van een machtig man. Hij had hierdoor weinig zeggenschap over zijn eigen gezin. Mijn vader wilde een huisvrouw, maar mijn moeder ging graag uit met vrienden en liet ons over aan de nanny. Toen mijn vader stierf, verliet ze ons om "haar leven in vrijheid te leven" zoals ze me vertelde. Mijn grootvader wist dat ze geen moederlijk type was en probeerde haar niet tegen te houden. Hij veranderde gewoon onze achternaam in de zijne, omdat hij wilde dat we ons een familie zouden voelen en omdat hij geen enkel respect had voor mijn vader. Ik zie mijn moeder één keer per jaar, met Kerst. Er zijn wel een miljoen dingen waar ik met haar over wil praten, maar ik weet dat ze dat nooit zal toestaan. Ze praat niet over dingen waar ze zich ongemakkelijk bij voelt en ik moet me aan haar regels houden, want ze is mijn moeder. In zekere zin zullen we nooit elkaars gelijke zijn. Maar ik verdom het om zo met jóú te leven. Ik verdien beter dan dat. Ik verdien meer dan een neukpartij nadat ik mijn hart bij je heb uitgestort. Ik verdien op zijn minst een knuffel, verdomme!'

Hector kwam overeind. Zijn gezicht stond strak. 'Is het weleens bij je opgekomen dat ik apart wilde slapen om je te beschermen?'

Zijn stem was meer een grom. Zijn handen balden zich tot een vuist en ontspanden toen weer, alsof hij zich met moeite inhield.

Ze uitte een gekwelde lach. 'Laat me raden, je wilde mijn fragiele gestalte beschermen? Ik denk dat je eerder jezelf probeerde te beschermen. Ik ben nog nooit zo teleurgesteld. Het lijkt wel alsof ik met een oude man ben getrouwd dat je na één vrijpartij al rust nodig hebt.'

Toen hij van het bed sprong, sloeg ze haar handen over haar mond.

'Daar is het nu te laat voor, chica.' Zijn ogen glansden gevaarlijk. Hij liep op haar af, als een wolf die zijn prooi besloop.

Ze deed een stap achteruit, gewoon voor het geval dat. Goed, misschien deed ze wel twee stappen terug. Raakte haar kont nu de muur?

'Weet je, mijn Italiaans is een beetje weggezakt, maar ook weer niet zo erg weggezakt,' gromde Hector. 'Misschien ben je vergeten dat ik met Italianen ben opgegroeid. Ik ben er vrij zeker van dat je me net een oude, afgeleefde stier noemde die klaar is voor de slacht. Ik ben er ook verdomd zeker van dat dit een belediging was voor mijn,' zijn ogen zwierven over haar lichaam, ' mannelijkheid.'

Mary slikte. 'Het is al laat. We hebben het er morgen wel over.' Ze probeerde langs hem heen te lopen, maar hij plaatste zijn handen op de muur aan weerszijden van haar hoofd.

'Nee. Ik wil het er nú over hebben. Ik heb namelijk ineens jeuk in mijn handen en ik denk niet dat ik kan slapen.'

Ze slikte opnieuw. 'Vanwege je jeukende handen?'

Hij speelde met een haarlok, zijn lichaam bedrieglijk ontspannen. Mary deed haar best om de hardheid die tegen haar buik drukte te negeren.

'Vanwege de fantasieën in mijn hoofd over de dingen die ik met je wil doen,' verduidelijkte hij. 'Dingen die ik met je gá doen. Ik heb een nieuwe buttplug en tepelklemmen gehaald en het is tijd om ze uit te proberen.'

Zijn duim streelde haar hals en ze sidderde onder zijn aanraking.

'Oh.'

*Een masterdiploma en* dat *is je beste comeback?*

*Mijn mond brengt me alleen maar in de problemen!*

*Je bent een schande voor je geslacht.*

Hector tilde haar op bij haar billen en drukte zijn knie tegen haar vagina. Opwinding gierde door haar lijf en ze drukte instinctief haar onderbuik tegen hem aan.

'Laten we eerst een misverstand uit de weg ruimen.'

'Dat lijkt me een goed idee.'

'Wil je de waarheid? Gisteren, in de winkel, had ik een lichte aanval. Het was gewoon een flashback. Het probleem is dat ik dat nooit eerder overdag heb gehad. Nog nooit. Wanneer ik Johns dode ogen naar me zie staren, is dat tijdens een nachtmerrie. Het maalt al heel de dag door mijn hoofd. Dat beeld zal me vanavond waarschijnlijk weer achtervolgen. Ik wilde jou daar niet mee lastig vallen.'

Haar hart ging naar hem uit. 'Ik vind dat heel erg, maar dat is nog steeds geen excuus om ons bed te verlaten. In goede en slechte tijden, weet je nog? Je kunt me niet zomaar buitensluiten. Dat is niet oké.'

'Oké.'

Ze gaf hem een lieve glimlach. 'Ik ben blij dat we het hebben uitgepraat.'

Hij stapte achteruit en gebaarde dat ze terug kon naar hun slaap-kamer. 'Ben je nog steeds wat gevoelig? Niet dat het er echt toe doet.'

Ze hield stil. 'Niet?'

'Nee, liefje. Het maakt geen zak uit.'

Ze keek gefascineerd en wat verontrust toe, terwijl hij naar de kast liep en er een paddle uithaalde.

Hij mepte ermee in zijn handpalm. 'Het zit namelijk als volgt. Vloeken is, zoals je me al vaak hebt verteld, een slechte gewoonte. Al die woorden die je me zojuist naar mijn hoofd slingerde? Die hebben consequenties.'

'Ik zal een dollar in de scheldpot stoppen,' zei ze haastig, terwijl ze achterwaarts hun slaapkamer in liep.

Hij volgde haar langzaam en sloeg de paddle tegen zijn palm.

*Klap.*

*Klap.*

'Dat is niet goed genoeg,' beweerde hij. 'Je hebt me niet alleen uitgescholden, maar je hebt ook mijn mannelijke trots gekrenkt.'

Haar ogen vernauwden zich. 'Ja, je lijkt me echt een gebroken man, ontdaan van al zijn vertrouwen.'

'Ik was van plan om het rustig aan met je te doen, maar ik ben van gedachten veranderd.'

Het rustig aan doen klonk haar als muziek in de oren.

'Dit is wat er gaat gebeuren,' ging hij verder. 'Eerst ga ik je kont ervan langs geven. Deze paddle gaat je billen mooi dertien keer raken.'

'Waarom dertien keer?' Dat klonk als een slecht voorteken.

'Dat is hoe vaak je hebt gevloekt. Je had moeten stoppen nadat je me een koppige ezel noemde. In plaats daarvan vond je het nodig om me te vergelijken met een oude stier, waarmee je insinueerde dat ik mijn pik niet omhoog kan krijgen. Wil je dat ik de woorden herhaal?'

Ze kromp ineen. 'Nee, nee, ik geloof je. Dit gaat pijn doen, of niet?'

'Ja, Mary, je prachtige billen zullen pijn doen wanneer ik er eenmaal klaar mee ben. Niet dat je veel tijd zal hebben om daar stil bij te staan, want zodra ik daarmee klaar ben, zal je het te druk hebben met mij diep in je mond te zuigen.'

Haar wangen gloeiden. Hitte spoelde over haar heen en zette haar in vuur en vlam. Ze deed nog een stap achteruit. De achterkant van haar knieën raakten het bed.

Hector legde de paddle naast haar op het bed en ging naar zijn lade. Hij haalde er twee dingen uit die leken op... oh nee.

'Laat me je voorstellen aan je nieuwe vrienden,' zei hij. 'Tepelklemmen.'

Een vurig verlangen stroomde door haar lichaam.

'Ga op je buik liggen en til je heupen op. Je kunt dit maar beter achter de rug hebben, zodat we door kunnen naar het leuke gedeelte.'

'Het leuke gedeelte?'

*Laat het alsjeblieft meerdere orgasmes zijn.*

*Eventueel met slagroom.*

*Of iets met chocolade.*

Hij gaf haar een grijns. 'Ja, hermosa. Het deel dat ik je kapot neuk omdat ik je zo vaak laat klaarkomen dat je het uitschreeuwt dat je er niet meer tegen kunt.'

Hector bleek een man van zijn woord. Niet dat ze anders had verwacht. Hij deed precies wat hij had beloofd. Tegen het einde van de nacht kronkelde ze onder zijn liefkozingen. Haar botten voelden alsof ze waren gesmolten, zo heerlijk relaxed lag ze tegen hem aan.

'Mary?'

'Ja?'

'Ik vind het ook niet fijn om zonder jou te slapen.'

# 20

## HECTOR

Zijn vrouw was iets van plan. Hij had geen idee wat het was, maar ze gaf hem een bepaalde blik vanaf haar kant van het keukeneiland wanneer ze dacht dat hij niet keek.

Sinds hun eerste ruzie een maand geleden, waarna hij de brutaliteit regelrecht uit haar had geneukt, ging het leven weer zijn gewone gangetje. Ze had zijn favoriete ontbijt klaargemaakt, wat op zich niet vreemd was aangezien ze het leuk scheen te vinden om te koken. Toch was er iets aan de hand. Misschien was ze ietwat zenuwachtig omdat ze morgen voor het eerst gasten zouden hebben. Mary hield van familiebijeenkomsten, had hij gemerkt. Ze had ervoor gekozen om een barbecue te houden en Zoë zo officieel in hun familie te verwelkomen.

Momenteel was ze salades aan het maken.

'Heb je wat hulp nodig?' vroeg hij.

'Nee, bedankt.' Ze schraapte haar keel terwijl ze een tomaat sneed. 'Wil je trouwens verder nog iemand uitnodigen voor de barbecue? Iemand die je misschien bent vergeten?'

'Je kent vrijwel iedereen die ik ken en die ertoe doet. De jongens, de Detta's. Ik zou niet weten wie ik vergeten ben.'

'Hmm.' Ze bleef tomaten snijden, maar dit keer ontweek ze zijn blik.

'Mary. Wie heb je nog meer uitgenodigd?'

'Ik heb Katya uitgenodigd,' sprak ze tegen de saladekom. 'We hebben elkaar op girls' night ontmoet. Ze is Kristoffs protégé, wat dat ook moge betekenen, en zo'n leuke meid. Helaas kan ze er morgen niet bij zijn, maar toen ik haar toch eenmaal aan de lijn had, heb ik ook met Kristoff gesproken. Ik wilde hem bedanken omdat hij heeft geholpen om Zoë te vinden. Toen heb ik hem gelijk uitgenodigd voor de barbecue. Het leek me onbeleefd om Katya wel uit te nodigen, maar hem niet.'

Hij haalde diep adem. 'Je hebt wát gedaan?'

'Ik heb Kristoff uitgenodigd voor de barbecue,' herhaalde ze. 'Hij is tenslotte mijn zwager, en dus ook familie.'

Zijn vrouw was vastbesloten om hem gek te maken. In dit tempo zou de scheldpot binnenkort barsten van het geld. Zíjn geld. Het kostte wat moeite, verdomd veel moeite, maar hij slaagde erin om zijn kalmte te bewaren.

'Hij komt toch niet.'

Was hij een klootzak omdat hij die woorden afsloot met een grijns? Misschien. Maar mevrouw Lieve Glimlach En Engelachtig Haar zou er vanzelf wel achter komen dat die eigenschappen niet automatisch betekenden dat iedereen haar haar zin zou geven.

'Dat is precies wat ik tegen hem zei dat jij zou zeggen.' Ze grijnsde terug. 'Raad eens wat? De leider van de Russische maffia houdt er blijkbaar niet van om voorspelbaar te zijn. Hij gebruikte een paar kleurrijke woorden om aan te geven wat hij van jou vond. Jullie ogen zijn niet het enige wat jullie twee gemeen hebben. Kristoff houdt ook al van vloeken.' Ze trok een gezicht.

Hij duwde zijn stoel weg van de tafel. 'Dan kun je maar beter nog een scheldpot aanschaffen, want als híj komt, wordt het verdomme een groot scheldfestijn.' Vloekend en tierend in zichzelf liep hij weg.

'Dat kost je nog een dollar!' gilde ze hem achterna.

***

Toen Hector later die avond terug naar huis keerde, was hij tot een paar conclusies gekomen.

Mary zat te lezen op de bank en Zoë speelde met een stel poppen voor de open haard. Zijn vrouw negeerde hem. Waarschijnlijk dacht ze dat Zoë's aanwezigheid haar tegen hem zou beschermen. Ze had nog zoveel te leren.

Hij kon zijn grijns niet verbergen toen hij Zoë van de vloer tilde.

Ze piepte terwijl hij haar ronddraaide en vliegtuigje met haar speelde. Hij viel op de bank met haar op zijn schoot. Zoë reikte naar haar Wonder Woman pop en een minuscule kam.

'Diana wil een vlecht, net als ik,' zei ze, terwijl ze aan haar vlechten draaide.

Hij keek naar Mary, in de hoop om hulp vanuit die hoek te krijgen, maar zij leek verdiept in haar e-reader. Al meende hij dat hij haar schouders verdacht zag schudden.

Zijn grote vingers waren niet gemaakt voor dit soort gepriegel, maar Zoë gaf hem zo'n hoopvolle blik dat hij het toch probeerde. Hij moest uiteindelijk drie pogingen doen totdat de vlecht er enigszins fatsoenlijk uitzag.

'Eindelijk. Klaar is Kees.' Hij hoopte echt dat ze niet met de rest van haar collectie zou komen.

'We hebben cupcakes gemaakt vandaag.'

'Is dat zo?' Die ene vraag resulteerde in een monoloog over wat Zoë die dag allemaal had meegemaakt.

'Waarom gaan we niet vast je tanden poetsen en je pyjama aandoen,' onderbrak hij haar. 'Dan kom ik je zo instoppen.'

'Ga je een verhaal voorlezen?' Zoë ging nooit naar bed zonder eerst een verhaal uit te onderhandelen.

'Tuurlijk.'

'Vier verhalen?'

'Wat dacht je van twee?'

'Hmm... oké.'

Het voorlezen duurde veel langer dan hij had verwacht. De kleine had een van de sprookjes van Grimm uitgekozen. Wie wist dat die verhalen zoveel pagina's hadden?

Hij liep al fluitend de trap af, terwijl hij inwendig zijn hoofd schudde. Hector "de Wolf" Diaz leidde een burgerlijk leven. Als de jongens in zijn oude eenheid hem nu toch konden zien, zouden ze zich kapot lachen. Hij besefte dat het hem geen reet kon schelen. Nooit eerder was hij zo gelukkig en voldaan geweest als sinds hij was getrouwd. Aan het eind van de dag thuiskomen bij Mary en Zoë was het hoogtepunt van zijn dag. Hij had de Detta's altijd als zijn ware familie beschouwd, en dat waren ze nog steeds, maar hij had er nu een eigen familie bijgekregen: zijn gezin. Dat was waarschijnlijk de reden waarom Mary zich er niet van kon weerhouden om de breuk tussen hem en Kristoff te proberen te lijmen. Ze geloofde oprecht dat hij gelukkiger zou zijn met zijn broer in zijn leven.

Ze stond in de keuken, waar ze een pot thee opzette. Dit was het middelpunt van hun huis, de plek waar zij tijd doorbracht terwijl ze een boek las of een kopje thee zette.

Hector nam plaats aan de keukentafel, recht tegenover haar. Hij kon haar hartslag bijna zien versnellen.

'Ik ben vandaag tot een paar conclusies gekomen, hermosa. Ik ga je vertellen over Kristoff, zodat je eindelijk gaat begrijpen waarom ik die vent niet kan uitstaan. Maar vooral ook zodat je snapt dat het niet uitmaakt of je hem nu uitnodigt of niet. En wanneer ik uitgepraat ben ga jij naar boven, trek je dat sexy rode niemendalletje aan en kom je terug. Daarna ga ik je keihard neuken.'

Ze zette grote ogen op terwijl ze haar beker neerzette.

'En kijk me niet zo aan. Dat gaat je niet redden. Ik ben het beu dat ik de enige ben die gefrustreerd raakt wanneer het mijn broer betreft. Dus heb ik besloten om mijn frustratie met jou te delen. Elke keer als ik gedwongen tijd met hem moet doorbrengen, ga ik mijn gevoelens met jou delen. Sterker nog, ik ga ze óp jouw heerlijke lijf afreageren. En haal die glimlach maar van je gezicht, want ik heb nog niet besloten of ik je ga laten klaarkomen.'

Ze pruilde en vouwde haar armen voor haar borst. 'Prima. Vertel wat er tussen jullie is voorgevallen.'

Ah, ze had haar leraressentoon weer gebruikt. Als ze er enig idee van zou hebben hoe geil dat hem maakte, zou ze dat wel laten.

'Je schijnt te denken dat ik Kristoff ken. Dat we op de een of andere manier noodgedwongen uit elkaar zijn gerukt ofzo. Dat is niet het geval. We hebben niet dezelfde moeder, maar dezelfde vader. Een enorme klootzak van een man die houdt van exotische vrouwen, als ik afga op mijn Mexicaanse en Kristoffs Russische moeder. Onze vader is aan de buitenkant het toonbeeld van de perfecte burgerlijke American Dream. De buitenwereld, laat staan zijn eigen vrouw, heeft er geen idee van dat hij ervan hield om zijn nanny's te neuken. Toen mijn moeder hem vertelde dat ze zwanger was, gooide hij haar eruit. Hij gaf haar wat zakgeld en dreigde haar leven kapot te maken als ze het aan zijn vrouw zou vertellen. Ik wist niet eens dat ik een broer had totdat mijn moeder het me vertelde op haar sterfbed. Ik vermoed dat ze niet wilde dat ik alleen achter bleef. Ze wist waarschijnlijk dat haar moeder, een oma die ik nog nooit had ontmoet, mij niet zou willen. Ik was veertien toen mijn moeder stierf. Toen Jeugdzorg me kwam ophalen, vluchtte ik naar mijn vader. Ik maakte mezelf wijs dat mijn moeder het mis had over hem. Misschien was hij wel veranderd. Ik wist niet waar hij woonde, dus ging ik naar zijn kantoor; hij was immers de burgemeester. Het moment dat hij me zag, herkende hij me en trok hij me een kamer in. Hij is groot en breed net als ik, en heeft precies dezelfde ogen. Die klootzak dreigde om mijn leven tot een hel te maken als ik ooit terug zou keren. Je kunt je niet voorstellen hoe woedend ik werd toen hij mijn moeder een puta noemde. Het scheelde niet veel of ik had hem vermoord en eigenhandig mijn leven vernietigd. Ik had vast een engeltje op mijn schouder, want ondanks mijn woede ben ik gewoon weggelopen. Ik liep weg en heb hem erna nooit meer opgezocht.'

Haar blik werd zacht. 'Het spijt me zo.'

'Het is lang geleden gebeurd en ik heb dat hoofdstuk van mijn leven afgesloten. Ik geef geen moer om die man.' En dat hij mij niet wilde. Niemand had hem gewild nadat zijn moeder was gestorven. Zijn waardeloze vader niet, en ook zijn grootmoeder niet, die vond dat de 'bastaard' de familie te schande had gemaakt.

'En wat gebeurde er daarna? Ik herinner me dat Jazzy me eens heeft verteld dat je bent opgegroeid met de Detta's en hun grootmoeder.'

Leve Caitlin O'Brian. Ze was het schoolvoorbeeld van de liefhebbende oma en Ierse gastvrijheid.

'Ik heb Gio in een groepswoning van Jeugdzorg ontmoet. Een paar van de oudere jongens vielen hem aan en ik heb hem geholpen. We zijn sindsdien min of meer onafscheidelijk geweest.' Totdat Gio's oma ten tonele verscheen. Die dag stond in zijn geheugen gegrift alsof het pas gisteren was gebeurd. Hij was heel de dag misselijk geweest. Gio kon hem ieder moment achterlaten, waardoor hij weer alleen zou zijn. 'Gio smeekte haar om mij ook mee te nemen.' Zijn oma had hem slechts een blik gegeven voordat ze besloot om hem ook te adopteren. Sindsdien waren hij en de Detta's als familie. Hij was Gio's beveiliger en deurwaarder geweest. Wanneer je net voor jezelf begon, nam niet iedereen je serieus. Sommigen meenden zelfs dat ze je niet hoefden te betalen voor bewezen diensten. Wanneer dat gebeurde, kwam Hector in beeld.

'En waar past Kristoff in dit verhaal?'

Kristoff Romanov, zijn "lang verloren" broer. 'Mijn vaders naam was niet het enige dat mijn moeder me op haar sterfbed vertelde. Kristoffs moeder en zij hadden in dezelfde periode bij de burgemeester gewerkt. Die klootzak had ze allebei zwanger gemaakt en vervolgens zijn huis uitgetrapt. Kristoff is drie jaar ouder dan ik. Het kostte wat moeite om hem te vinden. Hij woonde ook in Tenderloin, net als de Detta's en ik, maar Kristoff was toen al een sjacheraar. En toch slaagde ik erin om hem te vinden. Ik vertelde hem dat we broers waren en, idioot die ik ben, verwachtte een soort hereniging zoals in een Hollywood-film.'

'Ik neem aan dat het niet zo verliep?'

'Fuck nee. Hij zei dat hij niet met kinderen omging. Toen zei hij dat ik hem nooit meer "broer" moest noemen.' Het was als een klap in zijn gezicht geweest.

'En je hebt hem in de loop der jaren nooit gesproken? Ik bedoel, hij kent Gio; hij heeft zelfs een nachtclub met hem. Een club waarvan jouw firma de beveiliging verzorgt.'

Het leek misschien vreemd voor een buitenstaander, maar Kristoff en zijn mannen hadden dezelfde straten gedeeld met de Detta's, en dus ook met hem. Ze waren er allebei in geslaagd om uit de sloppenwijken te ontsnappen. Het verschil was dat Gio ervoor had gekozen om legitiem te worden in plaats van in de voetsporen van zijn vader te treden en voor de maffia te gaan werken. Kristoff had een ander pad gekozen. In de loop der jaren was er een hechte vriendschap ontstaan tussen de twee mannen. Een vriendschap die Hector nooit met zijn broer zou delen, omdat één afwijzing genoeg was voor de rest van zijn leven.

Hij vertelde Mary dit allemaal en ze kuste zijn schouder.

'Toen ik twintig werd, ging ik in het leger. Ik moest mijn eigen weg zien te vinden in de wereld. Bovendien zou dat in ieder geval een last minder zijn voor oma.'

Mary gaf hem een knuffel. 'Kristoff is naar je bruiloft gekomen en komt morgen ook naar de barbecue. Misschien heeft hij spijt en wil hij het goedmaken met je.'

Hij schudde zijn hoofd. 'Geloof me, je hebt het mis. Ik weet niet wat voor spel Kristoff speelt, maar er zit vast iets achter. Tot onze bruiloft heeft die man mij nooit openlijk erkend als zijn broer. De enige die weten dat we familie zijn, zijn de Detta's en Achilles. Het is geen geheim, maar het is ook niet algemeen bekend.'

'Het spijt me dat ik me met jullie relatie heb bemoeid.'

'Verontschuldiging aanvaard.'

Dat zou haar echter niet redden.

**21**

HECTOR

De vrouw die de woonkamer inliep leek op een gevallen engel in rood kant. Hectors blik ging van Mary's roze tenen naar haar zwarte string en vervolgens naar haar goudblonde lokken. Met moeite wendde hij zijn blik af van haar en terug naar de tv.

Hij pakte een kussen van de bank en gooide het op de grond.

'Ga je basketbal kijken?' Mary keek verbaasd en een tikje verontwaardigd.

*Oh, mi corazon, dit is nog maar het begin.*

Hij wees naar zijn voeten. 'Kom hier. Je weet wat ik wil.'

Haar ogen schoten vuur, maar ze gaf geen commentaar. Ze zeeg sierlijk voor hem neer op haar knieën. Haar handen gingen naar zijn riem. Ze haalde zijn gezwollen lid uit zijn boxershort en nam hem in haar mond. Haar hoofd ging op en neer op zijn pik.

Hij leunde achterover op de bank en keek ogenschijnlijk ontspannen terwijl Mary slurpende geluiden begon te maken. Hij kon nauwelijks nadenken, zo heerlijk voelden haar zachte lippen om zijn schacht. Als ze er enig idee van zou krijgen hoeveel macht ze over hem had, zou hij haar slaaf worden.

Hij hield ervan dat ze geen remmingen toonde als het om seks ging. Zijn vrouw zag eruit als een engel, maar wanneer ze eenmaal alleen waren, kwam de nymfomane in haar tevoorschijn. Hij was gek op zijn kleine nymf. Het enige wat hij wilde was haar plezieren, haar heerlijke lichaam aanbidden. Dat wilde echter niet zeggen dat hij het zou toestaan dat ze zich met zijn zaken bemoeide.

Hij trok haar van zijn schacht.

'Ben je al nat?' Toen ze haar mond opende, legde hij een vinger op haar gezwollen lippen. 'Niet praten. Laat het me zien.'

Ze probeerde overeind te komen, maar hij duwde haar zachtjes naar beneden.

'Nee. Je bent een slimme meid. Toon het me zonder op te staan.'

Hij zag dat het haar begon te dagen. Haar hand ging naar haar buik en daalde toen naar beneden tot ze twee vingers tussen haar zachte plooien duwde.

'Goed zo,' zei hij zachtjes. 'Vinger jezelf voor mij.'

Hij was er nog steeds niet over uit of hij haar zou laten klaarkomen, maar hij hield van hun spel. Mary was zo mooi in haar passie. Vooral als ze zichzelf plezierde en zijn aanwijzingen opvolgde.

Ze sloot haar ogen terwijl haar vingers over haar clitoris gleden. Haar ademhaling kwam met horten en stoten en een blos versprei- dde zich over haar wangen. Het was waarschijnlijk een obsceen tafereel; hij, op de bank, zijn pik die tegen zijn buik spande. Haar gezicht bij zijn pik, terwijl ze zichzelf plezierde.

Toen haar adem stokte en ze het tempo van haar vingers opvo- erde, trok hij haar hand weg.

Ze kreunde en gaf hem een gekwetste blik. Hij wilde in haar onderlip bijten, haar dijen uit elkaar duwen en diep in haar stoten. Helaas moest dat nog even wachten. Hij probeerde hier immers een punt te maken.

'Voel je je al gefrustreerd?' wilde hij weten.

Ze knipperde. Haar ogen vernauwden toen ze er aan herinnerd werd waarom ze zich in deze benarde situatie bevond.

Er klonk ineens gejuich door de kamer. Zijn team had gescoord. Het leven werd niet veel beter dan dit: zijn vrouw die hem pijpte en zijn team die aan het winnen was.

Alhoewel, eigenlijk kon het wél beter. Hij legde een hand op haar hoofd en duwde haar naar zijn kruis. Met diepe, ritmische stoten begon hij haar gezicht te neuken. Ze kreunde toen hij zo diep ging dat hij de achterkant van haar keel raakte. Hij hield haar een paar seconden vast en verwachtte dat ze zou protesteren. In plaats daarvan keek ze op. Haar prachtige ogen keken hem vol vertrouwen aan. Hij gaf bijna toe aan het wanhopige verlangen in haar ogen. Bijna.

Hij trok zich langzaam uit haar mond. Ze legde haar hoofd op zijn benen en slaakte een tevreden zucht. Het was alsof er iets uit hem losbrak. Alsof de ketenen die zijn pijn al die tijd zorgvuldig in toom hadden gehouden, braken. Alsof een wervelwind de pijn achter de wolken deed verdwijnen. Hij realiseerde zich plotseling hoeveel mazzel hij had. De mooiste vrouw ter wereld lag aan zijn voeten en genoot ervan om hem te plezieren.

Mary tilde haar hoofd op en keek hem vragend aan.

'Sta op.' Hij maakte een gebaar met zijn vingers en ze draaide haar rug naar hem toe. Hij had nu uitzicht op haar volle billen die nauwelijks werden bedekt door een string. Het zwarte lapje stof bedekte natuurlijk niets. De wijze waarop het satijn haar schaamlippen omsloot benadrukte haar vagina. Hij trok de stof weg en duwde een vinger bij haar naar binnen

Haar hitte verbrandde zijn vingers bijna. Hij voerde het tempo op terwijl hij zijn vinger in en uit haar stootte, maar paste ervoor om haar klit aan te raken. Een tik tegen haar gezwollen knop en ze zou ongetwijfeld klaarkomen.

Pas toen zijn vingers doordrenkt waren, trok hij zich uit haar.

'Sta op en ga op me zitten, met je gezicht naar de tv.'

Hij had dit standje nog niet met haar gedaan en het was perfect voor wat hij in gedachten had.

Ze klom op zijn schoot, draaide zich toen om tot haar rug zijn borst raakte en daalde uiterst langzaam naar beneden. Toen hij diep in haar vagina zat, maakte ze een tevreden geluid. Ze had natuurlijk geen idee wat haar te wachten stond.

Hij legde zijn handen op Mary's dijen en trok ze omhoog, zodat haar voeten op de bank lagen aan weerszijden van zijn benen. Haar hand ging terug naar haar klit. Hij stond toe dat ze zichzelf twee keer streelde, puur en alleen om haar nog geiler te krijgen, en trok toen haar hand weg.

'Je komt vanavond niet klaar zonder dat ik het zeg. Berijd me.'

Mary duwde haar hielen in de bank en begon haar heupen op en neer te bewegen.

Hij greep naar de lotion die hij eerder naast zich had neergelegd en smeerde wat tussen haar billen. Toen duwde hij een vinger in haar achterste.

Mary verstijfde. Hij mepte haar billen. 'Zei ik dat je mocht stoppen? Berijd me.'

'Ga je—'

'Shh. Je mag alleen praten als je wilt dat ik stop.'

'Bedoel je zoals een *safe word*?'

Zijn hart maakte een salto. 'Wat weet jij over safe words?'

Ze snoof. 'Ik lees heus weleens een boek, hoor.'

'Heb je over kinks gelezen?'

'Misschien...'

*Dios. Ze wordt nog mijn dood.*

'Je hebt geen safe word nodig. Het enige dat je hoeft te zeggen is "stop".'

Haar vagina trok samen en zoog zich vast om zijn pik. Ze kreeg de smaak nu echt te pakken, want haar heupen gingen harder op en neer terwijl ze hem bereed. Hij duwde nog een vinger in haar gat. Ze was zo verdomd strak.

Hij greep haar benen en trok haar langzaam omhoog. Toen leidde hij zijn pik naar haar achterste. Het was haar eerste anale ervaring en haar adem stokte diverse malen terwijl ze hem in zich probeerde te laten glijden. Toen hij bij haar naar binnen drong, kreunde ze.

'Goed zo, liefje.'

Hij liet haar dijen los, waardoor ze op eigen kracht overeind moest blijven. Ze gebruikte haar spieren om haar ritme te vinden en nam hem dieper in zich.

Zijn handen masseerden haar borsten. 'Ik hou ervan hoe lenig je bent. Stop nooit, maar dan ook nooit met yoga.'

Hij sloeg een arm om haar middel en gaf haar kutje een klap met de vlakke kant van zijn hand. Toen nog een. En nog een.

'Hector...' Ze begon te hijgen, alsof ze in ademnood was.

'Vertel me over de seksboeken die je leest.'

'Het zijn geen seksboeken,' kermde ze beledigd. 'Ik lees romans.'

Hij mepte haar klit.

Mary's benen begonnen te trillen. 'Oh, God.'

'Vertel me over je romans,' zei hij. 'Wat vind je daar zo leuk aan?' Hij was zelf geen lezer, maar had haar vaak gezien met haar e-reader. Als ze erotische romans las, wilde hij dat weten.

'Ik hou van een gegarandeerde happy ending. Ik vind het fijn dat twee mensen die soms op de verkeerde voet beginnen, uiteindelijk alle moeilijkheden op hen pad overwinnen. Het klinkt als een cliché, maar ik geloof echt dat liefde alles overwint.'

Zijn duim wreef tegen haar klit terwijl hij haar antwoord over-woog. 'Ik weet niet of ik in de liefde geloof.' Hij drukte een kus op haar schouder als in een verontschuldiging, al wist hij niet goed waar hij zich voor verontschuldigde. Ze waren dit huwelijk met open ogen ingegaan. Hij had niet tegen haar gelogen of gedaan alsof hij iets ander voor haar voelde dan pure lust. De grip die Mary op hem had joeg hem soms echter angst aan. Het werd elke dag moeilijker om een muur omhoog te houden tussen zijn gevoelens en zijn vrouw. Hij kon haar echter nooit binnen laten. Van iemand houden gaf diegene macht over je. Het maakte je kwetsbaar, en wanneer diegene stierf, maakte het je gek van verdriet.

'Nou, ik wel,' zei ze.

Ze was zo dapper. Ze zat nooit om woorden verlegen wanneer het ging om wat ze voelde of waar ze in geloofde.

Ze drukte zich op met haar tenen, waarschijnlijk omdat ze een adempauze nodig had. Jammer genoeg voor haar gunde hij die haar niet.

'Kom terug jij.' Hij drukte haar weer naar beneden terwijl hij zich dieper in haar duwde.

Mary schreeuwde het uit en haar lichaam schokte. Hij drukte zijn vingers tussen haar plooien en draaide er cirkels omheen.

'Ik hou van het gevoel dat je me geeft.' Haar stem klonk rokerig en sexy.

'Shh. En niet meer bewegen.' Hij beet in haar oorlel. 'Ik kijk naar de wedstrijd.'

Ze draaide haar hoofd om en gaf hem een ongelovige blik. 'Ga je me hier serieus zo laten zitten tot aan de pauze?'

Ze was nog zo onschuldig. 'Tot aan het einde. Niet tot aan de pauze.'

'Oh, God.'

'Nee, het is, "oh Hector".'

'Je bent een sadist.'

'Pijn is niet echt mijn ding, liefje, maar ik kan het allicht proberen.'

'Dat is niet nodig,' zei ze haastig. 'Ik zal braaf zijn.' Ze sprak die woorden onmiddellijk tegen toen ze haar bekken spande en hem dieper naar binnen zoog. Soms was ze echt een duivelin.

Hij draaide aan haar tepels en trok aan een piercing.

'Au!'

'Of misschien ben ik wel een sadist.'

'Ik zal stil blijven zitten,' zei ze met een benepen stem.

Hij was een man van zijn woord, hij liet haar de hele tijd zo zitten. Ook voor hem was het een pure marteling, maar hij probeerde hier een punt te maken.

Tegen het eind van de wedstrijd, lag Mary slap met haar hoofd tegen zijn schouder. Zijn arme vrouw was uitgeput.

'Alsjeblieft, Hector...'

Hij veegde een lok haar van haar voorhoofd. Hij had haar genoeg gestraft voor een nacht. Ze had haar lesje wel geleerd.

Hij trok haar overeind en droeg haar naar boven, waar hij haar vervolgens op bed liet vallen. Hij spreidde haar benen en stootte diep in haar totdat ze een gesmoorde gil slaakte en haar heupen schokten.

Toen zijn hartslag weer onder controle was en ze onder de dekens lagen, kroop ze tegen hem aan.

'Hector?'

Hij hoorde de glimlach in haar stem. 'Ja, schat?'

'Ik denk dat ik je broer ook ga uitnodigen met kerst.'

*Fuck.*

**22**

MARY

Haar man was iets van plan. Mary borstelde haar haren voor de badkamerspiegel terwijl ze nadacht over wat het zou kunnen zijn. Hij had haar de hele ochtend een bepaalde blik gegeven. Een waarbij zijn lip opkrulde en hij net iets te veel in zijn nopjes leek.

*Je hebt hem wakker gemaakt door hem te pijpen.*

*Hij is gewoon erg blij met je.*

Vandaag hielden ze hun eerste feestje, oftewel 'barbecuedag' zoals Zoë het noemde. Ze stapte onder de douche en dacht na over wat ze moest dragen. Ze wilde een goede indruk maken op zijn familie en vrienden.

Toen ze uit de douche kwam, trof ze Hector aan op de rand van hun bed. Hij hield een zwarte doos in zijn hand.

'Ik heb iets voor je.'

Een cadeau! Ze liep stralend op hem af.

Hij haalde een zwarte, kanten string uit de doos. Haar ogen verwijdden zich toen ze zag dat het kruis ervan bestond uit een parelketting. Het was zo... ondeugend en sexy.

'Wat leuk.'

'Blij om dat te horen. Trek het aan.'

Wacht even, wat? 'Nu? Wil je dat ik dit nú aan doe?'

'Ja. Nu.'

'Maar, maar...'

Hij greep een knie en trok haar dichterbij. 'Vandaag wordt een zware dag voor me.' Hij klonk schor, haast terneergeslagen. 'Het idee dat jij dit draagt voor mij zal me helpen om de dag door te komen.'

Oh, nee.

'Wat is er aan de hand?'

De kwetsbaarheid in zijn ogen verwarmde haar hart. Dit was het dan eindelijk, dat moment waar ze zo lang naar had uitgekeken. Het moment waarop Hector zelfs de kleinste dingen met haar zou delen. Elk woord, elke zin zou tonen dat hij haar vertrouwde en zou de basis zijn van hun relatie. Die relatie zou vervolgens groeien, vooral als hij zijn gevoelens met haar deelde, en op een dag zou dat veranderen in liefde en...

'Kristoff komt vandaag. Dat frustreert me mateloos. De gedachte dat jij de hele dag even gefrustreerd zal zijn omdat er parels tegen je klit drukken en je nat houden... dat helpt.'

— en... haar man was een klootzak.

Hij gaf haar een schouderklopje en liep vervolgens vrolijk weg. Het enige dat er nog aan ontbrak was dat hij zou gaan fluiten.

Ze overwoog om iets naar zijn hoofd te gooien. De marmeren vaas op haar nachtkastje leek een uitstekende optie.

'Ik zou het niet doen als ik jou was,' riep hij over zijn schouder. 'Tenzij je wilt dat ik ook iets voor je tepels verzin.'


De housewarming was al een uur aan de gang en Mary vond het tot dusver een succes. De barbecue werd bemand door Hector, die kennelijk maar al te graag kookte wanneer er gevaar bij betrokken was. Iedereen had het naar zijn zin.

*Iedereen behalve ik.*

Ze kon Hector wel achter het behang plakken. Het zou een perfecte dag geweest zijn als er niet bij elke beweging parels tegen haar vagina wreven. Ze had Hector regelmatig vuile blikken toegeworpen, maar hij glimlachte daar gewoon om. Voor een man de bekend stond als nors en nukkig was hij vandaag iets te vrolijk naar haar zin.

Toen ze in de koelkast naar ijsblokjes zocht, dacht ze na over haar opties. Helaas lagen de blokjes op de onderste plank van de vriezer.

*Buig niet voorover!*

*Frisdrank smaakt vast beter als het lauw is.*

Toen de deurbel ging, liet ze het ijs voor wat het was.

Kristoff stond voor de deur. Ze herkende hem bijna niet in een zwarte spijkerbroek en een zwart, casual shirt.

Achter hem stond een vrachtwagen die precies voor hun tuin stopte. Mary's mond viel bijna open toen ze vier mannen een groot standbeeld uit de vrachtwagen zag rollen.

'Wat is dát in godsnaam?' Hector had zich bij hen gevoegd en schreeuwde naar het gedrocht dat een groot deel van hun voortuin in beslag nam.

Kristoff keek trots toe hoe het standbeeld werd geplaatst. 'Dat, bratan, is het standbeeld van die grote fucker van een draak uit Game of Thrones.'

Zoë hapte naar adem. 'Slecht woord.'

Kristoff gaf haar een schouderklopje en keek Hector recht in de ogen. 'Ik wilde je kennis laten maken met de serie. Het is een cadeau van Katya en mij.'

'Jíj kijkt naar een serie met draken erin?'

'Het is educatief,' beweerde Kristoff. 'Er zijn zeven families die om de troon vechten. Het is eigenlijk net als de Bratva, maar dan met draken erin.'

'Dat kan me geen reet schelen. Haal dat lelijke ding uit mijn voortuin.'

Zoë maakte opnieuw een benepen geluid en ging er toen vandoor. Mary had zo een vermoeden van waar ze heen ging.

Kristoff negeerde Hector en liep de woonkamer in. 'Haal het zelf maar weg, als je dat kunt. Het is van massief marmer, dus let op je rug.'

Toen Hector achter zijn broer aan wilde gaan, trok ze hem de dichtstbijzijnde kamer in. Zijn kaak stond strak en ze greep zijn gebalde vuisten.

'Laat je alsjeblieft niet zo makkelijk uit je tent lokken.' Haar zwager had duidelijk een vreemd gevoel voor humor. 'Als ik kan leven met... dit ding dat je me laat dragen, dan overleef jij vast wel een middag met Kristoff.'

Hij schraapte nadrukkelijk zijn keel. 'Je schijnt te vergeten dat de reden waarom je dat ding draagt is omdat je hém hebt uitgenodigd.'

'Meen je dit nu, Hector?'

Het kon haar niet schelen dat hij een punt had. Iedereen had het naar zijn zin behalve zij. Ze werd gek door de groeiende hitte tussen haar dijen.

'Voelt *mi esposa* zich gefrustreerd?'

Ze kon het niet helpen; ze ging op haar tenen staan en beet in zijn kin.

Hector nam wraak door haar tegen de muur aan te duwen. Zijn handen gleden onder haar jurk, de hitte van zijn vingers verbrandde haar. Eindelijk. Ze was klaar om door hem verschroeid te worden. Gelukkig was dat precies wat hij deed.

Tien minuten later haalde ze haar vingers door haar haren en trok ze haar jurk recht. Ze opende zachtjes de deur en gluurde de gang in. Toen ze er zeker van was dat niemand hen uit de kast zou zien wegsluipen, stapte ze naar buiten. Hector volgde haar met een onuitstaanbare grijns op zijn gezicht.

'Je zult beleefd zijn tegen ál onze gasten,' zei ze scherp. 'En ik wil er verder niks meer over horen.'

Ze haastte zich naar haar slaapkamer, trok een nieuw slipje aan – zonder parels – en ging op zoek naar hun laatste gast.

Ze trof Kristoff aan in de achtertuin, met zijn rug naar de muur. Hij beëindigde net een telefoontje. Zoë liep met haar mee. Ze hield een kostbare lading in haar handen.

'Kristoff, dit is Zoë, je nichtje,' stelde Mary de twee officieel voor. Zoë's ogen verwijdden zich toen ze ontdekte dat ze een oom had.

Kristoff keek fronsend naar de kleine meid. 'Waarom loop je rond met een tinnen blik? Geven ze je geen fatsoenlijk speelgoed hier?'

Mary rolde met haar ogen. 'Dat is de scheldpot.'

'Dat is geen pot.'

'Tja, ik kan haar niet bepaald de hele dag met glas rond laten rennen,' mompelde Mary.

'Aha. Mijn bratan houdt er inderdaad van om te vloeken, niet-waar?'

Zoë hield de pot onder zijn neus. 'Dat is dan één dollar, alstublieft.'

Kristoff haalde een stapel bankbiljetten tevoorschijn. 'Ik heb geen eendollarbiljet.'

Zoë gluurde naar zijn hand. 'Maar je hebt toch geld?' Ze keek teleurgesteld, duidelijk ontstemd omdat een volwassene zich niet aan de regels hield.

'Dat zijn honderddollarbiljetten, cupcake,' legde Mary uit.

'Ik kan wel wachten totdat je hebt gewisseld,' bood Zoë aan. Ze was duidelijk niet van plan om Kristoff er zo makkelijk vanaf te laten komen.

Er volgde een blik tussen de twee. Zoë staarde Kristoff aan totdat hij fronste en een honderddollarbiljet in de pot stopte.

Zoë straalde. 'Dank je, oom Kris.' Ze wendde zich tot Mary. 'Wil je tellen hoeveel ik nu heb? Denk je dat het genoeg is voor een iPad?' Ze klonk zo hoopvol.

'Waarom heb ik het gevoel dat ik zojuist ben opgelicht?' zei Kristoff droogjes.

'Je bent niet opgelicht,' verzekerde Mary hem. 'Waarom breng je de pot niet naar Hector, cupcake, zodat hij het voor je kan tellen? Ik heb iets te bespreken met je oom.'

Zoë vertrok terwijl ze de scheldpot stevig in haar handen hield.

'Iets te bespreken met mij? Dat klinkt onheilspellend.'

'Nee hoor. Helemaal niet.' Haar blik volgde Zoë totdat zij Hector had bereikt. Hij luisterde geduldig naar haar terwijl ze om hem heen stuiterde. 'Je zou eens met hem moeten praten, weet je. Het uitleggen.'

'Wat uitleggen?'

'Waarom je hem hebt weggestuurd.'

'Heeft hij je dat verteld?' Hij klonk verrast.

'Ja. Nadat ik, eh, enigszins had aangedrongen.' En als intro voor een nacht die ze nooit zou vergeten.

'Ik denk niet dat het enig verschil zou maken. We zijn nu eenmaal wie we zijn.'

'Daar geloof ik niks van. Kijk, ik heb hier eens over nagedacht en... als jij niks om hem zou geven, zou je geen moeite hebben gedaan om bij zijn leven betrokken te blijven.' Toen hij een wenkbrauw optrok ging ze verder: 'Hector schijnt te denken dat jij vrienden bent met Gio omdat jullie zo erg op elkaar lijken. En hoewel dat ongetwijfeld deels klopt, vond ik het nog steeds vreemd. Waarom zou een man die niets met zijn broer te maken wil hebben bevriend raken met de beste vriend van zijn broer? Dat slaat nergens op. Het zou logischer zijn geweest als je uit de buurt van de Detta's was gebleven, en dus uit de buurt van Hector. Maar dat heb je niet gedaan. Ik durf zelfs te wedden dat jij degene bent geweest die aan Gio heeft voorgesteld om samen een nachtclub te openen, zodat je betrokken kon blijven bij Hectors leven.'

Kristoff nam nog een slok van zijn drankje. 'Het ziet ernaar uit dat mijn broer niet alleen met je getrouwd is om je schoonheid, maar ook om je *brains*.'

Mary accepteerde het compliment met een glimlach. 'Hector ziet dit niet in omdat hij er te emotioneel bij betrokken is. Ik hou er niet van om hem ongelukkig te zien. Hij toont het misschien niet, maar ik denk dat je hem heel erg hebt gekwetst al die jaren geleden, en dat die wond nog niet is genezen.'

Kristoff keek naar Hector, die biefstuk op de barbecue legde terwijl hij Zoë uit de buurt van het vuur probeerde te houden.

'En wat nu als sommige wonden nooit genezen?'

'Daar geloof ik niet in. En al helemaal niet als je het niet eens geprobeerd hebt. Het is een teken van zwakte als je te bang of te trots bent om een fout recht te zetten. Een man als jij wil vast niet met zo'n zwakte leven.'

'Een man als ik?'

Ze knikte. 'Een sterke, onafhankelijk man, een leider. Je bent toch niet bang om Hector te vertellen waarom je hem écht weggestuurd hebt?'

Er verscheen een zweem van een glimlach om zijn lippen. 'Slim, mooi, én manipulatief. Je zou voor mij moeten komen werken.'

'Niet manipulatief,' ontkende ze, hoewel ze dat natuurlijk wel was. 'Ik wil gewoon dat Hector gelukkig is.'

'Ik zal erover nadenken.'

'Dat is het enige wat ik van je vraag.' Missie bijna volbracht. 'Heb je zin in biefstuk voor bij je drankje? Daar houden draken ook van, is mij verteld.'

# 23

## HECTOR

Hector opende zijn voordeur en struikelde bijna over Zoë's koffer. Toen herinnerde hij zich dat ze vandaag bij een vriendin zou gaan logeren.

Zoë stond hem op te wachten in de gang. Ze zag er schattig uit in haar spijkerbroek en roze trui. Ze droeg een superheldenrugzak op haar rug die bijna even groot was als zijzelf.

Mary begroette hem met een kuise zoen. Ze was ontzettend preuts wanneer Zoë in de buurt was.

Ze pakte haar sleutels van de tafel. 'Laten we gaan, cupcake.'

'Kan Hector me niet brengen?'

'Wat, wil je soms niet dat ik jou breng? Zijn we nu al in het stadium beland dat het gênant is als ik je breng?' vroeg Mary zogenaamd beledigd.

Zoë grinnikte. 'Nee, gekkie. Ik heb Kim en Jodi over Hector verteld. Dat hij net zo groot en sterk is als Wolverine. Ze geloofden me niet.'

Ze wilde hem rond paraderen voor haar vrienden. Niemand had dat ooit eerder gedaan. 'Geen probleem, ik breng je wel.'

'Yay! Ze geloofden me ook niet toen ik zei dat Mary lijkt op Barbie.' Ze klonk beledigd. 'Behalve Jodi's vader, meneer Storm. Hij zei dat Mary net zo mooi is.'

Hectors ogen vernauwden zich. 'Is dat zo?'

'Kijk niet zo,' vermaande Mary hem, terwijl ze haar sleutels wegstopte. 'Storm is zijn vrouw een jaar geleden verloren en rouwt nog steeds om haar.'

Hij haalde zijn schouders op. 'Tja, dat krijg je nu eenmaal als je trouwt met een sexy, lekker ding als—'

Mary gaf hem een por en siste. 'Denk aan Zoë.'

'Ik ben Spidey vergeten.' Zoë rende terug de trap op.

Hij trok Mary tegen zich aan en fluisterde: 'Een sexy, lekker ding met een lekkere kont als jij. Weet je wat ik vanavond met die kont ga doen?'

'Dat zal moeten wachten, want vanavond is het girls' night.'

'Ga je je stiletto pumps dragen?' De gedachte alleen al aan die keer dat hij haar in die pumps had gezien maakte hem hard. Het was op Gio's bruiloft geweest. Hij had toen geen andere keus gehad dan met zijn handen van haar af te blijven. Wie had gedacht dat hij haar nog geen jaar later in zijn bed zou hebben?

'Yep.'

'Fuck.'

'Dat kost je nog een dollar, meneer Diaz. Ga zo door en je maakt me nog rijk.'

'Alles wat ik heb is van jou, hermosa. En vanavond, als je terugkomt, ga ik je alles geven wat ik heb terwijl je die pumps draagt.'

Haar klaterende lach drong diep tot hem door, tot onder zijn huid. Hij merkte dat hij... vrolijk was, verdomme, en hij wist niet goed wat hij daarvan moest vinden. Het was bitterzoet. Hij was nog nooit zo gelukkig geweest. Elke avond thuiskomen bij zijn meiden was meer waard dan stapels geld. Aan de andere kant had hij voor het eerst in zijn leven werkelijk iets te verliezen. Als er iets met hen zou gebeuren, zou dat hem breken.

Hij pakte Zoë's koffer op, opende de deur en kwam oog in oog te staan met een postbezorger. De man droeg een doos en keek naar hem op vanaf de veranda.

'Zoë Diaz?' vroeg hij.

Hector merkte dat die naam hem beviel. Ze zouden eens moeten uitzoeken of ze haar achternaam konden veranderen.

'Dat is mijn dochter.' Hij riep Zoë's naam de trap op.

'Ik ben hier,' kondigde Zoë dramatisch aan toen ze van de laatste paar treden afsprong.

Hij ving haar op in de lucht en ze klemde haar armen en benen om hem heen als een aapje.

'Van wie is het?'

De man keek op zijn klembord. 'Van ene Kristoff zonder achternaam.'

'Oom Kris heeft me een cadeautje gestuurd!' toeterde Zoë in zijn oor.

Hector tekende het papiertje dat onder zijn neus werd geschoven en de koerier liet het pakketje achter in de gang.

Zodra Hector de deur achter zich sloot, klom Zoë van hem af en viel ze het pakket aan. Het stuk karton maakte geen schijn van kans tegen een zesjarige.

'Hij heeft een iPad voor me gekocht!'

'Dat is erg aardig van hem,' zei Mary.

Hector fronste. 'Waarom mag hij wel spullen voor haar kopen en ik niet?'

'Ik wil dat ze de waarde van geld leert,' legde Mary uit.

'Kennelijk heeft Kristoff dat niet goed begrepen.'

'Kennelijk.'

'Ik moet oom Kris bedanken,' besloot Zoë.

'Ik doe dat wel voor je,' stelde Mary voor. 'Ga jij je maar klaarmaken voor je feestje. Anders kom je nog te laat.'

Hector grijnsde. 'Vergeet niet om hem ervan langs te geven omdat hij haar verwent.'

'Natuurlijk,' zei Mary haastig.

Hij trok haar tegen zich aan en fluisterde: 'Je kletst zo uit je nek.' Met een grijns liep hij weg.

'Ik ga hem er wel degelijk van langs geven,' riep ze hem achterna.

Dat ging ze zó niet doen. Hij wist wel beter.

Nadat hij Zoë had afgezet bij haar vriendin keerde hij naar huis. Hij wilde Mary nog even zien voordat ze op stap ging.

Ze stond voor de passpiegel in de gang en trok net haar schoenen aan. Fuck, ze was zo mooi dat het bijna pijn aan zijn ogen deed. Zijn ogen gleden waarderend over haar rode rok die net boven haar knieën eindigde, haar zilveren pumps onder haar ellenlange benen, en haar mouwloze topje dat...

'Waar is de rest van je shirt?'

Ze draaide rond, met een arm op haar heup. 'Vind je het leuk staan? Het was deze maand Jazzy's beurt om het thema te kiezen.'

Nee, hij vond het verdomme niet leuk staan.

'Thema?' dwong hij zichzelf te vragen.

'Elke maand kiest één van ons de dresscode. Jazzy heeft dit keer voor een blote rug gekozen.' Ze glimlachte. 'Volgende maand is het mijn beurt. Ik zit te denken aan boho chic met dierenprint. Ik kan niet wachten om te zien waar Tommie in op zal komen dagen. Hij heeft een te gekke stijl. Geen idee waar hij het spul vindt.'

'Wacht even. Ik ga mee.' Hij trok zijn bikerlaarzen weer aan.

'Naar girls' night?'

'Ik heb wat zaken in de club,' loog hij.

'Echt waar?' Ze klonk sceptisch.

'Ja. Ik ga met Kristoff praten. Hij is vrijdagavond meestal in Flux te vinden. Ik heb eens nagedacht en... misschien heb je een punt en moet ik een poging doen om hem te leren kennen.' Hij stikte bijna in die laatste woorden.

De blik in haar ogen verzachtte. 'Je gaat eindelijk met je broer praten.'

'Loop nu niet gelijk op de zaken vooruit. Ik ga hem gewoon even gedag zeggen.' En dat bedoelde hij in de meest letterlijke zin van het woord. Die klootzak begroeten en hem vervolgens negeren was technisch gezien praten.

Ze gaf hem een zachte kus. 'Dank je.'

Hij kuste haar terug en zijn hand streelde haar rug. Haar naakte rug. 'Ik breng je wel.'

Ze bespraken Zoë's toestand tijdens hun rit naar Flux. Ze had in korte tijd veel meegemaakt. Hij was blij om te vernemen dat de kleine zich goed scheen aan te passen aan haar nieuwe omstandigheden.

In de club werden ze begroet met donkere pianomuziek en geeloranje lichtjes. Hij bracht Mary naar haar plekje in het VIP-gedeelte. Tommie en Jazzy zaten al aan tafel, net als Katya. Het meisje had lange, roze lokken waardoor haar saffierblauwe ogen zelfs in de beschaduwde hoek van de nachtclub opvielen.

Hij kuste zijn vrouw uitgebreid met tong en al en nam toen de trap naar het kantoor boven in de club.

Zoals hij al had gevreesd, werd hij begroet door Angel, de clubmanager van Flux. Hij zat strak in een pak achter zijn laptop met een stapel paperassen voor zich. Achter hem was een rij beeldschermen tegen de muur gemonteerd die geïnstalleerd waren door Hectors bedrijf. Elke hoek van de nachtclub werd gemonitord, tot aan de parkeerplaats toe.

'Kijk eens aan, wat brengt jou hier?' vroeg hij lijzig.

Hoewel Diaz Security de beveiliging van de club verzorgde, kwam Hector er maar zelden. Dat liet hij liever over aan Achilles.

'Ik wilde mijn vrouw vergezellen vanavond.'

Angel gaf hem een wetende blik. 'De beruchte girls' night.'

'Je hebt er dus van gehoord.'

'Ze zijn geweldig voor de omzet. Elke keer als zij er zijn, nemen de social media berichten over de club toe. Vooral zodra Tommie het pand binnenkomt. Die kerel is een kruising tussen Freddie Mercury en Johnny Depp.'

Hector tuurde via het raam beneden naar de dansvloer. Het gebied rond zijn vrouw werd druk bezocht door mensen die aan het dansen waren. Een paar mannen, sommigen duidelijk flink aangeschoten, kwamen dichter bij haar dan hij wilde. Hij belde gelijk de beveiliging.

'Ik heb een extra man nodig bij tafel drie in de VIP-ruimte.'

'Weet je zeker dat je niet wilt dat ze er een muur omheen bouwen?' klonk een stem achter hem.

Kristoff stond in de deuropening. Geweldig.

'Wat doe jij hier?' Hoewel hij Mary had verteld dat Kristoff hier zou zijn, had hij hem aan een privé-tafel verwacht. Ergens waar hij hem dus niet tegen zou komen.

'Ik ben mede-eigenaar. Ik kan komen en gaan wanneer ik maar wil.' Kristoff kwam naast hem staan en volgde zijn blik naar Mary's tafel. 'Ik heb Katya afgezet. Zoals je weet, was zij ook uitgenodigd.' Hij klonk daar bijzonder blij mee.

'En je liet haar zo de deur uit gaan?'

'Hoe bedoel je, "zo"?' Kristoff gluurde naar beneden en begon te vloeken. 'Ze droeg een jas in de auto. Sneaky meid. Waarom loopt ze er zo bij? Ze is nog maar een kind.'

Katya was bepaald geen kind meer. Hector wist dat ze een paar maanden geleden eenentwintig was geworden. Het was de eerste keer dat ze mee was gegaan naar de girls' night met Jazzy's meidengroep. Het deed hem goed om te horen dat er in ieder geval íémand was die Kristoff voor de gek kon houden. Hij grijnsde. Misschien zou dit toch nog een leuke avond worden.

Toen legde iemand zijn hand op Katya's blote rug. Kristoffs ogen vlamden op als het uiteinde van een sigaret.

'Suka,' vloekte hij. 'Hij moet zijn smerige bacteriën verdomme bij zich houden.'

Het was een vreemde opmerking, maar Hector begon te leren dat zijn broer wat... eigenaardig was. Hij was ook niet blind voor de moordzuchtige glans in zijn ogen.

'Je kunt hem niet doden.'

'Wie zegt dat?'

'Ik zeg dat. Er zijn te veel getuigen. Als ze zijn lichaam vinden, zal de politie hem hier als eerste komen zoeken.'

'Je gaat ervan uit dat er een lichaam wordt gevonden.'

Hector schudde zijn hoofd. 'Lichaam of niet, het komt op hetzelfde neer.'

'Jongens, jongens, jongens,' zei Angel van achter zijn bureau. 'Ik heb het al geregeld.' Hij wuifde met zijn telefoon.

Hector keek terug naar de dansvloer en hij zag hoe de man die Katya had lastiggevallen discreet werd afgevoerd. Shit. Dit zou niet goed aflopen.

Kristoff wisselde een blik uit met Angel. 'Laten we gaan.'

'Ik zei, geen doden,' knarsetandde hij.

'Hij waagde het om iets aan te raken wat niet van hem is,' zei Kristoff. 'Als hij dit vandaag durft, wie weet wat hij morgen wel niet durft te doen?'

Angel knikte. 'Mes, hamer of kettingzaag?'

*Fucking fuck.*

Hector snelde achter de twee aan. Hij kon niet toestaan dat ze die vent zouden vermoorden. Het zou Flux, en dus Gio, in de problemen kunnen brengen. Hij wist dat het al zijn overtuigingskracht zou kosten om Kristoff van zijn voornemen af te brengen. De ijskoude Siberiër stond niet voor niets bekend als de "Zielloze".

Soms haatte hij zijn baan.

## 24

## MARY

Mary leunde ontspannen achterover in haar pluche stoel. Het was een tijdje geleden dat ze op stap was geweest. Soms was het leuk om je lekker op te doffen en uit te gaan. Het was er de afgelopen tijd niet meer van gekomen. Niet meer sinds ze parttime werkte en de zorg over een zesjarige had.

Ze nam nog een ronde shots met de meiden en Tommie en keek om zich heen in een poging om haar man te vinden. Hector was zo schattig geweest terwijl hij zijn jaloezie probeerde te verbergen. Hij had zelfs een verhaal verzonnen dat hij met zijn broer ging praten. Ze wist dat hij liever zijn tanden liet trekken.

'En, hoe bevalt het getrouwde leven?' Jazzy gaf haar een knipoog.

'Erg goed eigenlijk,' bekende ze. Een deel van haar had gevreesd dat het burgerlijk leven te saai zou zijn voor een man als Hector. Hij had immers een zorgeloos vrijgezellenleventje geleid en kreeg toen van de ene op de andere dag een vrouw en kind. Hij leek het echter niet erg te vinden. Niemand paste zo goed in de rol van echtgenoot, vader en beschermer als Hector.

'Vertel me alsjeblieft dat hij goed is in bed,' zei Tommie. Zijn ogen stonden hoopvol. 'Ik wil niet horen dat het allemaal uiterlijke schijn is omdat hij oersaai is tussen de lakens.'

'Alsof ik mijn seksleven aan je neus ga hangen.'

Tommie trok een pruillip. 'Toe nou, laat me in ieder geval genieten van jullie verhalen. Het is eeuwen geleden dat ik seks heb gehad.'

Jazzy trok een wenkbrauw op. 'Eeuwen geleden? Had jij niet twee weken geleden nog een nieuwe vlam ontmoet?'

'Je bedoelt papegaaiman?' Tommie rilde.

'Papegaaiman?' vroeg Katya. Zij was de nieuweling in hun gezelschap. Mary mocht het opgewekte meisje. Het leek wel alsof er een permanente glimlach op haar hartvormig gezicht was geëtst.

'Ja, hij doet iets met zijn lul waardoor—'

'Tommie!' Jazzy gaf hem een blik.

'Wat?'

'O, je hoeft je voor mij niet in te houden hoor,' zei Katya, nadat ze de rest van haar margarita achterover had geslagen. 'Ik zou willen dat ik een seksleven had. Ik ben niet bepaald maagd uit vrije wil.'

Tommie wendde zich tot het meisje. 'Hoe komt het dat een schoonheid als jij geen vent heeft? Of hou je van vrouwen? Misschien van allebei? We kunnen er een van beide voor je regelen.'

Hij stond een beetje op uit zijn stoel en keek uit over de menigte. 'Vanavond ga ik een lekker ding voor je aan de haak slaan. Misschien wel meer dan één. Waarom ook niet? Een mannenharem is momenteel de nieuwste trend.'

Katya grinnikte. 'Nou, ik hou eigenlijk van mannen...'

'Wie niet,' mompelde Tommie.

'— maar ik ging zelden uit vanwege alle ziekenhuisbezoeken. Kanker,' zei ze, toen ze haar vragend aankeken. Er verscheen een vastberaden blik in haar ogen. 'Maar dat is nu voorbij, dus hoog tijd voor wat vrolijkheid en kleur in mijn leven.' Ze klopte op Tommie's arm. 'Bedankt voor de roze extensions, trouwens. Ik vind ze te gek.'

'Graag gedaan, Suikerspin. Volgende maand gaan we voor regenbooghaar.'

Jazzy's hand gleed in een stille steun naar die van Katya. Mary wist dat haar nicht aan haar vriend dacht die ze aan kanker had verloren. Katya gaf haar een glimlach, maar haar ogen glansden verdacht. Mary wist gelijk dat Katya een vast onderdeel van hun groep was geworden.

Over hun groep gesproken, een lid dat lange tijd had geschitterd van afwezigheid dook op als uit het niets. Gina droeg een witte jurk met kapmouwen en torenhoge pumps. Het geheel werd afgemaakt met grote, gouden oorbellen.

Het verbaasde Mary om haar zus hier vanavond te zien. Na het voorval waarbij Gina's vriend Jazzy had ontvoerd, vermeed ze Jazzy. Ook nu kon ze Jazzy nauwelijks in de ogen kijken.

'Ik moet met jou praten,' zei Gina tegen haar.

Het stak Mary dat haar zus de rest van het gezelschap negeerde. 'Tuurlijk, maar laat me eerst een drankje voor je bestellen.' Misschien als ze haar zover kreeg dat ze weer met Jazzy zou praten, dan—

'Nee, ik moet je nú spreken,' zei Gina dringend. 'Onder vier ogen. Ik wist dat je hier vanavond zou zijn en... Ik moet... kunnen we alsjeblieft...'

Er was een trilling in Gina's stem te horen die Mary zorgen baarde. Ze stond op en legde haar drankje neer.

'Wil je dat we meegaan?' vroeg Jazzy. Haar ogen vernauwden zich terwijl ze Gina strak aankeek.

'Wat? Nee.' Dacht ze nu echt dat haar eigen zus een gevaar voor haar zou zijn? 'Ik ben zo terug. Bestel maar nog een drankje voor me. Iets met een fruitig smaakje, graag.'

Ze volgde Gina door de drukke menigte heen. Gina stopte niet totdat ze achter de club waren, buiten op de parkeerplaats. Pas toen ze onder een lantaarnpaal stonden zag Mary de angst in Gina's ogen. Haar knokkels zagen wit. Ze hield haar designertas vast alsof het een reddingsboei was.

'Gaat het?'

'Ik heb vanavond een logeerplek nodig.'

'Je bent altijd welkom bij ons.' Ze wist niet zeker wat Hector daarvan zou vinden, maar Gina was haar zus. Hij moest er maar mee zien te leven.

Gina wreef over haar armen alsof ze het koud had. Het was wat frisjes, maar Mary had het gevoel dat er meer aan de hand was.

'Je ziet er moe uit,' zei ze voorzichtig. Gina kon het niet hebben als iemand een opmerking maakte over haar uiterlijk.

'Ik ben ook moe,' gaf Gina tot haar verbazing toe. Ze leunde achterover tegen een busje aan en zuchtte diep. De punt van haar Jimmy Choo-pump tikte nerveus op de grond. 'Ik kan gewoon niet geloven dat mijn leven in deze nachtmerrie is veranderd.'

'Nachtmerrie?' Haar zus kon soms nogal dramatisch zijn als ze tot de schokkende ontdekking kwam dat de wereld niet alleen om haar draaide. Ze kon ook van een mug een olifant maken. Een "nachtmerrie" kon in haar wereld net zo goed betekenen dat een nieuw model Louboutins uitverkocht was.

'Ik ben blut, Mary. Ik heb elke cent die ik nog had, besteed aan het achtervolgen van een hertog.'

'Het achtervolgen van een hertog?' Het klonk als de titel van een historische roman.

'Andrew. Ik heb je over hem verteld,' zei ze ongeduldig.

'Die Britse kerel.'

'Die Britse kerel van adel,' corrigeerde Gina. 'Hij is de vierendertigste in de rij voor de Britse troon. Ik heb het restant van mijn spaargeld uitgegeven om eruit te zien als zijn ideale vrouw. En wat gebeurt er? Zijn moeder vindt een Engelse roos voor hem met blauw bloed,' spuwde ze bitter.

*Oké, dit klinkt inderdaad als de plot van een historische roman.*

*Dat kun je beter voor jezelf houden.*

*Goed plan.*

Wie had dat gedacht? Haar innerlijke stem was het eindelijk met haar eens. 'Het spijt me om dat te horen.'

'Ik heb geld nodig.'

Uiteraard. 'Ik zal zien wat ik voor je kan doen.'

'Volgens mij begrijp je het niet. Ik heb het nú nodig. Vandaag. Het liefst nog gisteren.' Er lag een spanning in haar gelaatstrekken.

'Gina, wat is er aan de hand?'

'Hou die blik maar voor je. Je hebt er geen idee van wat ik heb meegemaakt. Ik had niet zo'n geluk als jij om een miljonair aan de haak te slaan.'

Mary ging daar niet eens op in. 'Hoeveel heb je nodig?'

'Honderdduizend.'

'Wat?!' Ze wist niet wat haar het meest verbaasde; de nonchalante toon waarop Gina dat bedrag noemde, of het bedrag an sich.

'Doe nu niet alsof ik zoveel van je vraag. Voor een man als Hector is dat zakgeld.'

'Ja, voor hem misschien, maar je bent míjn zus. Ik ga hem niet om honderdduizend dollar vragen, zodat jij een nieuwe garderobe kunt aanschaffen.' Soms wist haar zus zelfs haar nog te verbijsteren.

'Hij geeft het je vast als je het hem vraagt. Je gaat het wel vragen, toch? Alsjeblieft?' Er verscheen weer een wanhopige blik in Gina's ogen.

Een blik die Mary buikpijn bezorgde. 'Gina. Zeg alsjeblieft dat je het geld nodig hebt om een nieuwe garderobe aan te schaffen en niet voor iets anders.'

Gina sprong op van de auto. 'Natuurlijk is het daarvoor, wat anders?' Ze keek schichtig om zich heen. 'En voor een paar openstaande hotelovernachtingen hier en daar. Ik had laatst snel wat geld nodig en moest het van sommige mensen lenen.'

Een ijzig voorgevoel sijpelde langs haar nek. 'Wat voor mensen?'

'Dat doet er niet toe. Regel het geld nu maar voor me.'

'Wat voor mensen, Gina?' drong Mary aan.

Toen er een kleerkast van een man uit de schaduw stapte, werd haar vraag beantwoord.

'Gina Rossi.' De man spuwde haar naam uit. Zijn kale hoofd gloeide bijna onder het TL-licht. 'Tijd om te betalen.'

Gina leek bevroren terwijl ze naar hem staarde. 'Ik... Ik heb het geld niet.' Haar ogen schoten naar Mary. 'Maar haar man wel.'

Mary's mond viel open. Ze kon niet geloven dat Gina Hector zo voor de leeuwen wierp.

'Is dat zo, popje?' De man keerde zich naar haar toe. 'Heb je een vent die voor jou kan betalen?'

'Ik...' Ze stapje achteruit en botste prompt tegen een harde borstkas. Een penetrante sigarenlucht omringde haar als een vies deken.

'Het maakt ook niet uit,' zei de tweede man van achter haar. 'Je zult ons betalen in vlees of bloed. Hoe dan ook, je gáát ons betalen.'

'Hector Diaz.' Gina schreeuwde de naam bijna. 'Dat is mijn zwager. Hij heeft een beveiligingsbedrijf. Bel hem en hij zal je betalen.'

De kleerkast keek nu naar Mary. 'Hector 'Het Beest' Diaz? Ben je met hém getrouwd?'

De man die achter Mary stond, grinnikte en richtte een pistool op haar. 'Dat verandert de zaken. Bel hem. Nu meteen.'

Toen ze niet snel genoeg bewoog, gaf hij haar een klap. Mary's wang gloeide en ze proefde bloed.

'Alsjeblieft, doe ons geen pijn,' riep Gina en wrong haar handen. Ze vermeed Mary's blik.

'Nog één kik en jij krijgt ook een klap,' snauwde de kleerkast.

Ze wilde niet dat die klootzak haar zus pijn zou doen, dus deed ze wat hij vroeg.

Hector klonk bezorgd toen hij opnam. 'Waar ben je, Mary? Ik heb je overal gezocht.'

'Hector, ik...' Voordat ze nog een woord kon zeggen, werd de telefoon uit haar hand gerukt.

'Hallo, Diaz. Het lijkt erop dat ik iets heb dat aan jou toebehoort.'

**25**

## HECTOR

Hector staarde naar zijn telefoon. Het werd even zwart voor zijn ogen.

Ze hadden zijn vrouw. De een of andere klootzak had Mary in handen en eiste nu losgeld. Terwijl hij bezig was geweest om Kristoff ervan te weerhouden om een moord te plegen, had iemand Mary ontvoerd. Hij had een uur om honderdduizend dollar bij elkaar te schrapen. Op een vrijdagavond, als banken gesloten waren.

'Fucking fuck!' Hij schopte tegen een stoel en keek toe hoe het ding uit elkaar viel, net als zijn leven.

Kristoff keek op en legde zijn hamer neer. Een hamer die zojuist de hand had gebroken van de man die Katya had aangeraakt. Hector had zin om de hamer tegen zijn eigen hoofd te slaan. Hij had Mary nooit uit het oog moeten verliezen. Hij moest hier weg. Hij moest naar haar toe. Haar zien te vinden.

'Wie had je net aan de telefoon?' vroeg Kristoff.

'Een klootzak die blijkbaar een doodswens heeft. Iemand heeft mijn vrouw ontvoerd terwijl ik hier aan het bakkeleien was met jou.'

'Iemand heeft Mary ontvoerd?'

Hector sloot zijn ogen een seconde en haalde diep adem. Hij moest nadenken. Hij kon zijn verstand niet laten vertroebelen door zijn emoties. Een missie. Ja, hij zou dit net als een missie zien. Het eerste wat hij moest doen was op verkenning gaan en ontdekken wie zijn tegenstander was.

'Vertel me wie haar heeft.'

Kristoff weer.

Hector wilde hem vertellen dat hij kon oprotten, dat hij al genoeg schade had aangericht, toen hij zich realiseerde dat hij zijn woede op de verkeerde richtte.

'Ik heb geen idee. Hij gaf zijn naam niet. Het enige dat hij zei was dat ik hem binnen een uur honderdduizend dollar moet brengen als ik haar weer wil zien.' Hij wilde niet denken aan het feit dat de klootzak had gedreigd om haar in stukken te snijden.

*Focus, Diaz, focus.*

Kristoff blafte iets en Angel haastte zich de kamer uit.

'Wat een vreemd bedrag,' merkte hij op. 'Je bent veel meer waard dan een ton.'

Hij had natuurlijk gelijk. Iemand die zijn vrouw zou ontvoeren voor losgeld zou veel meer eisen.

Het volgende moment werd Tommie de kamer binnengeloodst. Angel volgde hem op de voet.

De jongen keek opgelucht toen hij Hector zag. 'Weet je, je had me ook gewoon kunnen appen in plaats van deze kerel te sturen.' Hij gluurde naar Angel. 'Ik had heel even een Goodfellas-moment, waarbij ik me voorstelde dat ik in een kamertje in elkaar werd geslagen door gangsters.'

Onder normale omstandigheden zou hij prima tegen Tommie's bijdehante praat kunnen. Hij zou het zelfs toejuichen omdat het tegen Kristoff gericht was, maar niet nu.

'Iemand heeft Mary meegenomen. Heeft iemand jullie tafel benaderd vanavond?'

Tommie keek perplex. 'Wat? Wanneer dan? Ze is een paar minuten geleden nog vertrokken met Gina.'

Gina Rossi. Hij had kunnen weten dat zij hier iets mee te maken had. Pech en problemen achtervolgden haar als een donkere wolk.

'Ik heb de camerabeelden van de parkeerplaats bekeken,' zei Angel, terwijl hij van achter zijn laptop opkeek. 'Mary en nog een vrouw worden door twee mannen in een busje geduwd. Een van hen is Micky, van Brians clubje.'

Kristoff haalde zijn telefoon tevoorschijn en liep weg.

'Wie is die Brian?' wilde Hector weten.

'Irish Brian. Hij houdt zich bezig met het organiseren van gokactiviteiten en ondergrondse gevechten. Meestal loopt hij Kristoff niet in de weg. Hij is nogal fan van het Oude Testament. Als je geld van hem leent maar het niet op tijd terugbetaalt, brengt hij je geen normale rente in rekening. Hij eist de rente terug in de vorm van bloed of zweet. Dat is zijn handelsmerk.'

Dat klonk onheilspellend. 'En wat houdt dat precies in?'

'Mannen betalen de rente meestal terug door in een kooi te vechten; vrouwen door op hun rug te werken.'

Als deze Brian figuur Mary ook maar een haartje zou krenken, stond Hector niet voor zichzelf in. Hij zou de straten beschilderen met zijn bloed.

Kristoff keerde terug met een geïrriteerde blik op zijn gezicht. 'Ik heb zojuist met Brian gesproken. Je schoonzus heeft kennelijk gezegd dat jíj haar schuld zou afbetalen. Aangezien Mary weigerde haar zus te verlaten, hebben ze haar ook meegenomen. Je moet je vrouw in bedwang zien te houden, bratan. Ze kan zich niet zomaar vrijwillig laten ontvoeren. Het is slecht voor mijn reputatie.'

'Als ze haar ook maar met een vinger hebben aangeraakt...'

Kristoff kreeg een ijzige blik in zijn ogen. 'Mary heeft mij erkend als haar zwager. Ik heb Brian verteld wat ze voor me betekent. Niemand komt aan mijn familie.'

Hector slikte de hatelijke opmerking in die op zijn lippen lag. *Niet nu, Diaz. Dit is zó niet het juiste moment.*

***

Irish Brians pand binnenlopen voelde als een wandeling terug in de tijd. Het was meer dan tien jaar geleden dat hij voor het laatst had deelgenomen aan illegale straatgevechten. De gevechten werden in die tijd in verlaten metrostations en achteraf gelegen steegjes gehouden. Tegenwoordig vonden ze kennelijk plaats in een oud magazijn aan de haven. Het pand was een van de laatste gebouwen aan de pier en lag wat verscholen achter een sigarenfabriek die niet meer in gebruik was. Het lag nogal afgelegen, zodat de rijen auto's geen aandacht trokken.

Kristoff had erop gestaan om mee te gaan en Hector had er geen bezwaar tegen gehad omdat hij wellicht van nut kon zijn. Kristoff had hem bovendien een koffer met geld meegegeven. Een van de voordelen van maffiabaas zijn was kennelijk dat je duizenden dollars in contanten had liggen. De tweeling was een andere zaak, maar hij wist dat ze Kristoff niet alleen in het hol van die Brian zouden laten lopen. Of misschien kwamen ze gewoon mee om naar de gevechten te kijken. Wie wist waarom die twee iets deden?

Brians magazijn stond bomvol rijen juichende en schreeuwende mensen, die zwaaiden met stukjes papier in hun handen. Midden in de ruimte was een grote, achthoekige vechtkooi geplaatst zoals je zag in MMA-wedstrijden. Er liepen twee vrouwen rond met een kar vol frisdrank, popcorn, chips en nog meer junkfood. De geur van frituur en hamburgers hing zwaar in de lucht.

Herinneringen aan zijn leven voordat hij bij de marine ging, flitsten voorbij. Die tijd dat in een andere ruimte, maar onder vrijwel dezelfde omstandigheden, honderden toeschouwers zijn naam hadden gescandeerd. Hij had zich er onoverwinnelijk door gevoeld, maar meer dan dat, alsof hij ertoe deed. Hij wist echter dat dezelfde mensen die hem toejuichten terwijl hij de kampioen was, hem de rug zouden toekeren op het moment dat hij verloor. De straatgevechten waren een manier geweest om stoom af te blazen.

Hij duwde die herinneringen weg terwijl ze naar een deur achterin liepen. Twee mannen stonden voor de deur. Hun handen waren voor zich gekruist, dicht bij hun wapen.

Zodra een van hen Kristoff zag, opende een van hen de deur en snelde naar binnen. De andere bleef nerveus staan.

'Meneer Romanov,' begroette hij Kristoff.

Angel klakte met zijn tong. 'Nu zul je het krijgen. Kristoff haat het om zo genoemd te worden.' Hij keek naar de hater in kwestie. 'Mag ik hem aan Ally geven?'

De bewaker legde zijn hand op zijn pistool. 'Ally?'

Hector zag hoe zich een zweetdruppel op zijn voorhoofd vormde.

'Mijn krokodil.'

'Onze krokodil,' corrigeerde Damon zijn broer. 'Ik kan het niet uitstaan dat je haar altijd voorstelt alsof ze alleen van jou is.'

'Sorry hoor, heb ik op je gevoelige tenen getrapt? Gaf onze moeder je niet genoeg liefde, waardoor je je gepasseerd voelt als ik je uit Ally's leven laat?'

'Jezus.' Hector schudde zijn hoofd. Hij kon nog steeds niet geloven dat zijn avond zo was verlopen dat hij met deze gozers opgescheept zat.

'Jongens.' De waarschuwing in Kristoffs toon was niet te missen.

Angel en Damon keken onmiddellijk berouwvol, al ontging de glans in hun ogen Hector niet.

*Het is verdomme allemaal een grote grap voor hen.*

Hij kwam sterk in de verleiding om hun schedels in te slaan met de koffer, toen de deur openging.

Hector liep langs de beveiliger. Hij stopte pas toen hij zijn vrouw zag zitten in de hoek.

'Hector!' Mary sprong van haar stoel en rende naar hem toe.

Zijn armen openden zich als vanzelf. Pas toen hij haar weer veilig in zijn armen had, kon hij weer rustig ademen. Hij legde een hand op haar wang en zag een veeg bloed in haar mondhoek. Het was alsof iemand zijn borstkas openscheurde.

Hij duwde haar achter zich en keek naar de mannen die aan de tafel in de hoek zaten. Hij hoefde niet te vragen wie van hen Brian was; het was niet de grootste man van het trio, maar degene met de meest berekenende ogen en een kruistatoeage in zijn nek. Brian werd geflankeerd door twee mannen: een gespierde, kale vent in een blauw trainingspak en een kortere versie van De Kale.

Gina zat op een krukje tegen de verwarming aan, haar ogen groot en rond van angst. Hector negeerde haar smekende blik.

'Wie van jullie heeft mijn vrouw geslagen?'

Toen de ogen van De Korte naar De Kale schoten, had Hector zijn antwoord. Hij zou eerst Mary hier vandaan halen en dan zou hij die kale klootzak kapot maken.

Vanuit zijn ooghoek zag hij dat Kristoff en de tweeling zich achter hem verspreidden, bijna alsof ze hem rugdekking gaven.

'Je hebt haar aangeraakt, Ier.' Kristoffs stem was ijskoud.

Brian haalde zijn schouders op. 'Technisch gezien heeft Mick haar aangeraakt. En dat was voordat we elkaar hadden gesproken en ik wist wie ze was. Ik heb me aan mijn deel van de afspraak gehouden. Waar is mijn geld?'

Hector liep naar Brian toe en overhandigde hem de koffer.

De man legde hem op de tafel en opende hem. Hij nam niet de moeite om het geld te tellen. Waarschijnlijk ging hij ervanuit dat aangezien het geld van Kristoff afkomstig was, het wel zou kloppen.

Gina trok haar jurk recht en deed een stap in Hectors richting.

Brian knipte met zijn vingers naar haar. 'Waar denk jij heen te gaan? Je hebt mijn rente nog niet betaald.'

Shit. Hector hoopte dat het niet zover hoefde te komen. 'Ik zal de rente betalen,' bood hij aan. Hij had zo'n vermoeden dat Mary er bezwaar tegen zou hebben als hij haar zus hier achterliet.

'Dat is niet hoe het werkt, Hector 'Het Beest',' zei Brian.

Zijn maag trok samen toen hij werd herinnerd aan zijn oude straatvechternaam. 'Vertel me dan hoe het verdomme wel werkt.'

'Je vrouw is me niets verschuldigd. Neem haar mee en ga weg. Gina Rossi is een andere zaak. Als ik haar zomaar laat gaan, zal de volgende teef die geld van me leent, ook denken dat ze niet op tijd hoeft te betalen.'

'Ze is een lastpak, maar ik kan helaas niet zonder haar vertrekken,' gromde Hector. 'Tja, schoonfamilie, ik zit er nu eenmaal aan vast. Hoeveel wil je voor haar hebben?'

Brian ging pal voor Hector staan. 'Bloed of zweet. Dat is de wijze waarop mensen me betalen als ze te laat zijn. Maar aangezien je vraagt om een nummer, wat dacht je van één?'

Eén? 'In de zin van één miljoen?' Dat was verdomme veel geld voor iemand die hij niet uit kon staan, maar zijn spaarrekening zou het verlies nauwelijks merken.

Er klonk een luid gejuich buiten de deur waarmee de afloop van een gevecht werd aangekondigd. Brian trok een wenkbrauw op en Hector wíst het gewoon. Hij wist het nog voordat Brian de woorden uitsprak.

'Eén gevecht. In de kooi. De laatste man die overeind staat wint.'

Mary hapte naar adem. 'Wat? Nee—'

'Haal haar hier weg.' Hij hoefde zijn woorden niet te herhalen. Angel trok onmiddellijk een hevig tegensputterende Mary de kamer uit.

Hector keek niet om. Hij wees naar De Kale. 'Ik wil hem.' Hij was van plan geweest om Mick op te zoeken nadat hij Mary in veiligheid had gebracht, dus dit kwam goed uit.

'Kom maar op, Diaz,' spuwde Mick. 'Een enkeling herinnert zich je oude naam misschien nog, maar je stelt nu niks meer voor. Ik maak je kapot.'

Brian schudde zijn hoofd. 'Ik bepaal wie je tegenstander is.' Hij had kennelijk minder vertrouwen in Mick.

'Het kan me geen reet schelen tegen wie ik moet vechten, zolang het maar óók tegen hem is.'

'Prima. Dat betekent dan alleen wel dat er twee gevechten zullen zijn. Eerst tegen Mick, daarna tegen mijn huidige kampioen.'

'Prima.'

'Dit gaat niet goed aflopen,' merkte Kristoff op.

Brians ogen vernauwden zich. 'Wat er ook gebeurt in die kooi, dat blijft ín de kooi. Zelfs als die vechter een broer is die ineens uit het niets is komen opduiken.'

Hector wist wat dat betekende. Kristoff mocht geen oorlog starten indien Hector zou sterven in de kooi. Brian hoefde zich daar geen zorgen over te maken. Kristoff was wel de laatste persoon die Hector zou wreken.

Kristoff haalde een stapel geld uit zijn zak. 'Damon, zet wat in op mijn broer.'

*De opportunistische klootzak.*

'Ga je nu serieus ook nog geld aan me verdienen?'

'Tuurlijk. Ik kan een goede weddenschap toch niet zomaar aan me voorbij laten gaan.'

Hectors schouders zakten naar beneden. Het enige wat hij vanavond had gewild was Mary neuken terwijl ze haar sexy pumps droeg. In plaats daarvan nam hij nu deel aan een gevecht dat hij niet wilde en was hij omringd door mensen die hij ver uit zijn buurt wilde hebben. En het was allemaal Mary's schuld.

Hij begon te begrijpen waarom Gio zijn vrouw thuis had opgesloten. Het was niet omdat hij een overbeschermende klootzak was. Nee, hij was een genie.

## 26

## MARY

‘Dames en heren! Vanavond hebben we een speciale wedstrijd voor u! Hij wordt gevreesd om zijn flying kicks, hij is beroemd om zijn knock-outs en hij is een legende omdat hij onverslagen is. Een decennium nadat hij de ring heeft verlaten, keert hij terug voor slechts één avond. Hier is Hectooooooor ‘Het Beest’ Diaz!’

Mary zat op de voorste rij bij een heus MMA-gevecht. Kristoff zat naast haar, de tweeling achter hen. Angst om Hector gierde door haar lijf en haar hartslag bereikte een piek. Ze kon nauwelijks geloven dat haar ladies’ night was geëindigd in een Mixed Martial Arts-ramp. De menigte die hen omringde was luid en uitbundig. Flessen bier en bakken gevuld met zoutjes deden de ronde. Dat was wel wat anders dan margarita’s en nootjes.

Hectors tegenstander, Mick, stond al in de ring. Hij stuiterde praktisch op zijn benen en bewoog zijn vuisten terwijl hij met de lucht vocht.

Eminems "Lose yourself" schalde door de luidsprekers en kondigde een nieuwe vechter aan. Er ging een gejuich op, de tribunes trilden onder het voetgestamp en geklap.

Hector liep de ring binnen en Mary's adem stokte. Zijn handen waren afgeplakt, hij droeg een rode sportbroek die om zijn gespierde benen hing en zijn blote borst glansde in het felle licht.

De scheidsrechter wisselde wat woorden uit tussen de vechters en maakte toen dat hij wegkwam. Er klonk een bel en er ging opnieuw een opgewonden gejuich op.

Nog voordat Mary met haar ogen kon knipperen, gaf Hector zijn tegenstander een upper-cut en begon de menigte te schreeuwen.

'Beest! Beest! Beest!'

Kennelijk was men Hector of zijn reputatie niet bepaald vergeten. Er hing een broeierige sfeer in de ruimte. Mensen zaten op het puntje van hun stoel, duidelijk blij verrast door het onaangekondigde gevecht.

Toen begon het commentaar van de microfoonstem.

*'Oh! Mooie elleboogstoot.'*

Nee, dat was het niet. Er was niets moois aan de elleboog tegen Hectors hoofd. Haar hart klopte in haar keel en haar mond werd droog.

*'Uitstekende Muay Thai counter door het Beest.'*

Mary begon een hekel te krijgen aan de microfoonstem. Toen Mick Hector in de maag schopte, drukte ze haar nagels in Kristoffs hand. Niet dat hij er iets van scheen te voelen.

'Hoe kun je zo kalm blijven?' snauwde ze.

'Hector heeft dit onder controle.'

Dát was zijn grote troost?

'Wat nu als dat niet zo is?'

'Als Hector niet heelhuids uit die kooi stapt, veeg ik die Ierse klootzak van de aardbodem,' zei Kristoff op een toon alsof dat vanzelfsprekend was.

'Maak je geen zorgen, pop,' zei Angel van achter haar schouder. 'Ik bescherm je wel als er stront aan de knikker is. We hebben dit gebouw bovendien omsingeld.'

'Maar hoe zit het dan met al deze mensen?' Er waren meer dan honderd mensen binnen die gewond zouden raken als er een gevecht uitbracht tussen Kristoffs en Brians mannen.

'Wat is daarmee?' merkte Kristoff op.

Mary ontdekte dat haar zwager een bijzondere manier van denken had. Zijn wereld leek verdeeld in mensen waar hij om gaf — een zeer select gezelschap — en, nou ja, de rest van de wereld. En hij gaf geen zier om die laatste groep. Ze had niet de illusie dat ze hem op andere gedachten zou kunnen brengen. Ze had nu nog een reden om te hopen dat Hector heelhuids uit die kooi zou stappen.

*'En het Beest krijgt nog een schop in de maag.'*

'Hij is aan het bloeden. Waarom vecht hij niet meer terug?' Hector hield zijn armen hoog en stond in de verdedigingsstand.

'Dit is de stilte voor de storm. Jij hebt hem niet zien vechten zoals ik.'

'Wanneer heb jij hem ooit zien vechten?' vroeg Mary.

Kristoffs lippen vertrokken tot een grimmige streep en er ging een lichtje bij haar op.

'Je hebt hem van een afstand gadegeslagen toen hij nog een straatvechter was.'

Hij gaf geen antwoord, en dat was ook niet nodig. Dit was echter nóg een aanwijzing dat Kristoff nooit echt uit Hectors leven was verdwenen. Niet dat haar koppige man dat zou geloven als ze hem dat vertelde.

'Je moet minder aan mij en meer aan jezelf denken, lieve nevest-ka.'

'Wat?'

'*Nevestka* betekent schoonzus.'

Ze rolde met haar ogen. 'Niet dat. Het andere deel.'

'Je hebt jezelf vanavond ernstig in gevaar gebracht. Hector is zich kapot geschrokken. Een man als hij weet daar niet goed mee om te gaan. Het maakt hem pissig. Het maakt dat hij een gevecht uitlokt, zodat hij stoom af kan blazen.' Zijn scherpe blik keek naar de ring.

'Wil je zeggen dat Hector bewust klappen van die kerel incasseert zodat hij zijn woede op hem af kan reageren in plaats van op mij?'

'Da.'

Wat een onzin. 'Je hebt het mis. Hector is niet boos op míj. Hij begrijpt heus wel waarom ik mijn zus niet bij die mannen achter kon laten.'

Er ging een gejuich door de menigte en Mary's ogen schoten terug naar de kooi.

*'Een hoge flying kick. Perfect uitgevoerd! Het gaat nu echt los. Er gaan vonken vliegen. Dit is het woeste Beest van weleer.'*

'Misschien,' gaf Kristoff toe, hoewel zijn toon suggereerde dat ze het mis had. 'Aan de andere kant had je ook een stap terug kunnen doen en Hector kunnen bellen. Hij zou je zus zijn gaan halen zonder dat jij in gevaar kwam. Als je mijn vrouw was, zou ik ervoor zorgen dat je een week lang niet kon zitten.'

'Nou, gelukkig is Hector veel beschaafder dan dat.'

'Beest! Beest! Beest!'

*'En dat, dames en heren, noem ik nu een perfecte knock-out!'*

Mary's kaak zakte bijna op de grond.

Mick lag languit op de mat. Hij was een bloederige hoop en zijn rechterbeen was gebogen in een rare hoek. Haar perfect beschaafde man had Micks been als een twijgje doormidden gebroken.

Hector torende boven zijn rivaal uit, als een donkere engel der wrake. Ze herinnerde zichzelf er aan dat engelen mensen juist beschermden. Aan die gedachte zou ze zich vasthouden.

De scheidsrechter maakte het universele gebaar dat Mick knock-out verklaarde. Hector draaide rond en zijn ogen gleden over de menigte tot hij haar vond.

Mary gaf hem een zwakke glimlach toen hij haar strak aankeek. Ze had hem nooit eerder zo... afstandelijk en koud gezien.

*Dit voorspelt niet veel goeds voor je.*

*Goh, denk je?*

De menigte scandeerde zijn naam en kroonde hem tot koning van de kooi, maar ze wist dat Hector geen plezier had gehad in het gevecht. Hij keek niet als een man die trots was toen de speaker zijn vele gevechten opsomde.

Toen begon een nieuw liedje, en zijn volgende tegenstander — de huidige kampioen — verscheen. De kerel die de kooi in liep, kon alleen maar worden beschreven als een menselijke berg. Hij was enorm. Hector was de grootste man die ze kende, maar deze man was zeker tien kilo zwaarder dan Hector. De helft van zijn gezicht was beschilderd als een schedel en hij sloeg op zijn borst, terwijl hij naar Hector schreeuwde.

Damon leunde voorover naar Kristoff. 'Het ziet ernaar uit dat hier veel geld rondgaat. Misschien wel meer dan we wisten. Ik heb net 50K op Hector gezet, en niemand keek ervan op. Broeder Tuck moet dus een hoop contanten hebben liggen in deze tent.'

'Brian lijkt inderdaad een aardige menigte te trekken,' gaf Kristoff toe.

'Ik neem aan dat als die homp vlees erin slaagt je broer te doden, we ten strijde trekken?'

'Niemand gaat Hector doden,' zei Mary gealarmeerd. 'Het is gewoon een sportwedstrijd.'

'Een Mixed Martial Arts wedstrijd zonder regels,' legde Angel uit alsof hij tegen een driejarige sprak. 'Een legale MMA wedstrijd heeft al niet veel regels, laat staan illegale ondergrondse gevechten met amateurs die dit uit wanhoop doen. Oftewel: alles is geoorloofd, behalve een stoot onder de gordel dan.'

Dat was niet wat ze wilde horen. 'Er is een scheidsrechter. Kijk, hij heeft zelfs een fluitje.'

'Maak je geen zorgen, pop,' zei Angel. 'Als Hector verpletterd wordt door die berg, maken we Brian af. Je mag er zelfs bij zijn als je wil.' Hij klonk alsof hij een grootmoedig gebaar maakte.

Ze klemde haar kaken op elkaar om de hatelijke opmerking die op haar lippen lag binnen te houden.

De huidige kampioen werd aangekondigd als "Satan", iets wat allesbehalve geruststellend was. Mary zette zich schrap voor een nieuwe ronde.

En toen gebeurde het.

Het was een beweging die ze nooit zou vergeten. Hector sprong, een knie omhoog in de lucht, alsof hij op Satans maag mikte. Satans armen schoten omhoog en Hector sloeg toe. Zijn knie veranderde van richting en schampte Satans zij. Tegelijkertijd raakte zijn elleboog Satans slaap als een hamer. De "homp vlees" ging neer als een gebouw waarvan de fundamenten waren gesloopt en viel plat op de vloer.

Er viel een geschokte, haast beladen stilte, en toen verklaarde de speaker Hector de winnaar. De menigte juichte, schreeuwde en wapperde met papiertjes.

'Bratan. Wat duivels van je.'

Toen pas merkte ze het boze, teleurgestelde rumoer van de toeschouwers op. Natuurlijk. Niets was zo teleurstellend als een weddenschap aangaan voor een gevecht dat vervolgens binnen enkele seconden voorbij was. De menigte voelde duidelijk dat ze geen waar voor hun geld kregen. Brian had dus wellicht een probleem.

Ze keek op naar de gangster in kwestie. 'Hij lijkt niet al te boos dat zijn kampioen heeft verloren.'

'Waarom zou hij? Hij heeft vast ook op Hector gewed. Dat is tenminste wat ik in zijn plaats zou hebben gedaan. Een man die voor zijn vrouw vecht of een suka volgepompt met anabolen? Dat is geen al te moeilijke keuze.'

Over keuzes gesproken. Mary had Gina tot nu toe altijd gesteund en excuses voor haar gedrag gemaakt. Ze keek naar Hector die de ring verliet. Er vloeide bloed uit zijn rechter wenkbrauw en hij was bedekt met een laag zweet. Zijn mond was vertrokken tot een streep, zijn ogen stonden glashard.

Nooit meer. Zíj zou nooit meer de reden zijn dat hij pijn leed.

***

Hij stuurde haar naar huis met Achilles. Het enige dat Mary wilde was haar armen om haar man heen slaan, maar hij wilde haar na het gevecht niet eens spreken.

Nadat ze haar zus in de logeerkamer had geïnstalleerd, begon het zenuwslopende wachten. Was Hector inderdaad kwaad op haar? Nam hij het haar kwalijk wat er was gebeurd?

Het was inmiddels na middernacht en ze lag nog steeds alleen in bed. Heel even overwoog ze om naar zijn kantoor te gaan. Ze had het gevoel dat hij daar was en zijn frustratie op een bokszak afreageerde. Uiteindelijk besloot ze om hem de tijd te geven om af te koelen.

Er verstreek nog een uur totdat ze eindelijk hoorde dat Hector thuis kwam. Hij kwam echter niet naar boven. Ze stapte uit bed, deed haar kamerjas aan en ging op zoek naar hem.

De gang en woonkamer waren in duisternis gehuld. Hij had niet de moeite genomen om het licht aan te doen. Ze trok het ceintuur van  haar kamerjas strakker en liep vastberaden de woonkamer in. Er stond een donkere figuur voor het raam bij de veranda. Hector had een arm tegen de vensterbank gelegd. Hij bewoog niet, ook al hoorde hij haar aankomen.

'Hector,' zei ze zachtjes.

Hij draaide zich langzaam naar haar om.

'Wat hebben we afgesproken over apart van elkaar slapen?' vroeg ze.

Hij grinnikte bitter. 'Niet doen. Niet vanavond.'

De ijzige woede die hem omringde was net als een muur. Er was maar één reden waarom hij zo overstuur kon zijn. Ze wilde dat hij het zou toegeven. Al was het niet aan haar, dan aan zichzelf.

'Praat alsjeblieft met me.'

Zijn ogen stonden op onweer. 'Als je eens wist wat ik met jou wil doen... Ga weg, hermosa. Blijf ver uit mijn buurt, voordat ik je pijn doe.'

'Je zou mij nooit pijn kunnen doen.'

'Heb je me vanavond soms niet gezien? Heb je niet gehoord hoe ze me noemden?'

'Ik heb je gezien, en ik heb ze gehoord, en het kan me niet schelen.' Haar man was geen beest, ongeacht zijn bijnaam.

Hij greep haar bij haar haren vast. 'Dat zou je wél moeten doen,' gromde hij. 'Ik wil je namelijk pijn doen. Ik wil je over mijn schoot leggen en je kont zo erg afrossen, dat je permanent mijn handafdruk op je billen zal hebben. Ik wil je slaan, zodat je het nooit meer in je hoofd haalt om zoiets stoms als vanavond te doen. En vertel me verdomme niet dat je je zus niet achter kon laten. Dat is namelijk iets dat míj verdomme niet kan schelen.'

Ze weigerde om een stap terug te doen. Het voelde alsof dit moment — nu Hector nog zo rauw was — hen zou maken of breken.

'Je zult me geen pijn doen.'

'Weet je het zeker?' Zijn greep verstrakte pijnlijk. 'Mijn vingers jeuken omdat ik je er zo erg van langs wil geven. Je mag jezelf niet in gevaar brengen. Je mag mij niet zo'n angst aanjagen, verdomme.'

Hij brulde dat laatste deel. Ze vroeg zich af of hij in de gaten had dat hij tegen haar schreeuwde. Ze dacht van niet, maar was verstandig genoeg om hem daar niet op te wijzen.

Zijn greep verslapte, maar hij liet haar niet gaan. In plaats daarvan trok hij haar dichterbij.

'Wat zou Zoë moeten zonder jou?' Zijn brul was bijna veranderd in een gefluister.

'Het spijt me.'

'Jij bent haar hele leven. Verdomme haar hele leven!'

En... het gebrul was terug.

'Het spijt me,' herhaalde ze, omdat ze niet wist wat ze anders kon zeggen. Ze had hem nog nooit zo meegemaakt.

'Ik haat het dat je me hebt zien vechten,' gaf hij toe, en keek toen weg. 'Die kooi doet iets met een mens. Zelfs als je er als de overwinnaar uitkomt in plaats van dat je eruit wordt gesleept. Het is niet makkelijk om die agressie en adrenaline erna los te laten.'

'Ik weet dat je het niet leuk vond om te vechten.' Was dat wat hij vreesde? Dat ze zou denken dat hij gewelddadig was van nature?

Hij uitte een harde lach. 'Ik stapte maar al te graag in die kooi.' Hij liet eindelijk haar haren los. 'Niemand moet het in zijn hoofd halen om jou pijn te doen en denken dat hij daarmee wegkomt. Brian wist precies wat voor schouwspel hij zou krijgen. Ze gaven me die bijnaam omdat ik in een beest veranderde als ik in een gevecht verzeild raakte. Soms ging ik er niet eens naar op zoek; het vond mij gewoon omdat ik groot was voor mijn leeftijd. Het was net zoals vroeger in het Wilde Westen. Wanneer je een geweer droeg, daagden mensen je uit omdat er van je werd verwacht dat je wist hoe je het moest gebruiken. Het verschil is dat je een pistool af kunt doen, maar ik kon mijn spieren niet verbergen.'

Ze hoorde de pijn in zijn stem en stelde zich hem voor als een tiener. Al die gevechten waar hij in was beland, puur en alleen omdat hij groot was gebouwd. Haar hart brak voor hem, maar ze wist dat hij haar medelijden niet zou waarderen.

'Het spijt me dat je dit opnieuw hebt moeten doorstaan, en nog wel vanwege mij. Maar dat is nog steeds geen reden om hier te overnachten in plaats van in ons bed.'

Ze deed haar kamerjas uit en trok haar topje over haar hoofd. Haar tepels werden blootgesteld aan de koude lucht en werden onmiddellijk hard.

Hij kon niet wegkijken en ze wist dat ze hem had waar ze hem wilde.

'Je hebt geen idee wat je te wachten staat.' Zijn stem was schor.

'Ik vertrouw je.'

Hij trok aan een tepelpiercing. 'Pas op met waar je om vraagt, schoonheid. Zoals ik me nu voel... wil ik je verdomme het matras in neuken. Ik wil mijn pik door je strot duwen totdat de tranen over je gezicht stromen.'

'Ik vertrouw je.'

Hij legde een hand op haar wang. 'Ik zal niet teder zijn. Het wordt een lange, ruwe neukpartij. Ik zal je lichaam gebruiken precies zoals ik wil.'

Ze plaatste een kus op zijn knokkels. 'Ik vertrouw je.'

**27**

HECTOR

Hectors oog gleed over de rij foto's in de gang toen hij de woonkamer inliep. De eerste foto was van hun bruiloft, gevolgd door een met Zoë in de dierentuin, eentje met de Detta's, en als laatste die van Mary, haar nichtjes, en haar zus Gina.

Hij had gewacht tot Mary met Zoë naar school was gegaan, zodat hij alleen met Gina zou zijn.

Het was de tweede dag na zijn kooigevecht en hoog tijd voor een praatje met zijn schoonzus. Ze had zich de afgelopen dagen verscholen in de logeerkamer. Mary had vanochtend laten vallen dat Gina vandaag zou vertrekken, haar bestemming onbekend. Het boeide hem niet onder welke steen ze zou kruipen. Voordat ze vertrok zou hij haar echter het een en ander duidelijk maken.

Het duurde niet lang voordat Gina haar gezicht liet zien. Ze sjokte richting het koffiezetapparaat naast het keukeneiland. Toen rekte ze zich uit en pakte een mok uit de kast.

'Fijn dat je eindelijk wakker bent.'

Ze sprong op toen ze hem hoorde. 'Oh, Hector. Ehm, je bent nog steeds hier.'

'Ja, is dat even pech hebben.' Hij slenterde naar het keukeneiland en ging tegenover Gina staan.

'Pardon?'

'Hou je pardon maar voor je. We weten allebei dat je me de afgelopen dagen hebt ontweken. Je hebt je kont alleen maar uit bed getild omdat je dacht dat je het huis voor jezelf had. Mary heeft een groot hart en gelooft in jouw "ik ben getraumatiseerd" bullshit, maar ik weet wel beter. Niet alleen omdat ik weet dat het onzin is, maar vooral omdat ik geen reet geef om jouw zeurderige, egoïstische kont.'

Ze omklemde de koffiemok zo hevig dat haar knokkels wit werden. 'Als je me probeert te vertellen dat je wilt dat ik vertrek—'

'Ik probéér helemaal niks, ik doe het gewoon. De eerste keer dat je ons huis bezocht, was dat om Mary te waarschuwen. Je gaf haar onzinnig advies over een echtscheiding en hoe ze mij financieel uit zou kunnen kleden.' Hij werd nog steeds pissig als hij eraan dacht hoe ze een wig had proberen te drijven tussen hen. Als ze een man was geweest, had hij haar tanden eruit geslagen.

Gina verbleekte. 'Ik—'

'Ik ben nog niet uitgesproken. Onderbreek me verdomme niet nog een keer. Ik heb die belediging laten gaan, omdat ik ervan uitging dat je bezorgd was om je zusje. Je kende me immers niet, en Mary destijds ook nog niet.' Dat leek inmiddels een eeuwigheid geleden. Hij kon zich zijn leven voor Mary amper meer voorstellen. 'Maar dit keer heb je het goed verpest. Je hebt Mary in gevaar gebracht.'

Haar ogen schoten naar zijn littekens en hij zag de angst in haar ogen. De twee zussen verschilden als dag en nacht. In tegenstelling tot Mary, beoordeelde Gina mensen naar hun uiterlijk.

'Als je Mary ooit weer in gevaar brengt, graaf ik een mooi gat voor je in de woestijn. Niemand zal je lichaam ooit vinden.'

Haar ogen verwijdden zich. 'Je zou niet durven om...'

Ze begreep het echt niet. 'Heb je dan geen woord gehoord van wat ik net zei? En of ik het zal durven. Ik zou het doen en zou er geen nacht minder om slapen. Ik heb een vrouw en kind waar ik aan moet denken. Ik ben verdomme de muur tussen hen en vervelende teven zoals jij. Als je haar nog een keer zo in gevaar brengt, maak ik je verdomme af.'

Het leek alsof het niet helemaal tot haar doordrong. Gina keek nog steeds als de vermoorde onschuld.

Hij stond op het punt om haar precies te vertellen wat hij van haar vond toen hij plotseling een beweging opmerkte. In het raam achter Gina stond een spook uit zijn verleden.

*Decker.*

Hij haastte zich langs haar heen, negeerde haar angstige kreet en rende naar buiten. Er was niemand. De straat was vrijwel leeg, op een buurman na die zijn hond uitliet.

*Niet weer.*

*Fuck. Fucking fuck.* Hij was zijn verstand aan het verliezen. Het kwam vast door de stress waardoor de PTSS weer opspeelde.

*Je gaat er gekke dingen door zien.*

Hij moest hier weg. Naar de enige persoon die hem weer in balans kon brengen. Naar het meest reële in zijn leven.


De yogastudio die Mary bezocht lag vlak bij haar werk, net iets buiten het centrum. Er stond een groepje mensen met opgerolde yogamatten voor de deur. Sommigen waren aan het kletsen, anderen waren aan de telefoon of liepen naar hun auto.

Hector kwam net aanrijden toen Mary naar buiten liep. Ze had haar haren opgebonden in een losse knot en er lag een glimlach om haar lippen. Hij hoopte dat hij de oorzaak was van die lach. Misschien dacht zij ook aan gisteravond. Heel even voelde hij zich als een tiener die zich afvroeg of het meisje dat hij leuk vond, hem ook leuk vond.

Hij parkeerde zijn motor en liep opgewekt naar haar toe. Er stond een man pal naast haar. Hij bekeek haar met nauwelijks verholen verlangen. Hectors handen balden zich tot vuisten, maar hij hield zich in. Hij moest toegeven dat hij zich soms wat bezitterig voelde waar het zijn vrouw betrof.

'Oh, hoi.' Mary keek verbaasd op toen ze hem zag. De glimlach die zich onmiddellijk over haar gezicht verspreidde, stelde hem gerust.

'Hé, schoonheid.' Hij wurmde zich tussen haar en die klootzak in en trok haar tegen zich aan.

'Ik wist niet dat je me op zou komen halen.'

'Ik wilde mijn vrouw mee uit lunchen nemen.'

'Lunch klinkt goed. Storm, dit is mijn man, Hector.'

Storm? Dit moest Jodi's vader zijn, de weduwe.

'O?' Storm keek verrast. Zijn uitdrukking zei: 'Wat doet een aardige meid als Mary met iemand als jij?'

'Ja, echt waar.' Hij hield met moeite een grom in.

Storm keek alsof hij een citroen had ingeslikt. 'Leuk om je te ontmoeten.'

Wat een glasharde leugen. 'Zo leuk.'

Hector keerde Storm de rug toe en leidde Mary naar zijn motor. Hij zag de jaloezie van de man op zowel zijn vrouw als zijn Harley. Die klootzak kon kijken zoveel als hij wilde, zolang hij zijn poten maar thuis hield.

Hij bracht haar naar een restaurant iets verderop. Een grijzende serveerster leidde hen naar een tafel bij het raam en nam hun bestellingen op. Hun pannenkoeken en drankjes waren zo klaar.

'Ik heb zo'n trek,' zei Mary, terwijl ze een royale hoeveelheid stroop over haar bord goot.

De serveerster glimlachte. 'Ach meisje, ik was net als jij toen ik zwanger was van mijn eerste.'

Mary bevroor. 'Ik... eh... ik ben niet zwanger.'

'Aha.' De serveerster legde de rekening op de hoek van de tafel en ging er haastig vandoor.

Zijn vrouw knipperde. 'Ik ben vast niet... je weet wel.'

'Wíl je kinderen?' Hij was daar eigenlijk automatisch vanuit gegaan en de lichte paniek op haar gezicht verraste hem.

'Ja, natuurlijk.' Ze was even stil. 'Maar, eh, hoe zit het met jou? Ik bedoel, we hebben het er nooit over gehad en ik weet dat het waarschijnlijk te vroeg is, en...'

Aha. Ze maakte zich zorgen om zijn reactie, en niet om het idee zijn kind te krijgen. Hij ontspande. Hij haalde zijn schouders op en probeerde nonchalant te kijken.

'Ik hou van kinderen.' Eerlijk gezegd kon hij niet wachten totdat hij haar zwanger had gemaakt. Nog een kind zou hun band versterken en het moeilijker maken voor haar om hem te verlaten.

'Maak je er niet druk om. Eet lekker je lunch. Als je zwanger bent, ben je zwanger.' Hij grijnsde toen ze bloosde.

'Oké.'

'Dus, die Storm,' begon hij. 'Wat voor naam is dat eigenlijk?'

'Het is maar een naam. Hoezo?'

'Ik hou gewoon niet van pretentieuze kakkers die zichzelf Storm noemen.'

Ze rolde met haar ogen. 'Je hebt amper vijf woorden met hem uitgewisseld. Je kunt helemaal niet weten of hij pretentieus is.'

Alleen wist hij dat wél. Hij wist het nog voordat ze een woord hadden uitgewisseld. De jaloerse blik van die man zei alles. 'Hij is een lul.'

'Storm is geen lul. Hij heeft zijn vrouw verloren en komt naar yoga omdat hij meer in contact wil komen met zijn gevoelens. Hij was vroeger een workaholic en hij heeft er tot op de dag van vandaag spijt van dat hij niet meer tijd heeft doorgebracht met zijn vrouw. Hij verdient ons medeleven.'

Dus de man deed zich voor als een arme ziel met een bloedend hart om Mary's aandacht te krijgen. Gladjes van hem. Verdomd gladjes.

'Zolang hij maar niet meer met jóú in contact wil komen, vind ik het best.'

Ze zwaaide met haar vork naar hem. 'Bent u jaloers, meneer Diaz?'

'Natuurlijk niet. Ik hou er gewoon niet van als een andere man mijn vrouw met zijn ogen uitkleedt.' *En, ja, ik ben zo jaloers als de pest, maar echt niet dat ik dat ga toegeven.*

'Uh-huh.'

'Blijf vooral zo bijdehand doen, liefje. Let maar op wat er vervolgens gebeurt.'

Ze knipperde overdreven met haar wimpers. 'Alsjeblieft, vertel. Wat ga je dan met me doen?'

Er lag een schittering in haar ogen en een blos op haar wangen. Ze was verdomme perfect.

Hij leunde achterover. 'Je op je handen en knieën duwen met een speeltje in je kont.'

Ze knipperde.

Als ze hem niet zo had uitgedaagd, zou hij misschien medelijden met haar hebben gehad. Mary was een beginneling waar het seks betrof. Het enige wat hij hoefde te doen was een paar kinky dingen zeggen om haar het zwijgen op te leggen. Ze kon nu elk moment haar ogen neerslaan. Daarna zou ze hem een reprimande geven omdat hij in het openbaar zei hoe hij haar wilde neuken.

'Alleen als het daarna mijn beurt is.'

Hij verslikte zich bijna in zijn drankje.

Fuck. Hij had een nymfomane losgelaten op de wereld.

**28**

## HECTOR

Een week voor Halloween gaf Mary hem een belangrijke missie; Zoë's kostuum ophalen. Helaas was zijn missie op een onverwacht probleem gestuit.

'Hoe bedoel je dat je geen Wonder Woman-kostuum meer hebt?' Hector keek nog eens op zijn telefoon. Dit was inderdaad de winkel waar Mary hem heen had gestuurd.

De puisterige tiener achter de toonbank klakte met zijn tong. 'Het spijt me, meneer, maar er is een fout gemaakt met uw reservering. Uw kostuum is per ongeluk aan iemand anders gegeven. Het spijt me heel erg en als compensatie bied ik u deze kortingsbon aan. U kunt uiteraard een ander kostuum uitkiezen. We hebben een ruime collectie.'

'En hoe zit het met dát kostuum? Dat lijkt volgens mij op Wonder Woman.' Hector wees naar het roodgouden pak dat op een haak achter de toonbank hing.

'Die is helaas gereserveerd voor iemand anders. Ik heb het naamplaatje al gecontroleerd.'

Hector keek de overvolle winkel in. Zoë liep rond met een plastic zwaard en deed gevechtsbewegingen voor een passpiegel. Halloween was pas over een week. Hij had nog genoeg tijd om naar een andere winkel te gaan. Hij had alleen geen zin om stad en land af te reizen terwijl hier genoeg andere kostuums waren.

Hij liep langs twee Spidermans, een Captain America, en een spook voordat hij Zoë bereikte.

'Zoë, ze hebben geen Wonder Woman-kostuums meer. Laten we een andere outfit voor je zoeken, oké?'

Ze schudde haar hoofd en haar blonde krullen dansten van links naar rechts.

Nee? Hij wachtte af, terwijl hij zijn volgende stap overwoog en ontdekte dat zij precies hetzelfde deed.

Een vrouw met een stapel kostuums over haar arm gedrapeerd keek hem toegeeflijk aan. 'Die van mij wil per se Black Panther worden. Ik ben al de hele dag door de stad aan het racen. Dit is de derde winkel en ik ben zo blij dat we deze plek hebben gevonden.'

Zoë gaf hem een hoopvolle blik. Hij wist wat dat betekende.

'Prima. Laten we gaan.' Hij tilde haar op en nam haar mee naar buiten.

'Ik word Wonder Woman!' kreet ze in zijn oor, terwijl hij haar in het zijspan stopte.

Hij stuurde Mary een bericht dat ze iets later zouden zijn en legde uit wat er was gebeurd. Ze wenste hem geluk en stuurde hem een emoji die knipoogde. Hij snoof. Hoe moeilijk kon het nu zijn om een Halloweenkostuum te vinden voor een kleine meid?

Het antwoord was: verdomd moeilijk, oftewel vrijwel onmogelijk.

Wie had gedacht dat het zo'n monsterlijke taak zou zijn om met een zesjarige te onderhandelen? Tegen de tijd dat ze de derde winkel verlieten, had Hector Zoë inmiddels de hele wereld beloofd als ze maar gewoon een ander kostuum zou uitzoeken. Hij had haar zelfs geprobeerd om te kopen door haar chocoladekoekjes aan te bieden voor een hele week. Mary hoefde er nooit achter te komen. Het zou hun geheim zijn. De kleine schudde simpelweg haar hoofd en zei: 'Nee.'

Ze stonden nu in de vierde winkel en er was nog steeds geen Wonder Woman-kostuum in zicht. Hector was inmiddels bereid om een geit te offeren aan de goden om aan dat ding te komen.

Hij duwde Zoë voorzichtig in de richting van een rek met roze prinsessenjurken, in de hoop dat ze daarop verliefd zou worden. Helaas nam ze een afslag naar een afdeling met piratenkostuums.

Zijn schouders zakten naar beneden. Hij had het punt bereikt dat het hem niet kon schelen als ze erbij zou willen lopen als een komkommer.

Deze winkel was de grootste tot nu toe, maar het voelde nog steeds krap en verstikkend aan. Hij stond propvol mensen en Hector begon zich onrustig te voelen. De muren kwamen op hem af. Hij paste zorgvuldig op iedere stap die hij zette. Eén verkeerde beweging en hij zou per ongeluk op een kind kunnen stappen. Hij liep bijna tegen een mini-Hulk op die zijn oversizede groene vuisten tegen elkaar stampte en tegen hem gromde.

Na wat speurwerk vond hij eindelijk een verkoopmedewerkster.

'Hoi, eh, Cathy,' zei hij, na een blik op haar naamplaatje. 'Ik heb dringend een Wonder Woman-kostuum nodig voor mijn dochter. Kun je me helpen?' Hij glimlachte ontwapenend.

Haar blik ging direct naar zijn littekens en vervolgens naar zijn tatoeages. Ze likte praktisch haar lippen en boog over de toonbank, waarbij ze hem haar decolleté toonde.

'Ik denk dat ik je wel kan helpen,' zei ze omfloerst.

Hij leunde naar haar toe. 'Vertel.'

Ze keek naar Zoë, die in een zwaardgevecht was verwikkeld met Aquaman.

'Ik heb helaas geen Wonder Woman-kostuum en die ga je hier ook niet vinden als je het niet hebt gereserveerd. Het is een zeer populaire outfit, nu de film uit is. Wat nu als ik je dochter ervan kan overtuigen om een ander kostuum te dragen?'

Dat klonk hem als muziek in de horen. 'Als je dát voor elkaar krijgt, ben jij mijn superheld.'

Cathy's ogen lichtten op. 'Oh, dat klinkt goed. Wat ga je voor me doen als ik het voor elkaar krijg?'

'Je de beste date van je leven bezorgen,' beloofde hij, zonder blikken of blozen omdat hij haar misleidde. Hij kon haar afwimpelen aan Achilles of aan Walker. Misschien zelfs aan Cortez, als zijn meisje hem weer had gedumpt.

'Deal.' Ze stapte van achter de toonbank vandaan en ging naar Zoë, die inmiddels naast een stapel drietanden stond.

Hector ving Zoë op toen ze bijna op haar kont viel omdat ze een drietand uit de stapel probeerde te trekken. Hij gaf haar het wapen en richtte zich toen op Cathy.

'Zoë, deze dame wil met je praten.' Of wacht. Hij keek naar de drietand. Misschien lag de oplossing van zijn probleem wel pal voor zijn neus. 'Wil je misschien Aquaman worden?'

Zoë rolde met haar ogen naar hem. 'Aquaman is een mán, gekkie.'

Hij zuchtte. Natuurlijk zou het niet zo makkelijk zijn.

Cathy hurkte naast Zoë neer. 'Hoi, ik ben Cathy en ik ben er om je te helpen met je Halloweenkostuum.'

De aandacht van de verkoopmedewerkster maakte Zoë om de een of andere reden verlegen. Ze legde een arm om zijn been en leunde tegen hem aan.

'Ik wil Wonder Woman zijn. Zij is een held.'

'Het spijt me, maar dat kostuum hebben we niet meer. Wat vind je van Catwoman? Zij is ook een held. Wil je haar kostuum niet proberen?'

'Nee.'

'En wat vind je van Elsa van Frozen?'

Zoë vouwde haar armpjes voor haar borst. Hij realiseerde zich ineens dat ze zijn houding had overgenomen.

'Nee,' herhaalde ze. 'Ik kan toch niet vechten in een jurk.' Ze gaf Cathy een dubieuze blik.

Er volgden nog meer suggesties die allemaal, een voor een, werden afgeschoten. Cathy's ogen verloren hun glans en haar glimlach werd geforceerd. Hector wist precies hoe ze zich voelde.

'Nou, het lijkt erop dat we zo niet verder komen,' zei Cathy uiteindelijk, waarmee ze haar nederlaag erkende. Ze kwam met een zucht overeind. 'Dat betekent natuurlijk niet dat we niet alsnog uit kunnen gaan. Zal ik je mijn nummer geven?'

'Nee, bedankt.'

Ze knipperde, duidelijk verbaasd omdat hij haar aan hun afspraak hield. Cathy was klaarblijkelijk het type dat het gewend was om haar zin te krijgen. Ze had immers naar zijn ringvinger gekeken, maar die vervolgens genegeerd. Dus nee, hij voelde zich niet bepaald schuldig toen hij Zoë optilde en de winkel verliet. Hij brak zijn hersens over wat hij nog meer kon doen. Helaas kon hij niks bedenken.

'Zoë, het spijt me, maar ik denk niet dat we je kostuum nog gaan vinden.'

Haar onderlip trilde en hij voelde een steek in zijn hart. Oh, nee, niet de pruillip.

'Maar ik móét Wonder Woman zijn. Zij is een held net als jij.'

Wat?

'Waarom wil je per se Wonder Woman zijn en niet iemand anders? Er zijn genoeg andere superhelden.'

'Maar die hebben haar donkere haar niet.'

'Je houdt van donker haar?' Hij had het gevoel dat ze hem iets probeerde te vertellen, maar kon er de vinger niet op leggen.

Zoë knikte en wees naar zijn hoofd. 'Wonder Woman is een krijger zoals jij. Ze heeft donkerbruin haar net als jij. Ik wil op jou lijken, zodat iedereen het weet.'

'Zodat iedereen wát weet, cupcake?'

'Dat ik jouw kind ben,' fluisterde ze.

Ah. 'Lieve meid, of we nu dezelfde haarkleur hebben of niet, je zult nog steeds mijn dochter zijn.'

Daar keek ze duidelijk van op. 'Maar meneer Storm zei dat ik je dochter niet kan zijn omdat jouw huid donkerder is en je haar ook. Hij zei dat je niet op mij leek omdat je een Latino bent.'

Vervloekte Storm. Hector haalde diep adem en probeerde te kalmeren. Hij moest dit uiterst voorzichtig aanpakken. Zoë probeerde gewoon haar plekje in zijn wereld te vinden. Hij begreep als geen ander de behoefte om je veilig te willen voelen, om deel uit te maken van een familie.

'Weet je nog hoe in X-Men de mutanten belachelijk werden gemaakt omdat ze er anders uitzagen?'

Ze knikte ernstig. 'Professor X hielp hen.'

'Precies. Hij opende een school voor kinderen met speciale krachten. Geen van hen leek op elkaar, maar samen werden ze toch een familie.'

'Dus... het maakt niet uit wat voor kleur haar ik heb?'

Al die uren dat hij naar superheldenfilms had gekeken bleken nu dan eindelijk de moeite waard te zijn. 'Dat klopt. Zelfs als je paars was met gele stippen, zit je nog steeds met mij opgescheept.'

Zoë giechelde en gaf hem een knuffel. Ze keek terug naar de winkel die ze net verlaten hadden. 'Ik kan wel iets anders aandoen.'

Ze klonk niet bepaald gelukkig bij dat vooruitzicht, maar ze zou het doen. Voor hem. 'Maar geen jurk. Ik kan de wereld niet redden in een jurk.'

Hij zette haar terug in het zijspan. 'We hebben eerst nog een halte te gaan.'

Hij reed terug naar de eerste winkel. Naar de plek die hun reservering had verknald. Diezelfde pokdalige tiener stond achter de toonbank. Hector wierp een blik achter de jongen en zag dat zijn felbegeerde kostuum er nog steeds lag.

Hij wees naar het kostuum. 'Ik wil die graag hebben.'

'Het spijt me, maar...'

Hector haalde vijf honderddollarbiljetten tevoorschijn en schoof ze over de toonbank. 'Zoals ik al zei, ik neem dát kostuum.'

Geld had de eigenschap dat het deuren voor je opende. Dat was dan ook precies wat er gebeurde. Binnen de kortste keren werd het kostuum ingepakt en aan hem overhandigd.

Zoë kon haar geluk niet op.

Dus... tja, nu zou een ander kind verdrietig worden omdat ze geen Wonder Woman kon zijn, wat hem waarschijnlijk een klootzak maakte. Maar het zou tenminste niet zíjn kind zijn.

**29**

## HECTOR

De volgende ochtend leidde Jess twee mannen in pak zijn kantoor in. Hij wist dat het rechercheurs waren nog voordat ze hun badge lieten zien. Hectors gedachten gingen gelijk naar Storm. Hij had hem gisteravond immers een bezoekje gebracht. Kennelijk was die klootzak tóch naar de politie gegaan.

'Wat kan ik voor jullie doen, heren?' Hij gebaarde naar de bank voor zijn bureau.

'Ik ben *special agent* Husk,' stelde degene met de grijze stropdas zich voor terwijl hij zijn badge liet zien. 'En dit is mijn partner, special agent Gonzales.'

Het was de FBI. Hector ontspande. Dit ging niet over een poging tot mishandeling. Daarvoor kwamen zij niet langs.

'We zouden je graag onder vier ogen spreken,' zei Husk met een blik op Jess.

'We willen ook graag met meneer Smith praten,' voegde Gonzales eraan toe.

'Jess, wil je Achilles even roepen?'

Zijn vriend verscheen in de deuropening en er volgde een nieuwe voorstelronde.

Hectors geduld was inmiddels voorbij. 'Gaan jullie nog vertellen waar dit over gaat?'

'Wat kun je ons vertellen over John Decker?' vroeg Husk.

Het voelde alsof de lucht uit de kamer werd gezogen. Er verscheen een bekend beeld op zijn netvlies; Johns dode ogen die naar de hemel boven de woestijn staarden.

'Ben je van plan om elke vraag met een tegenvraag te beantwoorden?' zei hij geïrriteerd. 'Ik ga geen vragen beantwoorden voordat u me vertelt waarom de FBI heeft besloten om mij met een bezoek te vereren.'

Husk wendde zich tot Achilles, maar zijn vriend schudde zijn hoofd.

'Wat hij zei. Doe niet zo geheimzinnig en ga geen twintig vragen stellen voordat u ons vertelt wat jullie hier doen. We weten allemaal dat het niet is om te informeren naar John Deckers achtergrond. Daarvoor hoeft u immers slechts zijn dossier op te vragen bij het ministerie. Wij kunnen jullie niets meer vertellen dan u al weet. Onze eenheid kwam onder vuur te liggen, John Decker werd gedood en we hadden geen andere keus dan hem achter te laten.

Alles in ons verzette zich daartegen, maar dat was nu eenmaal het bevel. We moesten zijn lichaam achterlaten.'

'Wat kun je me vertellen over zijn familie?' vroeg Gonzales.

'De enige familie die Decker had was een jongere broer.' Hector had geprobeerd om hem te bereiken, maar de knul was destijds uitgezonden geweest.

'Hij heeft inderdaad een jongere broer. Toen hij vernam wat er met zijn broer was gebeurd heeft hij zijn ontslag ingediend. Niemand heeft hem sindsdien meer gezien.'

'Niemand behalve Deckers voormalige teamgenoten,' zei Gonzales spits. 'Jullie waren die dag met z'n zessen, nietwaar?'

Iets in zijn stem deed Hector opkijken. 'Vertel me waarom jullie hier zijn.'

Gonzales schraapte zijn keel. 'Drie van je voormalige eenheidsmaatjes zijn dood. Ze stierven enkele maanden na elkaar. De sterfgevallen werden als losstaande ongelukken beschouwd en niemand zag een verband met Deckers broer. Totdat hij Seth Hawk probeerde te doden. Hawk heeft het ternauwernood overleefd en ligt momenteel in het ziekenhuis met derdegraads brandwonden.'

'Shit. Heeft hij zelfs Hawk te pakken gekregen?' De man was een legende. 'Ik had nooit gedacht dat iemand hem in de val zou kunnen lokken.'

'Van wat we hebben begrepen heeft Decker zich niet voor hem verscholen. Blijkbaar wilde hij dat Hawk wist wie hem ging doden. Decker gelooft dat zijn broer is gedood door zijn eenheid en dat dit vervolgens in de doofpot is gestopt. We geloven dat hij mentale problemen heeft.'

Gonzales liet een foto op zijn telefoon zien en Hector hapte naar adem. Hij herkende dat gezicht. De Decker op de foto leek sprekend op John. Zo van een afstand kon hij gemakkelijk worden verward voor zijn oudere broer.

Dit verklaarde een hoop. Zoals toen hij John midden op de dag zag, het gevoel dat hij in de gaten werd gehouden en de doorgesneden banden van zijn Harley.

*Ik ben in ieder geval mijn verstand niet aan het verliezen.*

'Je denkt dat wij de volgende op zijn lijst zijn.'

'Ja.'

'Waarom nu pas?' wilde Achilles weten. 'Het is inmiddels meer dan een jaar geleden dat John stierf. Waarom heeft hij al die tijd gewacht?'

'Toen zijn broer stierf was Decker nog op missie in het buitenland. Die moest hij eerst afmaken. Toen hij daarna ontslag nam, begon het moorden. We geloven dat hij zijn doelwit eerst uitgebreid bestudeert en daarna pas in actie komt. Ik denk dat hij vervolgens zijn doelwit kiest op basis van burgerlijkheid, hoe vreemd dat ook klinkt.'

Er ging een koude rilling door Hector heen. 'Wat bedoelt u daar precies mee?'

'Hij baseert zijn keuze op een soort gradatie van hoe gelukkig diegene is. Hij wacht totdat ze bij hun geliefden zijn. Hoewel Hawk het dichtst bij hem woonde, schakelde hij eerst Sweeney uit.'

'Shit. Sweeney. Die man heeft vier kinderen.'

'Precies.' Gonzales gaf hem een veelbetekenende blik. 'Dat is waarschijnlijk de reden dat hij niet eerder achter jullie twee aan is gegaan. Jullie hadden immers geen eigen gezin. Smith heeft dat nog steeds niet, maar jij inmiddels wel.'

Zijn ledematen voelden als verlamd en zijn tong veranderde in steen, te zwaar om te tillen en geluiden in woorden om te zetten. Het enige dat hij voor zich zag waren Mary en Zoë. Decker had zich al die tijd verborgen in de schaduw, waar hij het moment afwachtte om toe te slaan als een slang. Zodat hij Hector kon vernietigen op het moment dat hij eindelijk gelukkig was.

'Hoe gaat hij te werk?' vroeg Achilles. 'Waar moeten we precies rekening mee houden?'

'Hij is een bomexpert,' zei Gonzales.

Fantastisch. Ze werden opgejaagd door een gek die van explosies hield. Wanneer was zijn leven veranderd in een slechte actiefilm?

'Ik heb meer informatie over hem nodig. Nu meteen.' Hij had eindelijk zijn stem hervonden.

Husk gaf hem een strenge blik. 'De FBI heeft deze zaak onder controle. We adviseren je dringend om er geen andere partij bij te betrekken, zoals bijvoorbeeld je recente connecties bij de Bratva.'

Alsof hij Kristoff ooit om hulp zou vragen. 'Verwacht je serieus dat ik met mijn duimen ga zitten draaien terwijl die gek achter mijn familie aangaat?'

'Dat is precies wat we verwachten,' zei Husk. 'Decker bevindt zich ergens in deze stad en dit keer zullen we hem te pakken krijgen. Loop me niet voor de voeten, of ik laat je arresteren nog voordat je "Semper Fi" kunt zeggen.'

Hij ging die Semper Fi verdomme door zijn strot duwen. 'O ja? Kom maar op.'

Achilles stapte snel tussen hen in. 'Luister, we hebben allebei hetzelfde doel: Decker te pakken krijgen. Waarom vertelt u ons niet gewoon hoe we kunnen helpen? U bent vast niet helemaal hierheen gekomen om ons alleen maar te waarschuwen.'

Husk leunde weer achterover. 'Als we hem dit keer tussen onze vingers door laten glippen, zal hij verdwijnen. Het kan maanden duren, zelfs jaren, voordat hij weer boven water komt.'

'We hebben jullie hulp nodig,' zei Gonzales.

'Jullie willen me gebruiken om hem in de val te lokken.'

'Jij bent het lokaas,' erkende hij.

'De FBI zal jou en je gezin uiteraard beschermen,' voegde Husk eraan toe.

'Júllie gaan mij en mijn gezin beschermen? Deze klootzak heeft al vier mariniers uitgeschakeld voordat jullie zelfs maar wisten wat er aan de hand was. Denkt u nu echt dat u hier gewoon binnen kunt wandelen en mij de wet voor kunt schrijven over hoe ik mijn gezin moet beschermen?' Elk duister stuk van zijn ziel, die hardvochtige delen die hij achter slot en grendel had opgesloten, vocht zich een weg naar boven.

Achilles schraapte zijn keel. 'Nou ja, zijn woede is in ieder geval op ons gericht en niet op onze familie. Dat is in ieder geval iets, toch?'

Het was niet echt een vraag, maar Hector zag direct dat Gonzales' kaak verstrakte.

'Vertel,' zei hij ruw.

Gonzales zuchtte. 'We denken inderdaad niet dat hij achter jullie partners of kinderen aan zal gaan, maar... Toen hij Hawks garage opblies, was zijn vrouw toevallig op het verkeerde moment op de verkeerde plek. Ze... heeft de bomaanslag niet overleefd.'

Hector realiseerde zich dat hij tot op dat moment nog nooit echt angst had ervaren.

*** 

Hector bleef de rest van de dag in zijn kantoor. Totdat het buiten donker werd en de laatste van zijn mannen het pand verliet. Hij wist dat hij een beslissing moest nemen. Een die zijn hart uit zijn lijf zou kunnen rukken.

Zijn telefoon ging en hij nam op zonder op het scherm te kijken. Een paar tellen lang hoorde hij alleen maar witte ruis op de achtergrond.

Toen zei een stem: 'Ik weet dat de FBI bij je langs is geweest. Je weet dus dat je de volgende bent, Diaz. Dacht je nu echt dat je nog lang en gelukkig zou kunnen leven? Na wat je mijn broer hebt aangedaan?'

Hector was onmiddellijk op zijn hoede. 'Decker?'

'Je verdient het niet om te leven. Je verdient geen gezin, een familie, mensen voor wie je leeft. Net zoals ik geen familie meer heb.'

'Decker. Dit is niet wat je broer zou hebben gewild. Geef jezelf aan.'

Er klonk wat geruis en toen weer die emotieloze stem: 'Je verdient het verdomme niet om gelukkig te zijn. Als ik jou was zou ik alvast afscheid nemen.'

Klik.

'Verdomme!'

Decker zou niet stoppen met achter hem aan te komen. Hij zou pas stoppen totdat een van hen dood was. Het kon weken, maanden duren voordat ze hem oppakten, zeker nu hij wist dat de FBI erbij was betrokken.

Hij viel terug in zijn stoel. Hij had nooit met Mary moeten trouwen. Door met haar te trouwen, had hij haar in Deckers vizier geplaatst. Hij had gezworen om haar te beschermen, niet om haar leven in gevaar te brengen door zijn verleden.

*Verdomme, Decker.*

Een deel van hem had altijd al geweten dat deze huiselijkheid te mooi was om waar te zijn. Een man als hij kon niet alles hebben wat zijn hartje begeerde, althans niet voor lang. De demonen uit zijn verleden waren teruggekeerd om zijn leven te verwoesten.

Er restte hem maar één ding.

**30**

MARY

Mary greep de rugleuning van een stoel — ze had iets nodig om zich aan vast te klampen — en schudde haar hoofd. 'Nee.'

'Pardon?'

'Ik zei 'nee'. Ik wijs je voorstel af.'

'Het was geen voorstel. Ik zei dat ik wil scheiden.'

Zijn woorden verpletterden haar. Voor de tweede keer. Hoe kon hij die woorden zo achteloos uitspreken terwijl elke lettergreep haar hart verscheurde? Er klopte hier iets niet. Het bestond gewoon niet dat de man die haar de avond ervoor zo hartstochtelijk had bemind, de ochtend erop wilde scheiden.

'Vertel me waarom je dit doet. Geen onzinverhaal, Hector. Vertel me de waarheid.'

*Laat er alsjeblieft een goede reden voor zijn.*

*Zeg alsjeblieft niet dat je me zat bent. Dat je je vrijheid terug wilt. Dat je spijt hebt van ons huwelijk.*

Hector zuchtte gefrustreerd. 'De waarheid is dat ik klaar ben met dit burgerlijk leventje. Het was leuk zolang het duurde, maar inmiddels ... verveel ik me. Dit huiselijk gedoe is verstikkend en niet het leven dat ik voor ogen had. Ik hou van mijn vrijheid. Je hebt Zoë gekregen, dus ik heb me aan mijn deel van de afspraak gehouden. Het is tijd dat onze wegen zich scheiden.'

Er vormde zich een stalen klem om haar ribbenkast. 'Ik weet niet wat ik moet zeggen...'

Ze had dit in nog geen miljoen jaar verwacht. Sterker nog, ze had kunnen zweren dat hij om haar gaf. Ze had op het punt gestaan om hem te vertellen dat ze van hem hield. Nu was alles bezoedeld. Hij zou haar niet geloven, zelfs als ze het hem zou vertellen. Hij zou het zien als een truc om hem te laten blijven. Net zoals hij dat zou denken als ze hem vertelde over hun baby.

Haar hand ging instinctief naar haar buik. Oh, God, ze zou een alleenstaande moeder worden. Een zwangere, eenentwintigjarige gescheiden vrouw met een zesjarig kind waar ze in haar eentje voor moest zorgen. Het enige dat haar overeind hield was pure wilskracht. Haar hart was dan misschien wel gebroken, een bloedige puinhoop, maar ze zou haar rug kaarsrecht houden. Ze moest sterk blijven. In tegenstelling tot Hector had *zíj* nog steeds een gezin waar ze aan moest denken. Het kon altijd erger. Ze had in ieder geval nog een dak boven haar hoofd.

'Dus, wat nu? Ga je gewoon weg? Nemen we aparte slaapkamers of...'

'Je kunt hier niet blijven.'

Haar adem stokte. Dit gebeurde echt; hij gooide haar uit haar eigen huis.

'Dan kan ik maar beter vast beginnen met inpakken.' Haar stem kraakte. Zoë zou nog een paar uur op school zijn. Dit gaf haar tenminste nog wat tijd.

'Ik zal je spullen laten bezorgen waar je maar wilt,' zei Hector. 'Je kunt vast wel bij Jazzy terecht totdat je een nieuwe plek hebt gevonden. Ik heb de makelaar gebeld. Je kunt elk huis kiezen dat je wilt. Wat je maar wilt, Mary, vraag het en het is van jou.'

Wat zij maar wilde? Maakte hij een grapje? Dacht hij nu serieus dat hij haar kon afkopen met een mooi huis?

Ze stapte weg van de keukentafel en het messenblok, bang voor wat ze zou kunnen doen. Ze zou hem weleens kunnen neersteken of hem juist smeken om haar er niet uit te gooien. Dit was haar eigen schuld; ze had hem praktisch gedwongen om met haar te trouwen. Had ze nu echt verwacht dat ze nog lang en gelukkig zouden leven? Nou, eigenlijk, ja, dat had ze inderdaad gedacht.

'Je zei dat als ik eenmaal van jou was, er geen weg terug was.'

Zijn kaak trok strak en er verscheen een duistere blik in zijn ogen. Kwam dat omdat ze hem wees op zijn leugen of omdat inderdaad bleek dat hij geen huwelijksmateriaal was zoals hij zelf had gezegd?

Ze liep naar hem toe. 'Je zei dat ik van jou was. Hoe is dat van de ene op de andere dag veranderd? Hoe, Hector?'

Toen hij probeerde weg te lopen, greep ze zijn arm. Zijn spieren spanden zich onder haar aanraking.

'Waag het niet om mij de rug toe te keren. Kijk me aan!'

Hij keek op. In zijn ogen brandde een felgroen vuur. Heel even kon ze hem lezen als een boek. Er verschenen tal van emoties op zijn gezicht die wisselden van pijn naar woede naar een vleugje wanhoop. Toen sloot hij zich voor haar af. Ze had echter een kijkje in zijn ziel gehad en wist nu de waarheid. Hij gooide haar er niet uit omdat hij niks voor haar voelde. Nee, het was iets anders. Maar wat? Aan de koppige trek van zijn kaak te zien ging hij het haar niet vertellen.

Ze liet zijn arm los. Haar hart was gebroken, maar haar hoop was nog niet uitgedoofd. Ze had zojuist immers een belangrijke ontdekking gedaan; Hector hield van haar.

Hij liep naar de deur. 'Achilles brengt je zo naar Jazzy. Ik zal je spullen na laten sturen.'

'En hoe zit het met Zoë?' Zijn schouders verstrakten, alsof de naam van hun kleine meid hem fysiek pijn deed. 'Ga je haar ook in de steek laten?'

'Ik zal met haar praten en het uitleggen. Je moet nu echt vertrekken.' Met die finale woorden liep hij uit haar leven. Althans, dat dacht hij.

Soms verbijsterde de omvang van mannelijke stommiteit haar. Dacht hij nu werkelijk dat hij haar bij Jazzy kon dumpen en dat dat het dan was? Hij wist duidelijk niet dat ze van plan was om hem te houden. Ze had ervoor moeten vechten om permanent onderdeel uit te kunnen maken van zijn leven, en dat was precies wat ze van plan was om te doen. In zijn leven blijven, niet weggestopt achter de hoge muren van huize Detta. Ze was dus geenszins van plan om het hem makkelijk te maken. Ze had het voorgevoel dat indien ze dat wel deed, het heel lang zou duren voor ze hem weer zag. Nee, ze moest dit tactisch aanpakken voordat ze haar volgende zet deed. Een gewaagde zet. Iets dat Hector Diaz op zijn knieën zou brengen. Een zet die hem wel twee keer zou doen nadenken voordat hij het ooit nog eens zou wagen om haar hart eruit te rukken.

***

De volgende ochtend zat Mary aan het ontbijt tegenover haar zwager. Ze onderdrukte een zucht terwijl ze toekeek hoe Kristoff haar bestudeerde vanaf het andere uiterste van de eettafel. Hij keek alsof ze een bom was die elk moment kon ontploffen.

Goed, misschien was haar entree gisteravond een beetje dramatisch geweest. In plaats van Kristoff gewoon te begroeten was ze snikkend in zijn armen gevallen. Toch was ze trots op zichzelf dat ze haar tranen had weten in te houden totdat Zoë in slaap was gevallen. Ze had geen idee van wat er speelde en Mary had hun nieuwe, dakloze bestaan voorgedaan als een logeerpartij. Het meisje was dolgelukkig dat ze gingen logeren bij haar oom.

'Je hoeft echt niet zo ver weg te blijven zitten alsof ik de pest heb,' mopperde ze. 'Ik ga niet weer huilen.'

'Weet je dat zeker?'

'Ik kan het niet garanderen, maar ik ben er vrij zeker van.'

Zijn frons vertelde haar dat hij niet al te gelukkig was met dat antwoord. De man had er geen enkel probleem mee om een menigte af te slachten, maar kon niet tegen vrouwentranen. Wie had dat gedacht? Ze sloeg die info op voor later.

'Weet hij dat je zwanger bent?'

Ze stikte bijna in haar thee. 'Hoe weet je—'

'Mijn huishoudster hoorde je vanmorgen je ingewanden eruit kotsen.'

'Er is geen privacy in dit huis,' mompelde ze. Ze waren hier nog maar één nacht en haar "grote geheim" was al bekend. Gelukkig was Zoë op school. Ze liep in ieder geval niet het risico dat zij het aan Hector zou vertellen.

'Geef antwoord op mijn vraag.'

'Hij weet het niet en ik ga het hem niet vertellen. En jij ook niet,' voegde ze eraan toe.

Zijn blik vertelde haar dat dit discutabel was. 'Een van de dingen waar ik in handel is informatie. En ik gebruik het wanneer dat mij uitkomt.' Het klonk als een waarschuwing.

'Vertel het hem alsjeblieft niet,' zei ze zachtjes.

'En waarom niet?'

Shit. Nu moest ze haar diepste schaamte bekennen. Hopelijk zou hij dat haar niet al te kwalijk nemen.

'Ik kan het hem niet vertellen, want dan komt hij bij me terug, en ik wil niet dat hij dat doet omdat ik in verwachting ben. Ik kan hem niet... weer in de val lokken.'

'Weer?'

Ze zuchtte. 'Ik heb hem praktisch gedwongen om met me te trouwen.'

Kristoff trok een wenkbrauw op. 'Dus jij denkt dat je een marinier, die twee keer zo groot is als jij, ergens toe hebt gedwongen?'

Ze knikte. 'Ik kan dat niet nog eens doen. Het zou niet eerlijk zijn tegenover hem of tegenover mezelf.'

Dit keer moest híj degene zijn die achter háár aan kwam.

**31**

HECTOR

Dus zo voelde het om ellendig te zijn; alsof er een groot gat in je hart zat dat alle pijn naar binnen zoog. Alsof dat niet erg genoeg was, kraakte zijn rug omdat hij in slaap was gevallen op de bank.

Hij pakte zijn telefoon om Achilles te bellen. Zijn meiden zouden inmiddels veilig achter de hoge poorten van huize Detta zitten. Ze waren nu waarschijnlijk aan het ontbijten. Hij was de hele nacht op geweest en had de stad uitgekamd naar Decker, maar dat had niets opgeleverd. Toen was het afwachten begonnen.

Zijn huis voelde niet meer als een thuis: het was gewoon een leeg omhulsel. De muren bespotten hem. De afwezigheid van het geluid van potten en pannen was als een mes in zijn borst. Hij was het gewend om thuis te komen en verse kruiden te ruiken, wanneer Mary aan het koken was terwijl Zoë een monoloog hield.

Maar dat was in het pre-Decker-tijdperk geweest. Fuck, was het pas één nacht geleden dat ze weg waren gegaan? Het voelde veel langer.

Achilles nam gelijk op.

'Heb je mijn meiden in het vizier?' vroeg Hector.

'Ik en samen met mij een dozijn andere mannen.'

'Wat betekent dat nu weer verdomme?'

'Oh, had ik dat nog niet verteld? Mary is op bezoek bij je broer. Alhoewel ik niet helemaal zeker ben wat betreft het "bezoek"-gedeelte. Het lijkt er eerder op alsof ze van plan is om bij hem in te trekken. Toen mijn zus Joanne op bezoek ging bij mijn ouders, met een koffer in haar hand, bleef ze drie maanden. Totdat haar man kwam opdagen en zich smekend aan haar voeten wierp. Hoe goed ben jij in smeken?'

'Dat zou Mary nooit doen.' Nog in geen honderd jaar.

'Ik denk dat ze het al gedaan heeft, vriend. Zoë heeft zelfs haar knuffel meegenomen. Je weet dat die kleine nooit ergens heen gaat zonder dat ding.'

Niet Spidey!

*Welkom in de Twilight Zone.*

***

Er gingen nog eens vierentwintig uur voorbij zonder dat hij een woord vernam over Decker. Zowel zijn mannen als de FBI waren de stad aan het afzoeken naar hem, maar die klootzak leek wel van de aardbodem verdwenen. En daarom stond hij gefrustreerd in de sportschool van zijn kantoor en probeerde hij een gat in de bokszak te slaan. De kettingen van de bokszak kraakten toen hij nog een set stoten uitdeelde.

'Wat is daar nu leuk aan, marinier? Een bokszak meppen die niet terug slaat.'

Hector keek op. Kristoff slenterde naar binnen met Damon aan zijn zijde.

'Ga weg.'

Kristoff klom op de boksring en dook onder het touw door. 'Kom op, bratan,' riep hij luid genoeg zodat iedereen in de zaal hem kon horen. 'Laten we een rondje sparren.'

'Ik heb je gezegd me niet zo te noemen.' Ze waren geen familie, laat staan broers.

'Ja, dat heb je inderdaad gedaan. Helaas heeft je vrouw die memo niet gekregen. Anders zou ze niet bij haar "schoonfamilie" zijn ingetrokken.'

Mary's naam noemen was geen goed idee. Nadat hij had gehoord waar ze momenteel verbleef, had zijn woede een nieuwe piek bereikt. Daarna had hij beseft dat Mary's keus om bij Kristoff te verblijven juist een goede zet was geweest. Alleen een krankzinnige zou het wagen om het huis van een maffioso binnen te dringen.

Hector keerde Kristoff de rug toe en ging verder met de bokszak. Dit keer deed hij alsof het Kristoff was die hij met zijn vuisten bewerkte.

'Ga je me nog vertellen waarom je Mary eruit hebt gegooid? Komt het door een vlaag van krankzinnigheid? Of is er soms een piano op je hoofd gevallen?'

'Bemoei je er niet mee. Ik regel dit zelf wel.'

'Op dezelfde manier waarop je Storm hebt "geregeld"?'

Hector keek op. 'Wat weet jij over Storm?'

'Die *suka* wilde aangifte doen tegen een zekere Mexicaan die hem uit een raam hing en hem bij zijn enkels vasthield.' Er lag een speculatieve blik in Kristoffs ogen. 'Waar heb je hem eigenlijk mee bedreigd? Volgens mijn man op het politiebureau was hij doodsbang maar tegelijkertijd ook zo kwaad als een horzel.'

'Ik zei dat hij een andere yogastudio moest zoeken. Zo niet, dat ik hem in een *downward dog* positie zou buigen waar hij nooit meer van zou herstellen.'

Kristoff keek vanuit de ring op hem neer. 'Het was een vergissing om hem genade te tonen in plaats van hem af te maken. Dat zorgt ervoor dat mensen gebruik maken van je goede bedoelingen en naar de politie stappen.'

Hector zuchtte. 'Wat heb je gedaan?'

'Ik heb hem verbannen uit San Francisco. Hij mag van geluk spreken. Damon wilde hem aan Capone voeren.'

'Capone?'

'Zijn haai. De tweeling houdt van exotische huisdieren.'

Exotische huisdieren? Hij wilde het niet eens weten. 'Wat wil je, Kristoff?'

'Ik wil je vrouw en kind uit mijn huis hebben.'

Hij was niet de enige. 'Gooi ze er dan uit.'

'Als het zo simpel was, zou ik hier niet zijn. Je vrouw stond erop dat we Halloween zouden vieren. Ze sloeg haar wimpers naar me op en herinnerde me eraan dat het mijn plicht is — ze waagde het zo te noemen — als een oom en zwager om deze familietraditie te eren. Ik wees haar erop dat ze technisch gezien geen familie meer zou zijn aangezien je van haar gaat scheiden. Toen gaf ze me een blik alsof ik een puppy had geschopt. Het eindigde er uiteindelijk mee dat ik haar de vrije hand in het decoreren van mijn woning gaf. Mijn huis ziet er nu uit als een spookkasteel. Een tip: geef nooit, maar dan ook nooit een vrouw de vrije hand in wat dan ook. Voor je het weet zal ze zich vermenigvuldigen en nemen een stel vrouwen de boel over.' Zijn ogen vernauwden zich. 'Regel dit.'

'Mijn hart bloedt voor je.'

'Ik heb gehoord dat je helemaal geen hart hebt. Gisteravond werd ik gebeld door ene Tess. Ze drong erop aan dat ik je een bezoek zou brengen. Ze schijnt te denken dat als ze mij lastig valt, ik eerder geneigd ben om jou onder druk te zetten om naar Mary terug te keren. Ze heeft gedreigd om mijn bankrekeningen te plunderen.'

'Kan ze dat überhaupt doen?'

'Geen idee. Maar aangezien ze Gio eens op de no-fly lijst heeft gezet, kom ik daar liever niet achter.'

Hector vond de blik op Kristoffs gezicht maar niks. 'Wat heb je gedaan? Als je haar maar niet hebt bedreigd. Tess doet geen vlieg kwaad.'

'Ik bood haar een baan aan, natuurlijk. Ze weigerde. Ze gaf aan dat hoewel ze een zwak heeft voor Darth Vader, ze niet zou bezwijken voor de *Dark Side* door voor *the Empire* te werken.'

'Je lijkt daar niet al te teleurgesteld over.'

'Ze vergeleek me met Darth Vader. Dat is een eer.'

Nee, dat was het niet. 'Ik kan niet geloven dat we het over Star Wars hebben.'

'Ik heb nu een scheldpot in mijn huis. Elke keer als ik mijn mond open doe, verlies ik geld.'

'Heb je geen uitknop?' Hector had het helemaal gehad met deze onzin. Hij sloeg een handdoek om zijn nek en liep richting de douche.

'Je vrouw maakt overheerlijke lasagne,' riep Kristoff hem na. 'Het vlees smelt gewoon in je mond. Waarom zou je een vrouw die zo lekker kan koken dumpen?'

Hector bevroor. Mary had zíjn favoriete maaltijd voor Kristoff gemaakt?

'Het was heerlijk,' ging Kristoff verder. 'Het toetje was panna cotta.'

Nee. Niet zíjn dessert. Ze had toch zeker niet degene gemaakt met...

'Het had verse frambozen en kokosnoot.'

En nu was het genoeg. Die klootzak ging neer!

Hij klom in de ring en merkte dat een paar van de jongens waren gestopt met hun training en dichterbij kwamen.

Een deel van hem had lang gewacht op deze dag. Eindelijk was dan het moment aangebroken dat hij zijn grote broer tot moes kon slaan. Ze waren even lang, maar Hector was breder en meer afgetraind. Hij woog bovendien zeker twintig kilo meer.

'Prima. Je krijgt je zin. Laten we een rondje sparren. Ga je maar omkleden.'

Kristoff schudde zijn hoofd. 'Dat is niet nodig.'

'Wil je vechten in een pak?'

'Ik hou van mijn pak.'

Hij moest het zelf weten. Hector had hem een eerlijke waarschuwing gegeven. 'Het is jouw begrafenis, vriend.'

Kristoff stroopte langzaam zijn mouwen op.

Hector grinnikte. Tuurlijk, alsof dát hem zou helpen.

'Ik heb trouwens een nieuwtje voor je,' liet Kristoff vallen.

'Wat dan?'

'Mary is zwanger.'

De woorden sloegen in als een bom. Ze zouden een baby krijgen? Voordat hij die informatie kon verwerken, ontploften er sterren achter zijn oogleden. Hij ging neer, en hard ook.

Hector kroop weer overeind na die dreun. Zijn hersens probeerden niet alleen zijn broers gemene uppercut te verwerken, maar ook zijn nieuwtje.

'Ik krijg nóg een kind.'

'*Da*. Het nieuwtje was bedoeld om je wakker te schudden zodat je je verstand weer gaat gebruiken. Sta nu op en ga je vrouw halen.'

Hector was sprakeloos. De vreugde om opnieuw vader te worden werd echter al snel overschaduwd door de gedachte dat hij nu nog een extra iemand had die gevaar zou lopen door Decker.

Toen hij bleef zitten, fronste Kristoff. 'Je wílt dat ze bij mij blijft,' raadde hij. 'En dat terwijl je me niet uit kunt staan. Wat is er aan de hand? Wie zit er achter je aan?'

Hector sprong overeind en veegde het bloed uit zijn mondhoek. 'Waarom denk je dat er iemand achter me aan zit?'

'Waarom zou je anders willen dat je vrouw en kind bij mij blijven?'

Hij klemde zijn kaken strak op elkaar.

'Plaats je trots niet voor je familie,' waarschuwde Kristoff.

Zijn mond vertrok. Misschien had Kristoff een punt. Wat had hij bovendien te verliezen? Zowel zijn mannen als de FBI waren op zoek naar een gek in een miljoenenstad en stonden met lege handen. Kristoff zou Decker wellicht met andere middelen kunnen vinden. Misschien zou Hector er voor een keer baat bij hebben dat ze broers waren.

Dus vertelde hij hem over Decker. Hij vertelde hem elk detail dat in hem opkwam.

'Ik had verwacht dat Mary naar Jazzy zou gaan,' gaf Hector toe. 'Ze is waarschijnlijk naar jou gegaan om mij pissig te maken en omdat, God mag weten waarom, ze jou mag. Ik kan daar wel mee leven, want jouw huis is verdomme een bunker, maar je kunt haar niet vertellen over Decker. Als je dat doet, zal ze erop staan om terug naar huis te komen.'

'Je hebt haar weggestuurd zodat ze veilig zou zijn. Zodat jouw leven haar niet raakt en bezoedelt. Ik weet hoe dat is.' Er lag een vreemde toon in Kristoffs stem.

Probeerde hij nu te zeggen dat—? Hector schudde zijn hoofd in ontkenning. 'Ik wil het niet horen.'

'Je was de enige familie die ik nog had,' ging Kristoff verder. 'Ik kon je niet op straat laten leven samen met mij.'

'Dus liet je me maar achter zodat ik voor mezelf moest zorgen? Heb je er enig idee van in hoeveel pleeggezinnen ik ben geplaatst? Hoe vaak mijn "nieuwe vader" vond dat hij mij moest aanpakken omdat ik groter was dan hij? Ik weet niet wat erger was; de racistische klootzakken of degenen die hun riem trokken om mij "een lesje te leren".'

'Je bedoelt Peter Willis, Donald White en James Pratt?'

'Hoe weet jij van hen af?' Hector herinnerde zich hun voornamen niet, want hij mocht ze alleen aanspreken met "meneer".

'Je dacht toch niet serieus dat ik iemand zou laten leven die mijn broer pijn heeft gedaan?'

'Fuck.'

Ik kan dit er nu echt niet bij hebben.

Kristoff trok zijn jas recht en sprong uit de ring. 'Ik hou wel een oogje op Mary. Laten we gaan, Damon.'

'Betalen.' Damon hield zijn hand op naar Achilles.

Zijn vriend gaf Hector een zure blik. 'Ik kan niet geloven dat je verloren hebt.'

Hij zou wel duizend keer willen verliezen als dat betekende dat hij hetzelfde nieuws zou krijgen. Mary's zwangerschap gaf hem nieuwe energie. Het was als een dosis adrenaline op precies het juiste moment.

'Roep de mannen terug die Decker zoeken. Decker zal pas tevoorschijn komen als hij gelooft dat ik alleen ben.' Van wat Gonzales hem had verteld, wilde Decker hem in de ogen kijken voordat hij hem doodde.

'Dat lijkt me geen goed—'

'Kan me niet schelen. Doe gewoon wat ik zeg.' Hij zou het perfecte lokaas zijn. Hij zou onbezorgd door de stad wandelen zodat Decker eindelijk zijn zet zou doen. Wat er ook gebeurde, hij zou Mary niet alleen laten tijdens haar zwangerschap.

Hij ging vanavond een eind maken aan dit kat-en-muis-spel.

# 32

## MARY

Het laatste waar Mary zin in had was op stap gaan. Ze had het prima naar haar zin op de bank, in het gezelschap van chocolade en haar e-reader. Althans, totdat ze een groepsgesprek had gehad met haar nicht en Tess en prompt in huilen was uitgebarsten

*Dat was werkelijk te triest voor woorden.*

*Ik weet het.*

*Je moet ophouden met het sponsoren van Kleenex.*

Als Tommie er niet zo op had aangedrongen, was ze thuis gebleven in plaats van zich in een jurk te hijsen en hem naar Flux te rijden. Ze kon Zoë niet eens als excuus gebruiken om onder hun afspraak uit te komen. De kleine meid werd als een prinses behandeld in huize Kristoff. Het personeel droeg haar praktisch op handen.

'Ga je nu de hele avond de chagrijn uithangen?' vroeg Tommie.

'Misschien.'

'Kijk, dit is nu exact de reden waarom ik je uit dat huis moest krijgen. Je verandert nog in een kluizenaar.'

Tommie had overdrijven verheven tot een vorm van kunst.

'Ik ben pas drie dagen bij Kristoff. En ja, gedurende die tijd heb ik het huis niet verlaten, maar dat maakt me nauwelijks een kluizenaar.'

'Moet ik je eraan herinneren dat ik je letterlijk een duwtje in de rug heb gegeven zodat je naar buiten zou stappen?'

'Ik was aan het rouwen.' Ze nam een slokje van haar cola.

'O, echt, wie is er gestorven?' Tommie's sarcasme was soms nog erger dan haar innerlijke stem.

Ze zuchtte. 'Mijn huwelijk. Tenminste, zo voelt het.'

Tommie sloeg gelijk een arm om haar heen. Het herinnerde haar eraan hoe Hector haar altijd had geknuffeld.

'Je huwelijk is niet dood, meid. Het verkeert, om nog onbekende redenen, meer... in een winterslaap. Ik weet niet wat Hector bezielt, maar hij heeft er vast een goede reden voor. Die man houdt van jou.'

Dat had ze ook altijd gedacht. Hij had de woorden nooit uitgesproken, maar ze had zich zeker geliefd gevoeld. Dat was toch ook iets waard? Ze begreep gewoon niet wat er mis was gegaan.

'Ik had verwacht dat hij inmiddels wel bij zinnen zou zijn gekomen,' bekende ze. In haar fantasie keerde hij terug naar haar, vol berouw. Ze zou hem natuurlijk eerst in zijn sop gaar laten koken — welke vrouw zou dat nu niet doen — en hem uiteindelijk vergeven. Vervolgens zouden ze in elkaars armen vallen zoals in een gezapige film. Reese Witherspoon zou de vrouwelijke hoofdrol spelen in de film die over hun leven werd gemaakt. Joe Manganiello zou uiteraard Hector vertolken.

'En dat gaat vast ook gebeuren.'

Ze sloeg de rest van haar drankje achterover. 'Oké, genoeg zelfmedelijden. We zijn hier om jou aan de man te helpen. Maar eerst heb ik nog een drankje nodig.'

Ze sprong van de stoel en liep naar de bar. Toen zag ze hen en de adem stokte in haar keel.

Hector stond aan de bar. Dicht aan zijn zijde stond een rood-harige vrouw met grote borsten die bijna uit haar laag uitgesneden jurk rolden. Ze keek dweperig naar hem op.

Woede overspoelde haar. Plotseling was het niet meer zo'n mys-terie waarom hij wilde scheiden. Het enige mysterie was hoe zij in hemelsnaam zo naïef had kunnen zijn.

*Hij heeft vast een goede reden?*

*Serieus, Mary? Serieus?*

Gezapige happily ever after? Hun film zou worden getoond tijdens Horror Nights!

'Oh, shit.'

Ze negeerde Tommie en stampte op Hector af.

'Mmm.' De borsten van de vrouw vielen haast uit haar jurk. 'Ik wil je nog een keer in mijn mond voelen.'

Mary kreeg een brok in haar keel. Toen nam haar woede het over. Het begon als een zachte storm, maar hoe langer ze die twee zag, des te meer het in een tsunami veranderde.

Hector knipperde toen hij haar zag. 'Mary?' Hij klonk gealarmeerd. 'Shit. Wat doe jij hier?'

Ze twijfelde of ze haar drankje in zijn gezicht moest werpen of haar vuist erop moest laten landen. Beide opties waren uitstekend om een scène te veroorzaken. Ze volgde uiteindelijk haar instinct: ze gaf hem een knietje.

Hij sloeg voorover en greep de rand van de bar. Toen hij zijn hoofd optilde en haar aanstaarde, besloot ze voor een tweede ronde te gaan; ze sloeg hem in zijn gezicht.

'Ik weet niet hoelang dit al gaande is, maar vanavond zal je haar in ieder geval níét neuken.' Ze draaide zich om en liep met opgeheven hoofd de deur uit.

'Mary!'

Ze negeerde zijn kreet en legde een hand op haar buik. 'Sorry, moppie. Je vader is een k-l-o-o-t-z-a-k en verdient ons niet.'

Toen ze de ondergrondse parkeergarage insnelde, herinnerde ze zich ineens dat ze Tommie achter had gelaten. Ze belde hem, maar hij nam niet op, dus stuurde ze hem een bericht.

Vanuit haar ooghoek zag ze een man die haar volgde. Het was de lijfwacht die Kristoff aan haar had toegewezen. Niet dat ze er om had gevraagd, of dat het hem iets boeide dat ze er geen een wilde. Ze vond niet dat ze er een nodig had en ze had geprotesteerd. Zijn reactie was een  harde 'nyet'. Het onderwerp was niet eens bespreekbaar.

Ze zwaaide naar de lijfwacht en gaf hem een glimlach. Hopelijk begreep hij dat het haar speet dat hij de hele dag achter haar aan moest lopen.

Haar hakken klikten geagiteerd op de vloer in de slecht verlichte ruimte. Ze zouden echt iets aan de verlichting moeten doen. Haar hart kromp ineen toen ze Hectors Harley passeerde. Hij was geparkeerd in de rij tegenover haar auto.

'Mary! Wacht!'

Ze negeerde hem opnieuw. Iets wat ze van plan was om de rest van haar leven te doen, dus ze kon er net zo goed nu mee beginnen.

Ze veegde een traan weg en zocht in haar tas naar haar sleutels. Tegen de tijd dat hij haar bereikte zou ze al lang weg zijn.

Toen explodeerde de wereld.

# 33

## MARY

Mary's voeten kwamen los van de vloer toen de kracht van de explosie haar bereikte. Ze knalde tegen een auto aan en hapte naar adem toen ze op haar knieën belandde.

Met moeite probeerde ze overeind te komen. Er kwam een lawine van puin neer toen een deel van het plafond bezweek en krakend omlaag kwam. Voor haar speelde zich een vuurzee af, die gevolgd werd door rondvliegende brokstukken.

Met een kreet dook ze opzij en ontweek ternauwernood een rondvliegend projectiel. Ze schuifelde achteruit en leunde tegen haar auto aan om op adem te komen. Overal om haar heen stonden auto's in de fik. Ze moest hier wegkomen, en snel ook. Er waren twee auto's tegen de muur voor haar beland. Ze lagen als twee extreem grote dominostenen tegen elkaar aan. De vlammen uit de wrakken stegen op naar het lage plafond en vulden de ruimte met rook. Het was als een wegversperring van vuur en staal. Een muur waar ze op de een of andere manier doorheen moest zien te komen.

Er was ook iets wat ze zich moest herinneren. Iets belangrijks.

Oh, God, Hector. Was hij in orde?

Op handen en knieën kroop ze terug, en ze huiverde toen haar enkel het begaf. Ze beet op haar lip en dwong zichzelf om een stap te zetten. En nog een. Iemand had inmiddels vast de politie gebeld, en een ambulance. Misschien zelfs de Nationale Garde. Was het een terroristische aanval? Een gaslek?

Ze zocht een uitgang, maar kon er geen vinden. Hoewel de rook inmiddels was verminderd, werd haar weg nog steeds versperd door een groep auto's. Het gevoel dat ze was opgesloten voelde inmiddels claustrofobisch aan. Haar ogen traanden door de rook en de parkeergarage werd wazig. Ze moest aan de andere kant van die stalen muur zien te komen. Dat was waar de uitgang zich bevond. Ze krabbelde overeind en vond uiteindelijk een kleine ruimte tussen de geplette auto's; een inham in het obstakel.

Ze wurmde zich door het gat heen. Er prikte iets scherps in haar jurk en boorde zich toen in haar dij. Ze siste van de pijn, maar duwde door totdat ze de andere kant had bereikt. Eindelijk. Ze inhaleerde diep en vulde haar longen met koele, frisse zuurstof.

'Hector? Hector?!'

Deze kant van de garage was één grote puinhoop. Aan de grootschalige schade te zien was de explosie hier ontstaan.

Aan haar rechterzijde zag ze een deur. Hij had echter geen handvat. Hij leek op de nooduitgang van Flux die alleen van binnenuit geopend kon worden. Ze bonsde erop en schreeuwde, maar de deur bleef ferm dicht.

Vanuit haar ooghoek zag ze iets bewegen: het was haar lijfwacht. Hij lag ineengezakt tegen een bestelbus. Bloed doordrenkte zijn witte overhemd. Een stuk staal stak in zijn maag.

Mary knielde naast hem neer en drukte haar handen op zijn wond. 'Het komt wel goed. Ik ga je hier weghalen.'

Zijn pupillen waren verwijd en werden plots nog groter. Een hand ging naar zijn maag.

'Het komt allemaal goed,' probeerde ze hem gerust te stellen. Zijn vingers bleven echter krampachtig bewegen, alsof hij naar iets zocht.

Een knal deed haar opschrikken. Haar hoofd schoot terug naar de lijfwacht en haar maag draaide zich om. De helft van zijn gezicht was verdwenen.

Oh, God. Oh, God. Het was geen gaslek.

Ze draaide zich op haar hielen om. Voor haar stond een man in een legerbroek en zwart shirt. Hij hield een pistool in zijn handen. Ze besefte ineens dat haar bodyguard op zoek was geweest naar zijn pistool.

'Sta op,' zei de man. 'Ik heb niks te maken met jou. Ik wil alleen Diaz.'

Dat betekende vast dat Hector nog leefde. Ze was verlamd van angst, maar klampte zich vast aan die gedachte. Als deze legerman op zoek was naar Hector, lag hij waarschijnlijk niet onder het puin.

Ze liet de lijfwacht los en kwam overeind. 'Wat wil je van hem?'

Het was een no-brainer, maar ze moest hem aan de praat houden en tijd winnen. Zo gebeurde het in films. De held rende vervolgens op het laatste moment naar binnen en redde het meisje. Alleen wilde zij niet gered worden door Hector. Ze wilde dat hij ver weg bleef van deze wannabe Rambo. Ja, ze was nog steeds woedend op hem, maar als iemand hem zou vermoorden, zou zíj dat zijn.

'Diaz heeft mijn broer vermoord.'

Zijn stem was ijskoud. Er was geen spoor van woede in te bekennen en dat beangstigde haar meer dan wat dan ook.

'Je broer?' Hector was geen koelbloedige moordenaar. Het maakte niet uit wat hij zou zeggen, ze zou dat nooit geloven.

'John Michael Decker. Mijn enige familie.'

Waar had ze die naam eerder gehoord? Oh. Hectors borstkas. Hij had zijn gevallen broeder geëerd met een tatoeage op zijn borst.

'Er is vast sprake van een misverstand. Ik ken Hector en hij zou nooit...'

'Jij weet helemaal niks,' spuwde hij. De ijzige woede in zijn ogen vlamde plotseling op. 'Wist je dat ze hem in de woestijn hebben achtergelaten? Ze lieten hem daar achter om te verrotten. Maar ik heb hen laten zien hoe het voelt om van binnenuit te sterven. Om te sterven op het toppunt van hun geluk, toen ze dachten dat alles goed en wel was in hun wereld. Net zoals zij dat bij mij hebben gedaan.'

Oh nee...

'Het spijt me heel erg van je broer.' Een vlaag van medelijden overspoelde haar. Iets binnen in hem was duidelijk gebroken en hij probeerde slechts die stukjes te herstellen. Misschien, heel misschien, kon ze tot hem doordringen. 'Maar ik weet zeker dat hij niet zou willen dat je dit deed.'

'Hou je bek. Hou verdomme je bek. Je weet niets over hem. Ik wil je geen pijn doen, maar als je blijft praten...'

Hij hoefde die zin niet af te maken. Ze keek inmiddels recht in de loop van zijn pistool.

Er verscheen een krankzinnige blik in zijn ogen. Hij gebaarde haar om naar hem toe te komen. Zodra ze hem had genaderd, sloeg hij een arm om haar middel en hield hij haar voor zich, als een schild.

'Diaz!' Zijn ogen gleden over de parkeerplaats. 'Ik heb je vrouw. Het is tijd om afscheid te nemen. Kom tevoorschijn!'

# 34

## HECTOR

Het was een beeld dat hem de rest van zijn leven zou achtervolgen. Voor hem stond de liefde van zijn leven met een pistool tegen haar slaap gedrukt. Pijn explodeerde achter zijn ogen bij de gedachte aan een leven zonder Mary.

Decker stond achter Mary en nam hem van top tot teen op. Hector wist dat Decker zijn verwondingen inventariseerde; het bloed dat van zijn arm droop, de schaafwond op zijn kaak. Hij had geluk gehad dat hij net een bestelbus passeerde toen de explosie plaatsvond. Het voertuig had de grootste klap geïncasseerd.

'Ik ben er. Laat haar gaan, Decker. Dit is iets tussen jou en mij.'

'Laat je wapen vallen. Eén verkeerde beweging en ik zorg ervoor dat haar hersens over de vloer spatten.'

Hij wist dat het zinloos was om met Decker te praten. Decker had al drie mensen vermoord, er een in het ziekenhuis laten belanden en een parkeerplaats opgeblazen. Hector was simpelweg de volgende op zijn lijst.

Het enige wat Hector wilde was Mary zo ver mogelijk hier vandaan krijgen.

'Nee!' Mary schudde verwoed haar hoofd. 'Nee, alsjeblieft...'

Vloekend trok Decker haar tegen zich aan. 'Hou je bek.'

Hector gooide zijn wapen weg. 'Alsjeblieft. Doe haar geen pijn. Laat haar gaan. Ze is zwanger.' Dat nieuwtje scheen Decker te verrassen en Hector speelde daar gelijk op in. 'Ik doe alles wat je wilt, als je haar maar laat gaan. Je wilt de dood van een baby toch niet op je geweten hebben? Ooit beschermde je burgers juist.'

Deckers greep op Mary verslapte en hij duwde haar weg.

Mary viel op haar knieën. Ze greep naar haar enkel en heel even meende hij dat ze knipoogde. Hij schudde zijn hoofd. Angst om haar en hun ongeboren kind vertroebelde duidelijk zijn geest.

'Op je knieën, marinier,' zei Decker ruw. Zijn stem weerkaatste in de garage.

Met zijn ogen op Mary gericht deed Hector wat Decker vroeg. Mary's gezicht was vlekkerig, haar neus rood van het gehuil en de rook. Nooit eerder had hij zich zo machteloos gevoeld.

'Eindelijk,' zei Decker zachtjes. 'Dat is de blik waar ik op wachtte. Je had Hawk moeten zien toen hij zich realiseerde dat het de laatste keer was dat hij zijn vrouw zou zien.'

'Maar het was niet Hawk die stierf, of wel?' zei Hector.

Een spier spande zich in Deckers kaak. 'Dat was een ongeluk. Hoe dan ook, die klootzak verdient het om dood te gaan. Hij is de volgende die aan de beurt is, zodra ik klaar ben met jou. Dit is de laatste keer dat je je vrouw ziet, Diaz. Neem afscheid.'

'Hector...'

'Nee,' spuwde Decker naar Mary die voor hem geknield zat. 'Hij krijgt geen laatste woorden te horen voordat hij sterft. Net zoals ik die kans niet kreeg bij mijn broer.'

Ze hoefde de woorden niet uit te spreken. Haar gezicht was een open boek. Hij wist het eigenlijk al een tijdje. Hij had er zo lang naar verlangd om het mooiste cadeau ter wereld te krijgen; Mary's hart. Het was ongelooflijk wreed van Decker om hem niet te gunnen die woorden van haar lippen te horen. Maar eigenlijk deed het er niet toe. Hij las haar liefde voor hem in haar ogen.

Decker richtte zijn pistool en Hector wist dat zijn tijd op was.

'Vertel Zoë en onze baby dat ik van ze hou. Dat ik er voor hen had willen zijn.'

Zijn vrouw zei woordeloos "Ik hou van je" en draaide zich pijlsnel om. Ze wierp zichzelf op Decker en bezorgde Hector bijna een hartaanval.

Net zoals iedereen had ook Decker Mary onderschat.

*Grote fout, klootzak.*

In de fractie van een seconde dat Mary Decker zijn pistool afhandig probeerde te maken, lanceerde Hector zich bovenop hem. Maar niet voordat Decker Mary met het pistool sloeg en ze neerviel.

Hector brulde en sloeg Decker neer. Het pistool viel met een klap op de grond en gleed onder een auto.

Wat volgde was een regelrechte knokpartij. Hector had nog nooit in zijn leven zo hard gevochten. Niet op straat, niet in een oorlogsgebied, en niet in de kooi.

Hij gromde toen Decker tegen zijn gekneusde been schopte, maar pakte hem onmiddellijk terug met een kopstoot. Deckers hoofd schoot achteruit en knalde tegen een auto. Hector nam zijn linkerarm in de houdgreep en draaide hem de andere kant op, totdat het bot brak. Decker sloeg tegen de grond en viel op zijn knieën.

Hector schopte tegen een van zijn kuiten en voelde het bot versplinteren. Decker klapte voorover en kreunde van de pijn. Hij ging voorlopig nergens heen.

Zodra Hector Decker had uitgeschakeld, strompelde hij naar zijn vrouw. Ze lag roerloos op de grond. Een steek van angst vulde zijn maag.

'Nee, nee, nee. Doe mij dit niet aan.' Hij viel naast haar neer en nam haar hoofd in zijn schoot. Ze zag zo bleek als een lijk. Er vormde zich al een blauwe plek op haar slaap, waar Decker haar had geraakt.

Decker begon te lachen. Het was een akelige lach, die door de ruimte weergalmde. De man was halfdood, kon zich nauwelijks bewegen, maar bleef lachen als een maniak.

'Voel,' hij hoestte, 'mijn pijn.'

'Jij stuk stront,' grauwde Hector, terwijl de tranen in zijn ogen prikten. 'Jij bent het niet eens waard om dezelfde lucht in te ademen als haar. Als je broer nog leefde, zou hij zich kapot voor je schamen.' Hij richtte zijn aandacht weer op zijn vrouw. 'Mary? Baby, word alsjeblieft wakker. Open je mooie ogen.'

Rechts van hem kraakte plotseling een deur open. Damons hoofd gluurde door de deuropening.

'Shit.' Damon keurde Decker nauwelijks een blik waardig terwijl hij richting Mary liep.

'Waar blijft die ambulance verdomme?' gromde Hector.

'Aan de voorkant van de garage. De ingang is vernield, dus het duurt even om daar doorheen te komen. Ze kunnen elk moment arriveren.' Damon keek naar Decker, die nog steeds aan het lachen was. 'Je weet wat er gaat gebeuren als de politie zo komt. Wil je dat ik hem meeneem?'

Hector wist wat hij vroeg. Decker zou niet worden berecht. Hij was helemaal van het padje af, totaal loco. Hij zou waarschijnlijk voor de rest van zijn leven in een gesticht eindigen. Of totdat hij vrijkwam. En een man met zijn vaardigheden zou uiteindelijk weten te ontsnappen. Hij zou vervolgens op dezelfde voet doorgaan. In zijn verwrongen geest had hij zijn missie immers niet afgemaakt.

Hij wilde Deckers nek breken, maar hij durfde Mary niet los te laten. Ze lag bewusteloos in zijn armen, bedekt met een laag roet en met een wond in haar zij. Hij vreesde dat ze door zijn vingers zou glippen, om nooit meer wakker te worden.

'Neem hem mee, maar hou hem in leven.' Toen Damon fronste, voegde hij eraan toe: 'Als Mary het niet redt, zal ik hem verdomme de rest van mijn leven elke dag opnieuw laten sterven.'

Hij had Mary nog niet eens verteld hoeveel hij van haar hield. En nu, dankzij dit stuk stront, zou hij die kans misschien nooit krijgen. Hij had de hele nacht gedaan alsof hij dronk, zelfs een beetje aangeschoten was. Hij was ervan overtuigd dat Decker hem in de gaten hield. Hij had de pech gehad dat hij Heidi was tegengekomen. En toen Mary. God, de pijn in haar ogen. Haar laatste herinnering aan hem was met een andere vrouw.

'Je kunt niet doodgaan,' fluisterde hij, terwijl hij haar vasthield. 'Ik laat je niet gaan. Je mag me niet verlaten. Dat laat ik niet toe.'

***

Zes uur later klom Hector haast tegen de muren van het ziekenhuis op.

'Waarom wordt ze niet wakker?'

'Ze heeft een hersenschudding,' zei Jazzy. 'De arts zei dat het vierentwintig tot achtenveertig uur kon duren.'

Hij wilde niet denken aan wat de arts nog meer had gezegd. Zoals dat indien een patiënt niet binnen de eerste achtenveertig uur wakker werd, die kans elke dag verminderde.

Hij had de hele nacht in het ziekenhuis doorgebracht. Samen met Jazzy, Gio en Tommie. Hij had Tommie en Zoë een paar uur geleden naar huis gestuurd. Zijn kleine meid was ontroostbaar. Ze had zelfs Spidey bij Mary achtergelaten, zodat hij haar kon beschermen.

'Kun je ons even alleen laten?' Toen Jazzy de kamer verliet, pakte hij Mary's hand. Hij sloot zijn ogen en herleefde de nachtmerrie van de afgelopen nacht.

Damon had Decker buiten westen geslagen en weggesleept voordat de politie ten tonele was verschenen. Hij had aangegeven dat hij het mes, de hamer en de kettingzaag voor hem klaar zou leggen. Als Mary niet snel wakker werd, zou Hector op zijn aanbod ingaan. Hij zou Decker elke dag martelen, tot hij geen ongeschonden stuk huid meer over had. Steeds weer opnieuw zou die hufter vechten voor zijn leven, net zoals zijn vrouw vocht voor haar leven.

'Word alsjeblieft wakker. Ik voel me zo verloren zonder jou. Keer alsjeblieft terug naar mij, naar ons. Kom naar huis.'

Hector wilde haar wel een miljoen dingen vertellen. Hij was alleen niet goed met woorden. Hij wist niet hoe hij de perfecte woorden kon vinden om haar te vertellen dat hij van haar hield. Hij was een man van daden, niet van woorden. Als ze wakker werd, zou hij het haar laten zien. Het enige dat hij wilde was een kans om haar zijn liefde te tonen.

Dat werd zijn nieuwe mantra. Toen de eerste zonnestralen een nieuwe dag inluidden, werd hij opgeschrikt door een schorre stem.

'Hector?' Mary keek hem aan door half geloken ogen.

'Ik ben hier, mi vida.' Hij kuste haar hand en verbeet zijn tranen.

'Je noemde me je leven.'

'Dat klopt.'

'Dat werd tijd,' mopperde ze.

Hij grinnikte. Alles zou goed komen.

Er liep een verpleegster naar binnen. Toen kwam er een dokter om haar te onderzoeken.

Hector trok zich terug in de gang en belde Kristoff.

'Maak het af, broer.' Hij wilde nooit meer iets horen of zien van Decker. Het leven zoals hij dat eens kende, vervuld met duisternis en woede, bloed en pijn, was voorbij.

# EPILOOG

Ongeveer zes maanden later

Mary had zich een bevalling altijd voorgesteld als een prachtige, haast wonderbaarlijke gebeurtenis. Ze zou gewoon thuis zijn wanneer ze haar eerste weeën kreeg. Hector zou haar rustig naar het ziekenhuis rijden en geen moment van haar zijde wijken. Hij zou haar vertellen dat ze zich ontzettend goed hield, en dat hij trots op haar was. Een paar uur later zou ze een perfecte baby op de wereld zetten. In tegenstelling tot die schreeuwende vrouw die ze in een filmpje had gezien, zou Mary haar waardigheid bewaren terwijl ze haar kind baarde.

De werkelijkheid was... iets anders. Het gebeurde terwijl ze kookte voor Kristoff en Hector de stad uit was. Haar vliezen braken midden in de keuken, bovenop de dure schoenen van een Russische maffiabaas.

Ze wreef over haar gespannen buik terwijl ze een comfortabele houding in het bed probeerde te vinden.

*En dat, moppie, is hoe ik in het ziekenhuis ben beland met je oom Kristoff.*

*Je oom kijkt overigens alsof hij dringend een drankje nodig heeft.*

'Je hebt vast spijt dat je langs bent gekomen voor mijn panna cotta.'

Het was hun geheim. Hector mocht er nooit achter komen. Hoewel Hector zijn broer inmiddels in hun leven tolereerde, was hij er faliekant op tegen dat Kristoff zelfs maar een hapje van haar dessert kreeg. Ze had geen idee waarom. Hij had er geen problemen mee als ze hem iets anders serveerde dan de panna cotta.

'Spijt komt nog niet eens in de buurt.'

Ze gaf hem een zure blik. 'Ik ben hier degene die kromt ligt van de weeën alsof ik gemarteld word en *jíj* hebt spijt?'

'Ik ben weleens gemarteld. Het viel best mee.' *In tegenstelling tot hier vast te zitten met jou,* leek zijn blik te zeggen.

Toen hij wederom naar de deur gluurde, alsof hij er tussenuit wilde knijpen, greep ze zijn hand.

'Waag het niet om er vandoor te gaan.' Er ontsnapte haar een lach.

Kristoff leunde met zijn ellebogen op zijn knieën en keek haar bevreemd aan. 'Waarom lach je?' Hij klonk getergd.

'Je gezicht... je ziet een beetje groen.'

'Helemaal niet. Wat je ziet is irritatie omdat ik vastzit in een verloskamer terwijl mijn broer veel interessantere dingen doet, zoals kogels opvangen en stalkers afweren en ze mogelijk verminken.'

Een vrouw troost bieden tijdens de bevalling was duidelijk niet zijn sterkste kant. 'Dat is de slechtste motiverende praat die ik ooit heb gehoord.'

'Daar ben ik het grondig mee eens. Laat me iemand anders voor je halen. Zoals Jazzy, of die blauwharige kerel, of een ander. Ieder ander die je maar wil. Wat dacht je van een pastoor, een rabbijn of een imam?'

'Jazzy is de stad uit en Tommie zorgt al voor Zoë. Dus alleen jij en ik zijn over.' Ze grinnikte. 'Je wordt een godfather. Hilarisch, vind je niet? Mijn dochter krijgt een echte Russische godfather als peetvader.'

'Hilarisch? Je bent hysterisch en weet niet wat je zegt.'

Misschien was ze dat inderdaad. Maar wat boeide het ook? Ze was precies waar ze wilde zijn. Oké, misschien niet precíés. Ze zou het prima kunnen stellen zonder de scheuten pijn die door haar onderlichaam schoten. Maar alles was weer goed en wel in haar wereld. Na dat vreselijke incident met Decker was alles weer normaal geworden. Nee, beter dan normaal. Hector had alles uitgelegd en ze had zijn verontschuldiging op een waardige manier aanvaard.

Er volgde een nieuwe wee, een erg felle dit keer, alsof die haar wees op haar leugen. Goed, misschien had ze zijn verontschuldiging niet zó waardig geaccepteerd. Ze had hem immers met een andere vrouw aan zijn arm aangetroffen. Ze had dus wat geschreeuwd en gevloekt.

De volgende ochtend was hij op komen dagen met een puppy. Mary wist precies wat Hector probeerde te flikken. En het werkte … Alles was vergeten en vergeven. Ze waren immers verliefd, ze hadden Zoë officieel geadopteerd en ze waren klaar om het volgende lid van hun groeiende familie te verwelkomen. Ze voelde zich werkelijk gezegend.

Ze tilde er dus niet al te zwaar aan dat Kristoff haar hysterisch noemde. Blijkbaar was ze behalve hysterisch ook aan het hallucineren, want ze zag ineens dat Hector de kamer insnelde.

'Mary!'

Nee, hij was het echt; haar hersens werkten nog prima. Hector was buiten adem en er lag een paniekerige blik in zijn ogen.

'Bratan. Eindelijk.' Kristoff wrikte haar vingers los van zijn pols. 'Veel succes.' Hij gaf haar een schouderklopje en vluchtte praktisch de kamer uit.

Precies twee uur later, toen Mary zich de longen uit het lijf schreeuwde, kwam Christina Jocelyn Diaz ter wereld.

Net als haar moeder schreeuwde ze de eerste uren van haar leven heel het ziekenhuis bij elkaar.

*Welkom in de wereld, moppie. Je bent geliefd.*